古典文藝研究輯刊

二四編

曾永義 主編

第9冊

禁戲（增補本）（上）

李德生 著

國家圖書館出版品預行編目資料

禁戲（增補本）（上）／李德生 著 -- 初版 -- 新北市：花木蘭
文化事業有限公司，2021〔民 110〕
目 8+172 面；19×26 公分
（古典文學研究輯刊 二四編；第 9 冊）
ISBN 978-986-518-571-8（精裝）
1. 戲曲史
820.8   110011666

ISBN-978-986-518-571-8

9 789865 185718

古典文學研究輯刊
二四編 第 九 冊   ISBN：978-986-518-571-8

禁戲（增補本）（上）

作　者	李德生
主　編	曾永義
總 編 輯	杜潔祥
副總編輯	楊嘉樂
編　輯	許郁翎、張雅淋、潘玟靜　美術編輯　陳逸婷
出　版	花木蘭文化事業有限公司
發 行 人	高小娟
聯絡地址	235 新北市中和區中安街七二號十三樓
	電話：02-2923-1455／傳真：02-2923-1452
網　址	http://www.huamulan.tw 信箱 service@huamulans.com
印　刷	普羅文化出版廣告事業
初　版	2021 年 9 月
全書字數	229897 字
定　價	二四編 20 冊（精裝）台幣 45,000 元

禁戲（增補本）（上）

李德生　著

作者簡介

李德生，1945 年出生，籍貫北京，現旅居加拿大，係加拿大文化更新研究中心研究員，致力於東方民俗文化和中國戲劇之研究。有如下著作出版：

《煙畫三百六十行》（臺灣漢聲出版公司出版，2001 年）

《丑角》（中國百花文藝出版社出版，2007 年）

《京劇的搖籃——富連城》（中國山西人民出版社出版，2008 年）

《清宮戲畫》（中國百花文藝出版社出版，2011 年）

《梨花一枝春帶雨——說不完的旗裝戲》（中國人民日報出版社出版，2013 年）

《禁戲圖存》（中國社科出版社出版，2019 年）

《粉戲》（臺灣花木蘭文化事業有限公司出版，2021 年）

《血粉戲》（臺灣花木蘭文化事業有限公司出版，2021 年）

《束胸的歷史與禁革》（臺灣花木蘭文化事業有限公司出版，2021 年）

《血粉戲劇本十五種》（臺灣花木蘭文化事業有限公司出版，2021 年）

提　　要

在中國，自「戲劇」誕生之日起，隨之便出現了種種理由的「禁戲」。可以說，戲的歷史有多長，禁戲的歷史就有多長。凡是統治者認為內容「違制、違德、誨淫、誨盜，或犯上作亂、挾嫌影射」的戲劇，必然會觸動封建皇權、政治與學術文化的敏感神經。所以，要動用手中的權力明令禁止。自清以降，以政府名義施行禁戲的文告層出不窮。筆者將清代、民國、日偽、臺灣和大陸，在不同歷史時期頒布的有關禁戲的公告和劇目進行了梳理，草成此書，於十五年前由大陸出版。面市後逕月售罄，由於種種原因並未再版。現經作者重新梳理，增補了文化大革命前期及中期，政府明令禁演並掀起「全民批判」的重點劇目若干，乃至一齣戲竟釀就舉國動亂和「十年浩劫」之源。從中可以領悟些，中國「戲劇與政治」間匪夷所思的糾葛與干係。

目次

前言　禁戲考

　　在中國，自從「戲劇」一誕生，隨之便出現了「禁戲」。可以說，戲的歷史有多長，禁戲的歷史也就有多長。

　　早在戲劇的俳優〔註1〕、角抵階段，士大夫們對它的「諷喻」功能，就開始產生褒貶不一的爭議。自唐代起，由於「弄孔子〔註2〕、戲儒流、瀆聖侮賢」之類的表演不斷出現，衛道士們的疾呼與抗議就越來越激烈，連皇帝也都出面干禁了。到了宋代的南戲〔註3〕階段，戲劇表演形式基本成型，有劇本、有演出團體、有演員角色的分工，有了像樣的表演場所和多層面的觀眾群之後，戲劇中經常出現的「訛語影帶、插科打諢」以及「瀆經侮聖、詆賢叛道，戲儒刺姦、譏時揭弊」的內容，更加引起了統治階級上層的高度警惕和重視，一旦謗及政治、權勢，背離傳統的禮教和習俗，那就「國法」難容了。

　　例如，金元院本目錄中有《打三教》、《打論語》等戲。雖然迄今尚不知

〔註1〕俳優：《韓非子·難三》：「俳優侏儒，固人主之所與燕也。」《漢書·霍光傳》顏師古注：「俳優，諧戲也。」角抵：《漢書·武帝紀》：「元封三年春，作角抵戲。」傳說起源於戰國。

〔註2〕從唐代開始弄孔子、亂經傳之優戲表演不斷湧現。作為一種由學術論議、宗教講經演化而成的以插科打諢為主的特殊戲劇形式，唐代「弄孔子」的活動始於宮廷。復由優伶傳及民間。形成化雅訓為俗講、化《聖經》為訛傳的戲弄藝術。《舊唐書·文宗紀》載：「大和六年二月乙丑，寒食節，上宴群臣于麟德殿。是日，雜戲人弄孔子。帝曰：『孔子，古今之師，安得侮瀆！』亟命驅出。」

〔註3〕南戲：明祝允明《猥談》：「南戲出於宣和之後，南之渡之際，謂之溫州雜劇。」徐渭《南詞敘錄》：「南戲始於宋光宗朝，永嘉人所作《趙貞女》、《王魁》二種實首之。」

其具體內容，但從劇名來看，便屬於「褻儒瀆聖」之列，必然遭到禁絕，這也是該劇內容失考的原因之一。這類戲劇的上演，必然會觸動封建道德、政治與學術文化的敏感神經。朱熹的弟子陳淳就打著「存天理、滅人慾」的旗幟，一再上書皇帝施行禁戲，並且提出了禁戲的八種理由：「曰奪民膏為妄費、荒本業事遊觀；曰惑子弟玩物喪志、誘婦女邪僻之思；曰萌搶奪之奸、逞鬥毆之忿；曰致淫奔之丑、起獄訟之繁。」〔註4〕如是，哪些劇目可以演，哪些劇目必須「禁演」的問題，就成了歷代政府進行文化管理和文化整合的一件大事。

元代，在異族的壓迫下，文人們的不平，常常滲入到他們創作的戲劇當中。蒙古貴族就用立法的形式對演戲進行強制管理。《元史‧刑法志》上就聲色俱厲地寫有：「諸妄撰詞曲，誣人以犯上惡言者處死。」〔註5〕同樣，明代對於戲劇演出的禁燬律令，也屢屢出現在各種諭旨、詔令、國法、鄉規之中。《明實錄》載：「洪武六年（1373）二月壬午，詔禮部申禁教坊司及天下樂人，毋得以古聖賢帝王、忠臣義士為優戲，違者罪之。先是胡元之俗，往往以先聖賢衣冠為伶人笑侮之飾，以侑燕樂，甚為瀆慢，故命禁之。」這項詔令還被鄭重地載入《大明律》，成了國人必遵的大法。彼時的政府不僅對優戲、雜劇、詞曲、戲文等多種戲劇形式嚴加管理，甚至對於戲中「裝孔子、神像、駕頭等裝扮表演者，軍民、官吏等參與學唱包容者，收藏、傳誦、印賣劇本者」，也都有明確的懲處細則。

儘管如此，彼時在官方的文化視野裏，戲劇還沒有被視為一種正宗的藝術門類，甚至，連偏脈存在的合法性還都受到質疑。明代《永樂大典》對一些劇作還有一些收錄，清代整編《四庫全書》時，則將戲劇完全排斥在外。不但戲劇作品官書不錄，在歷次官方設局的禁燬行動中，傳奇、雜劇、戲文、唱本也不斷被張榜禁目、抄沒、焚毀，甚至連民間自娛自樂的演劇活動，也受到官方制度化禁戲的嚴厲打擊。這種對戲劇的輕視，使不少優秀的劇作失散無存。相對有關禁戲的史料存留亦少，至於所禁劇目就更沒有什麼詳細記錄了。

〔註4〕見宋陳淳《北溪大全集》卷四十三、卷四十七之《上趙寺丞論淫祀》、《上傅寺丞論淫戲書》。謂南人好淫祀，「復為優戲隊相勝以應之」，「秋收之後，優人互湊諸鄉保作淫戲，號乞冬。……豢優人作戲，或弄傀儡……其名若曰戲樂，其實所關屬害甚大」。

〔註5〕《元史‧刑法志》還載有，「諸亂製詞曲為譏議者流」。

清代禁戲

　　清王朝對於演戲的管理是很嚴格的，例如康熙五十三年（1714）禁「滿州（洲）學唱戲耍」；雍正二年（1724）禁「八旗官員邀遊歌場戲館」；雍正三年（1725）禁「搬做雜劇律例」，「凡樂人搬做雜劇戲文，不許妝扮歷代帝王、后妃及忠臣、烈士、先聖、先賢神像」。乾隆二十九年（1764）禁止「五城夜戲」，四十五年（1780）「京師內外城禁開戲園」，五十年（1785）「禁演秦腔」。嘉慶四年（1799）「禁止內城戲園」，道光三年（1823）「禁京師樂部」等，一百多年間，曾頒布諸如此類的法令極多。但是，所禁的具體劇目依然無詳細的記載。仔細考究一下，便會發現，許多禁戲劇目是與當時的禁書混在一起的。

　　康熙二十六年（1687）、四十年（1701）、四十八年（1709）、五十三年（1714），雍正二年（1724）、六年（1728），政府均曾下令禁燬小說，這當中包括很多戲劇傳奇。道光十八年（1838），江蘇按察使裕謙設局查禁淫詞小說，所開列的淫書書目有 115 種；道光二十四年（1844），浙江巡撫、學政又設局收毀淫書，開列書目 119 種；到了同治七年（1868），江蘇巡撫丁日昌再一次明令查禁淫詞小說，計有 121 種；不久，又開列「續查應禁淫書」，再加上 34 種。據丁淑梅〔註6〕在《明清禁燬戲曲對戲曲生態發展的影響》一文的統計，從王利器《元明清三代禁燬小說戲曲史料》、姚覲元《清代禁燬書目四種及補遺》、館藏於上海圖書館的《違礙書目》、雷夢辰《清代各省禁書匯考》、章培恒《中國禁書大觀》和王彬主編的《清代禁書總述》一系列文獻搜羅查檢，其中戲劇傳奇就有四十多種。如：

　　沈采的《千金記》、王世貞的《鳴鳳記》、清嘯生的《喜逢春傳奇》、三吳居士的《廣爰書傳奇》、海來道人路惠期的《鴛鴦絛傳奇》、張萬年的《楚天長》、無心子的《金雀記》、姚康的《太白劍》、金堡的《遍行堂雜劇》、李漁的《笠翁傳奇十種》、尤侗的《尤西堂雜劇五種》、張彝宣的《如是觀》、郭良鏞的《三清石》、張潮的《筆歌》、朱佐朝的《乾坤嘯》、方成培的《雙泉記》、徐述夔的《五色石傳奇》、洪昇的《長生殿》、孔尚任的《桃花扇》、王實甫的《西廂記》、湯顯祖的《牡丹亭》、無名氏的《種玉記》、宮撫辰的《桃笑跡》、玉夏

<hr/>

〔註 6〕丁淑梅：1965 年生，陝西西安人。華東師範大學中文系博士副教授。專攻中國古代文學專業戲曲史與戲曲學，發表有《明清禁燬戲曲對戲曲生態發展的影響》、《宋代弄孔子優戲的俳諧精神與優伶懲戒》等多篇論文。

齋的《十種傳奇》、葉稚斐的《漁家哭》，還有《玉堂春全傳》、《紅門寺》、《全家福》、《鴛鴦譜》、《英雄譜》、《紈扇記》、《東郭記》、《荊釵記》、《花筵賺》、《浣紗記》、《紅拂記》、《竊符記》、《投筆記》、《三元記》、《玉蜻蜓》、《四聲猿》、《琵琶記》、《白蛇傳》等等。這些被禁的劇目，有的已經形成了舞臺劇，經常被伶人搬演，有的還只是停留在劇本階段，尚未搬上舞臺。

如果說清代早期對戲劇的干禁，還只是對戲劇形式的一種泛指的話，到了乾隆五十年（1785）頒布的「禁止秦腔演出」的上諭，就趨於具體化了。不僅指出了要禁的劇種，而且明確地指定它們的出路以及違旨不遵的後果。諭稱：「議准：嗣後城外戲班，除崑、弋兩腔仍聽其演唱外，其秦腔戲班，交步軍統領五城出示禁止。現在本班戲子概令改崑、弋兩腔，如不願者，聽其另謀生理。倘於怙惡不遵者，交該衙門查拿懲治，遞解回籍。」〔註7〕

禁戲的官方理由多是「誨淫」、「誨盜」。但是，各類文告對於禁演的劇目，又多語焉不詳。目前可考的最早指名道姓的禁演劇目，則為道光十二年（1832）的一篇告諭，其文稱「《界牌關》羅通殉難，裸體蹣趄，《潯陽江》張順翻波，赤身跳躍，對叉對刀，極凶極惡，蟠腸亂箭，最狠最殘」，「梨園孽海、名教應除，法司當禁」〔註8〕。道光十六年（1836）頒布的《禁止演淫盜諸戲諭》，更有皇帝明確的指責：「今登場演《水滸》，但見盜賊之縱橫得志，而不見盜賊之駢首受戮，豈不長兇悍之氣，而開賊殺之機乎。」〔註9〕

目前發現清季有系統的禁戲劇目，大多在道光以後。例如刊於同治八年（1869）余治輯《得一錄》〔註10〕，書中有約束民間演劇的《翼化堂條約》

〔註7〕引自《欽定大清會典事例》。

〔註8〕引自王利器編《元明清三代禁燬小說戲曲史料》。

〔註9〕引自清余治輯《得一錄‧翼化堂條約》。

〔註10〕余治（1809～1874）中國清代戲曲作家。江蘇無錫人。曾多次應試不中。咸豐年間，嘗任訓導。太平軍進軍江南時，他協助地方當局鎮壓起義農民。他一生積極維護封建秩序、宣揚封建倫理道德，多次向當政者呼籲禁燬「誨淫誨盜」的學說、戲曲，建議審定戲曲演出劇目。且致力並實踐自己的戲劇理念，編寫新戲，組織童伶戲班演出。由於他編寫的劇目說教意味過於濃厚，很難吸引觀眾。儘管官府強令各戲班演出，但終因不受歡迎而陸續被淘汰。他一生共編寫劇作 28 種，死後輯為《庶幾堂今樂》刊刻印行。現存《硃砂痣》，時或見於京劇舞臺。余治編纂的《得一錄》是一部總匯慈善章程的善書，在晚清具有非常廣泛的影響。該書於同治八年首刊於蘇州得見齋，以後一再翻刻，形成多種版本。在禁戲問題上，其所持觀點在一定程度上代表著彼時的國家意識，而且，對禁戲劇目給予了具體化。

一章，文後附有《永禁淫戲目單》，上面詳細地列有彼時經常在舞臺上演出的
戲目，共為80齣。即：

　　　《晉陽宮》、《打花鼓》、《翠華宮》、《賣胭脂》、《打連廂》、《別妻》、《服
藥》、《關王廟》、《葡萄架》、《翠屏山》、《困龍船》、《捉垃圾》、《思春》、《倭
袍》、《蕩河船》、《賣甲魚》、《前後誘》、《拾玉鐲》、《打櫻桃》、《思凡》、《下
山》、《打麵缸》、《鬧花燈》、《唱山歌》、《賣橄欖》、《賣青炭》、《借茶》、《三
笑》、《賣草囤》、《紅樓夢》、《回斗關》、《財星照》、《端午門》、《遊殿》、《送
柬》、《請宴》、《琴心》、《跳牆著棋》、《佳期》、《拷紅》、《長亭》、《齋飯》、《搬
家》、《吃醋》、《挑簾裁衣》、《偷詩》、《三戲白牡丹》、《交賬》、《送禮》、《滾
樓》、《月下琵琶》、《琴挑》、《追舟》、《私訂》、《定情》、《跌球》、《奇箭》、《送
燈》、《嫖院》、《梳妝擲戟》、《修腳》、《捉姦》、《爬灰》、《搖會》、《戲鳳》、《墜
鞭入院》、《亭會》、《秋江》、《弔孝》、《背娃》、《吞舟》、《醉妃》、《扶頭》、《種
情受吐》、《勸嫖》、《達旦》、《上墳》、《賣餅》、《踏月》、《窺醉》。

　　　其中《思凡》、《下山》和《琴挑》、《追舟》、《秋江》等劇，皆為連演的故
事外，《遊殿》、《送柬》等八折戲目，全部屬於《西廂記》傳奇。這樣算來，
此單所記禁戲則為70齣。

　　　《得一錄》雖然是一部晚清總匯慈善章程的書，余治也不過是咸豐年間
的一位訓導。但他一生多次向朝廷呼籲禁燬「誨淫誨盜」的書籍、戲曲，堅持
不懈地建議由政府審定戲曲演出劇目。他的《翼化堂條約》和《永禁淫戲目
單》雖然不是朝廷的上諭，也不是政府的公文，但它是一份有理論、有措施、
有戲目的極具代表性的禁戲文獻。這部書在政府的支持下多次翻刻、重印、
廣泛發行、推廣，在一定程度上代表了彼時政府的觀點和國家意志。

　　　用今天的觀點來審視《永禁淫戲目單》，其中所列劇目魚龍混雜、良莠不
齊。不少有進步意義的戲，出自前代演義、傳奇名著，如《三國》、《水滸》、
《西廂記》、《綴白裘》，以及當時正在流行的《紅樓夢》當中。但是，也著實
有不少荒誕不經、淫穢不堪的作品，如《潘金蓮大鬧葡萄架》、《大嫖院》等，
也都充斥於舞臺之上。這類戲的齷齪不雅，是可想而知的。鐵橋山人在乾隆
五十九年（1794）出版的《消寒新詠》〔註11〕一書中寫道：「余乍見京腔演戲，

〔註11〕《消寒新詠》是清代乾隆年間的一部戲曲演員評論集，清鐵橋山人、問津漁
　　　　者、石坪居士合著，四卷。書前小序云：「鐵橋山人、問津漁者、石坪居士聚
　　　　蘇、揚、安慶諸童子之萃者，比之花鳥，史以其名。始於乾隆五十九年（1794）

生旦諢謔，摟抱親嘴，以博時好。更可恨者，每以小丑配小旦，混鬧一場，而觀者『好』聲接連不斷。嗚呼！好尚至此，宜崑班之不入時俗矣。」他還講到，演《狐狸偷情》一戲時，「場上預設紗幕、至其中以錦衾覆半體，假出玉筍，雙峰矗然特立。而臺下『好』聲，接連不迭。」

清刊本《長安看花記》〔註12〕也載有：「近年演《大鬧銷金帳》者漸少，曾於三慶座中一見之。雖仍同魏三（即魏長生）故事，裸裎（按：即裸體）登場。坐客無有讚歎者，或且不顧而唾矣。」魏長生弟子陳銀官更是變本加厲，將豔冶風格推向極致。《燕蘭小譜》〔註13〕卷五記載，有的觀眾對這樣的演出極為不滿，謂銀官演《雙麒麟》，「裸裎揭帳，令人如觀大體雙（按：即春宮）也。未演之前，場上先設帷榻華亭，如結青廬以待新婦者，使年少神馳目潤，罔念作狂，淫靡之習，伊胡底歟。」這類有傷風化的演出，不僅會遭到觀眾「不顧而唾」，政府出面干預、禁演，也是無可厚非的事情。

但是，禁戲中更多的是流行於民間、活潑風趣的「三小戲」（既小旦、小生、小丑主演的戲），或是描寫青年男女戀愛的「生、旦對兒戲」。臺上人物在化裝上的革新，尤其旦角的「貼片子」、「踩蹻」〔註14〕；形體的妖冶，唱腔的嫵媚；加之誇張的煽情挑逗，勾魂攝魄；戲劇的那種欲衝破樊籬之態，欲離經叛道之情，也是封建政府難以容忍的。採用政治鐵腕進行強迫禁演，自然也是一椿不可避免的手段。

其後，隨著清王朝的日益腐朽衰敗和社會的動盪，禁戲法令更加頻仍迭

冬至，成於乾隆六十年（1795）春分。記載清代十八名演員的藝名、所隸班部、所習行當和善演劇目。近人張江裁（次溪）編《清代燕都梨園史料續編》收有該書提綱式記錄。

〔註12〕《長安看花記》作者蕊珠舊史即梅縣楊懋建，字掌生，號爾園，別署蕊珠舊史。道光辛卯恩科舉人，官國子監學正，晚歸粵東，主陽山講席，以此終老。旅燕時作《辛壬癸甲錄》、《長安看花記》、《丁年玉筍志》、《夢華瑣簿》四種。

〔註13〕《燕蘭小譜》是在清乾隆五十年，由旅居北京的文人吳長元（署名安樂山樵）所著的一本描寫當時北京男性旦角演員的著作，反映了當時北京的戲劇發展，以及士優之間的關係。

〔註14〕貼片子，踩蹻：都是旦角的一種化裝方式。貼片子即梳水頭。戲曲中旦角頭部化裝用品。用頭髮製成的光片，用時蘸刨花水梳平，大片貼於兩鬢，小彎貼於前額。始見於清刊本《夢華瑣簿》載：「俗呼旦腳曰包頭，蓋昔年俱戴網子，故曰包頭，今則俱梳水頭，與婦人無異」。踩蹻：踩蹻即裝小腳。始見清刊本《金臺殘淚記》卷二云，至道光間，「京伶裝小腳巧絕天下」。蹻俗稱尺寸子，是傳統戲中木質或布質製成的古代女性的假尖足。

出。同治十二年（1873）一月七日，清政府借京班演員楊月樓〔註15〕「作奸犯科」（被誣「拐騙良家婦女」）一事，在上海縣紳董江承桂、郁熙繩呈請下，縣令葉廷春頒布《嚴禁婦女入館看戲告示》。接著，在同治十三年（1874）一月十日，《申報》刊布了《道憲查禁淫戲》〔註16〕的公告。公告中列有：

「崑曲淫戲：《挑簾裁衣》、《茶坊比武》、《來唱》、《下唱》、《倭袍》、《齋飯》；京班淫戲：《翠屏山》、《海潮珠》、《晉陽宮》、《梵王宮》、《關王廟》、《賣胭脂》、《巧姻緣》、《賣徽（灰）麵》、《瞎子捉姦》、《雙釘記》、《雙搖會》、《截尼姑》」等劇目，共計18齣。

文告稱：「各戲館每有演唱淫戲，引誘良家子女，始優伶楊月樓，凡演淫戲，醜態畢露，誘人觀聽，以致作奸犯科，傷風敗俗，其此為甚。除楊月樓犯案由縣按例嚴辦外，此後各戲館如再不知悛改，仍演淫戲，應即查拿懲究，以昭炯戒。」。

作為對演員的警戒，1980年在安徽巢湖曾發現了一塊保存完好的清代「禁戲碑」，碑文稱：「近倒七戲名目，淫詞醜態，最易搖盪人心，關係風化不淺。嗣後，如有再演此戲者，紳董與地保亦宜稟案本縣捉拿，定將此寫戲、點戲與班首人等，一併枷杖。」足以證明，彼時朝廷禁戲之嚴厲，貫徹之徹底，一直到達偏遠的鄉鎮農村。

光緒十六年（1890）六月十四日，清駐滬會審員蔡二源太守「奉頭品頂戴江南蘇州布政使黃方伯之命」，在《申報》再次刊布《禁止淫戲公告》〔註17〕。文中列舉了：

「淫戲：《賣胭脂》、《打齋飯》、《唱山歌》、《巧姻緣》、《珍珠衫》、《小上墳》、《打櫻桃》、《看佛手》、《挑簾裁衣》、《下山》、《倭袍》、《瞎子捉姦》、《送灰麵》（即《二不知》）、《殺子報》（即《天齊廟》）、《秦淮河》（即《大嫖院》）、

〔註15〕楊月樓誘拐婦女案：楊月樓，名久先，從藝後改名久昌，字月樓。安徽懷寧人。清同治年著名京劇武生。體魄魁梧，嗓音洪亮，文武皆能。起扮相儀表堂堂，有「天官」之譽。清同治十一年（1872）來滬，進入以武戲著稱的金桂軒（班），楊月樓以北方男子的英武陽剛，博得滬上眾多女子尤其是青樓女子的愛慕，當時有化名海上逐臭夫者在《申報》撰竹枝詞曰：「金桂何如丹桂優，佳人個個懶勾留；一般京調非偏愛，只為貪看楊月樓。」不久楊與廣東商人之女韋阿寶成婚，引起韋氏族人不滿，以拐騙民女並誘其錢財罪名將其告至租界會審公堂，楊月樓被捕，在社會上釀成軒然大波。
〔註16〕見同治十三年（1874）一月十日《申報》第二頁《道憲查禁淫戲》。
〔註17〕見光緒十六年（1890）六月十四日《申報》第三頁《禁止淫戲公告》。

《關王廟》；

　　強梁戲：《八蜡廟》、《趙家樓》、《青楓嶺》、《潯陽山》（筆者按：應為《潯陽樓》）、《武十回》、《三上吊》、《綠牡丹》、《鴛鴦樓》、《殺嫂》、《刺媳》（筆者按：應為《刺嬸》）、《盜甲》、《劫獄》」等，共計 28 齣。

　　《公告》指出：「演唱淫浪之戲易啟邪思，演唱武戲尤近誨盜。凡年輕子弟，意氣未定，觀此淫浪之劇，更生桀黠之心，詡為英幹。光天化日之下，何容有此誨淫誨盜之為。若用之於廟臺酬神，尤屬荒謬。為此擇尤示禁，特仰戲園班頭、識目、戲腳人等知悉。自示之後，凡屬淫盜之闋，一概不准演唱。如敢故違，一經訪聞，定即封班拿究。須知不禁演戲已屬從寬，藐現不遵即難寬貸。又查有小髦兒戲，男女不分，演唱淫曲，尤屬敗壞風氣，必應禁絕。其各凜遵，毋貽後悔。凜之切切，特示。」

　　彼時，清政府把「水滸戲」、「公案戲」、「武俠戲」列入「強梁」之類。認為張繡、宋江、武松、時遷、駱宏勳、余千、徐鳳英等戲劇人物，都是一幫與官府作對，「無父無君」、「無法無天」、「殺人越貨」的強盜。為了維護封建社會的正常秩序，必須將他們趕下舞臺，以防止觀者效尤。從這些文告中也可以看出，清朝末年，處在風雨飄搖中的封建政權是多麼色屬內荏、草木皆兵。

　　更有趣的是光緒二十年（1894），內務府曾頒發了一篇知照都察院咨文《禁演殘酷欺逼之戲》，將之張貼於京師精忠廟，以及所有戲院內。齊如山〔註18〕先生珍藏了這篇文告，並將它詳細地錄入京劇史料《戲班》一文。文載：「照得梨園演戲，優孟衣冠，原使貞淫美刺，觸目驚心，有裨風化也，故演唱者身形盡態如身親事，身歷其境。使坐視之人喜怒哀樂，有不容已焉耳。然有今來大不忍之事，言之尚不可，何事形諸戲場？如劇徽目中之《逼宮》（筆者按：《白逼宮》寫曹操威逼漢獻帝事，《紅逼宮》寫司馬昭逼曹芳事）等戲久經禁演。至如，崑目中之所言建文遜國故事，《慘都》、《搜山》、《打車》等戲，一併禁演。為此曉諭該廟首等，傳知各戲班，一體恪遵。如有明知故違，仍敢演唱，定懲不貸，凜之慎之，特示。」

　　如此，在禁戲的理由中，皇帝又加上了一條「殘酷欺逼」之戲也要禁絕。結合當時的時局，不禁使人聯想到，光緒二十年（1894）正值甲午中日開戰，大清海軍全軍覆沒。以至皇帝看到《逼宮》、《慘都》、《搜山》、《打車》等戲，都會受到驚嚇，要降旨禁絕這一類戲的演出！

〔註18〕引自《齊如山全集》。

民國時期禁戲

　　清帝遜位以後，民國伊始，國家卻進入了一種無序的狀態。大總統輪流坐莊，軍閥藩鎮割據，內戰不止。政令朝頒夕改，百姓生活在一個徒有政府之名而無管理之實的社會中。軍閥們忙於爭權奪地，聚富斂財而無暇旁顧，戲劇卻在夾縫中贏得了空前的繁榮。二十世紀二三十年代，京劇進入了成熟期，它顯顯赫赫、如日中天。不僅出現了享譽全國的「四大名旦」、「八大鬚生」，不同行當的翹楚，也如過江之鯽，在紅氍毹上競躍龍門；不同風格的劇目，更似滿天星斗，競燦爭輝。一時間，戲劇舞臺百珍雜陳，爭奇鬥豔；魚龍幻化、良莠參差。彼時，在個別的省份和地區，也曾出現過以地方習俗和統治者之好惡明令禁戲的事情。但這類干禁，多限於一時一事，並沒有形成氣候，也沒有釀成過大的影響。

　　例如：在曹錕任大總統時禁唱《擊鼓罵曹》，此事曾見諸報端〔註19〕，大家視為玩笑。曹錕一下臺，此禁也就自動解除了。又如1920年，山西太谷縣政府曾因秧歌「多採淫詞俚曲，傷風敗俗」，而下令禁止演唱〔註20〕；1913年，奉天省西安縣曾經通令禁演「蹦蹦」〔註21〕；1929年，武漢漢口市政府曾經因花鼓戲和四明文戲「亂色奸聲、誨淫誨盜、傷風敗俗、流毒社會」，而頒文禁止〔註22〕；1933年，廣西省桂林縣曾經禁唱花調〔註23〕；1941年，安徽省懷寧縣長徐夢麟頒文，因黃梅戲「詞意淫褻，敗俗傷風」而一律禁演。〔註24〕這些地方性的禁戲措施，大多沒有什麼實效，往往只能禁於一時。眾多民眾喜聞樂見的地方戲曲，依然如疾風勁草一般，在民間的土地上越長越壯。

　　北伐戰爭之後，民國政權趨於穩定，國民政府開始整頓文化，建立「戲劇審查」制度。這些制度綱領中，以1931年浙江省政府頒布的《浙江省審查民眾娛樂暫行規程》〔註25〕比較規範，也最有代表性。《規程》中規定：「任

〔註19〕見1924年1月29日《申報》《北京禁演〈擊鼓罵曹〉之笑談》。
〔註20〕見《中國戲曲志·山西卷》太谷縣民國九年布告《禁止秧歌文》。
〔註21〕見《奉天省西安縣知事公署布告》（民國二年八月二十一日）《中國戲曲志·吉林卷》。
〔註22〕原載1929年《新漢口》雜誌第二卷，轉引自《中國戲曲志·湖北卷》。
〔註23〕原載桂林縣政府布告（民國二十二年），玉林縣政府布告（民國二十四年），《中國戲曲志·廣西卷》。
〔註24〕見《懷寧縣政府禁唱黃梅戲訓令》（民國三十年二月），《中國戲曲志·安徽卷》。
〔註25〕見《浙江省審查民眾娛樂暫行規程》（民國二十年二月二十六日），《中國戲曲志·浙江卷》。

何戲劇必須經過教育廳、民政廳核准後才能上演，而且，有下列內容者必須禁演」。其中：

一、違反黨義，提倡邪說者；

二、跡近煽惑，有妨治安者；

三、提倡封建思想者；

四、提倡迷信者；

五、跡近誨盜，引導作惡者；

六、描摹淫穢，誘惑青年者；

七、情狀慘（殘）酷，有傷人道者；

八、侮辱個人或團體之情事者；

九、其他有害於觀眾之身心者。

凡合於這九大類禁忌的戲劇，都將列為禁戲，不得演出。後來，隨著國、共兩黨鬥爭的日益激烈，一些地區的禁戲條例中，又加上了「以宣傳共產主義或鼓吹階級鬥爭為中心」的，和「以神怪荒誕、催眠一般觀眾，使能發生帶有危險性之宗教迷信」的戲，也被列為嚴禁條款〔註26〕。民國時期相繼見諸政府禁令的劇目，一方面由於政令不通，貫徹不利，一方面留下來的檔案資料有限，難以進行細緻的統計。筆者只能在一些舊報刊、舊雜誌、戲劇簡史、演員回憶錄等文字中，零零散散地拾掇、歸納，以補是闕。

二十世紀三十年代初，在袁良任北平市長的時期，他組織成立了由市政府直轄管理的「戲劇審查委員會」，負責審查所有劇團在京演出的劇目。北京檔案館保存有這方面比較完整的檔案資料，也具有一定代表性。其中，經過戲曲審查委員會審查後，被通知禁演的劇目有：

《賽金花》、《愛歟仇歟》、《桃花庵》、《繡鞋記》、《夜審周子琴》、《女店員》、《槍斃駝龍》、《拿蒼蠅》、《女蘿村》、《馬寡婦開店》等。

被禁演的劇目中較多地集中在評劇方面。1933 年 2 月 15 日，戲曲審查委員會的辦事員陳保和遞交了一份報告，他說：「奉天評戲表演及唱詞諸多涉及猥褻」，「坤角白玉霜，表情最為猥褻不堪」，「劇本極不一致，普遍檢查諸多困難」，建議將三慶園、四明戲園和遊藝園的園主傳喚到社會局，「飭令轉知演員對於有涉及猥褻之表演及唱詞，務即改正」。並列出了《開店》（馬寡

〔註26〕《廣西省政府修正戲劇審查通則訓令》（民國二十三年二月十七日），《中國戲曲志·廣西卷》。

婦開店）中的「思春」、「淫奔」，《槍斃小老媽》中的「辭活」、「會審」，《夜審周子琴》（胭脂判）中的「跳牆」、「夜審」，《敗子回頭》（金不換）中的「妓院」，《高成借嫂》中的「夜宿」，《美鳳樓》中的「相親」、「洞房」，《王定保借當》中的「借當」，《王小過年》中的唱白，《東斗星》中的「更衣」，《雙婚配》中的「洞房」，《花為媒》中的「偷相王五可」，《逛小河沿》中的「逛河沿」、《獨佔花魁》中的「背凳招客」等表演猥褻的情節、場次。特別是《槍斃駝龍》一劇，他認為「奸盜邪淫，四者俱全，應絕對禁演」。戲曲審查委員會常務委員吳曼公等人，同意這份報告的意見，決定對上述劇目將「分別禁演」。而且，還採用過極端措施，把白玉霜驅逐出境〔註27〕。

附：抗戰期間淪陷區禁戲

　　1931 年 9 月 18 日，日本發動了大規模侵華戰爭，全國抗日情緒高漲，戲劇舞臺成了抗日的宣傳陣地。愛國藝人以滿腔的激憤，紛紛編演抗日戲劇參加戰鬥。長期在東北各地演出的唐韻笙，不畏日偽勢力的淫威，編寫《掃除日害》（以「羿射九日」的故事為題材編寫）的劇本，被日軍搜出，而受到通緝。梅蘭芳編演《抗金兵》和《生死恨》，以古諷今，表現出人民的抗爭和淪陷區人民的痛苦〔註28〕。程硯秋則編演了《亡蜀鑒》，用以揭露「不抵抗政策」給人民帶來的苦難，並對「賣國求榮者」給予了無情的鞭笞。周信芳（麒麟童）則編演了《明末遺恨》、《洪承疇》、《董小宛》等幾齣歷史大戲。其中，《明末遺恨》演出長達半年之久，場場爆滿，頗為轟動。周信芳飾演的崇禎皇帝，悲憤地告訴皇太子：「你們要知道，亡了國的人就沒有自由了。」而當公主問崇禎「兒有何罪」時，崇禎以震顫人心的沙啞聲音回答說：「兒身為中國人，就是一項大罪！」臺下群情激越，憤怒聲、口號聲、抽泣聲，充斥全場，每一位觀眾都受到深深的感染和教育〔註29〕。

　　這一階段的禁戲，主要發生在淪陷區內。汪系偽政府和日本佔領軍禁演以上這些有明顯反抗意義的戲之外，凡與異族有關的戲，如《岳飛》、《岳母刺字》、《陸文龍》、《楊家將》、《請清兵》等，也全都成為禁演之戲。因為這一階段的敵偽檔案存留不完整，缺少確切依據，難以一一細述。

〔註27〕見北京市檔案館藏「北平市社會局」檔案（J2-3-100）號《1933 年 2 月 15 日戲曲審查委員會的辦事員陳保和呈文》。
〔註28〕見許姬傳、許源來《憶藝術大師梅蘭芳》。
〔註29〕李仲明文《抗日戰爭時期京劇發展述略》。

　　上海淪陷後，周信芳在日寇的刺刀下堅持演出。他排演了《溫如玉》、《香妃恨》、《文素臣》、《徽欽二帝》等戲，特別是《徽欽二帝》，周信芳飾演的宋徽宗有很多唱念，令觀眾聞之動容。如徽宗被金兵俘虜往東北押送時，他對百姓唱道：「只要萬眾心不死，復興中華總有期。」觀眾的掌聲，響似沉雷。反面人物張邦昌也有一段念白，說：「我這個皇帝，是你們要我出來做的。無非是，維持維持地方而已。」這副北宋漢奸的無恥嘴臉，恰與當時汪偽政權的漢奸行徑如出一轍。每演至此，必引起滿場觀眾的哄堂大笑。《徽欽二帝》的公演，引起上海汪偽特務機關「七十六號」的密切注意，他們寫恐嚇信威脅周信芳等主要演員，並且迫使英租界工部局出面，勒令此劇和剛剛排出來的《史可法》、《文天祥》一同停演〔註30〕，這些史實，都是有案可考的被禁之戲。

　　如上所述，淪陷區內的禁戲，是一段特定歷史環境中的特殊事件，筆者將之獨立成章，名為《抗戰期間淪陷區的禁戲》，附於《民國時期的禁戲》之後。

　　抗戰勝利後，國民政府曾禁演了一批日偽政權營造「中日親善」和「大東亞共榮圈」的「漢奸戲」和歌曲，例如偽滿洲國「新京國劇編導社」主持編寫的《節孝全》〔註31〕、《全詔記》〔註32〕，還有日本人編寫的《支那之夜》、《白夫人之妖戀》（日本版《白蛇傳》），以及李香蘭〔註33〕歌曲《何日君再來》、

〔註30〕見李仲明文《南派老生宗師周信芳》，刊自《民國春秋》2001 年第 4 期。

〔註31〕《節孝全》在日本統治的偽滿洲國時期，一度「藉演劇之力發揚建國精神」，由「滿洲國」戲劇研究會主持編寫了一部新京劇《節孝全》。經審查機構「弘報處」審定，在新民戲院首演。召集各大城市有關人員到「新京」觀摩學習，向各地推廣。《節孝全》寫的是偽滿建立初年，「匪首」吳良搶走大學生孫某之妻，署長之子馬玉麟深入「匪窟」，救出孫妻並擒獲「匪首」的故事。

〔註32〕《全詔記》是偽滿洲國「新京國劇編導社」編寫的一部污蔑東北抗日聯軍的戲。輯安縣（今集安）「反共英雄」劉兆瑞，為了保全「皇帝」的詔書，情願被俘入密林受苦，極盡醜化抗日聯軍。據《弘宣半月刊》總第 51 期王漚訓文《康德六年度我國舊劇界之回顧》載：此劇演時，「招集各市伶人開講習會，並在新京、哈爾濱等各大市實行公演」，「更將該劇劇本，出資發行，普通全國」。

〔註33〕李香蘭：日本人，日偽時代著名歌星、影星。原名山口淑子，1906 年舉家來到滿洲，1920 年 2 月 12 日生於奉天（現瀋陽）近郊的撫順。為其父的乾兄弟（奉天銀行經理）李際春收為義女，起漢名為李香蘭。曾以潘淑華之名義在北京翊教女子中學就學，1937 年畢業。曾從白俄老師學習音樂，在偽滿洲國的流行歌曲大賞賽中獲得頭獎。1937 年，進入滿洲電影界，拍攝了多部電影，從而成為當時的頭號演藝巨星。《何日君再來》等流行歌曲都是她的作品。

《蘇州夜曲》和《夜來香》等。同時，也以「嚴辦漢奸」的口實，禁演了李萬春排演的京劇《漢班超投筆從戎》，這也是當時十分轟動的新聞〔註34〕。

　　不久，第二次國內革命戰爭全面爆發，國、共兩黨開始了你死我活的鬥爭，全國人民又經歷了一次次規模巨大的戰爭洗禮。1948年解放軍包圍北平，翌年1月22日，北平通過談判和平解放。中國人民解放軍北平軍事管制委員會進駐北京，負責文化工作的軍代表也進駐社會局，接管了局內民國政府的原班人馬。首先做的一件事，就是雷厲風行地施行禁戲。3月25日，即以中國人民解放軍北平軍事管制委員會文化接管委員會的名義，在《北平新民報》公開發表了《禁演五十五齣含有毒的舊劇》的公告〔註35〕。《公告》開宗明義地指出：「多少年來，大部分舊劇的內容，就是替封建統治階級鎮壓人民的反抗思想和粉飾太平。現在，為了扭轉舊劇以封建利益為本位的謬誤觀點，主管機關已擬定長遠的改革方案和計劃，並決定目前有五十五齣舊劇必須停演。」

　　其一，屬於提倡神怪迷信的：《遊六殿》、《劈山救母》（《寶蓮燈》後部）、《探陰山》、《鍘判官》、《黑驢告狀》（《打棍出箱》後部）、《奇冤報》（《烏盆計》）、《八仙得道》、《活捉三郎》（《烏龍院》後部）、《三戲白牡丹》、《盜魂鈴》、《陰陽河》、《十八羅漢收大鵬》、《打金磚》後部（《二十八宿歸位》）、《唐明皇遊月宮》、《劉寶進瓜》、《崑崙劍俠傳》、《青城十九俠》、《封神榜》（連臺本戲）、全部《莊子》、《飛劍斬白龍》、全部《鍾馗》、《反延安》、《胭脂計》。

　　其二，屬於提倡淫亂思想的：《紅娘》、《大劈棺》（《蝴蝶夢》）、《海慧寺》（《馬思遠》、《雙鈴記》）、《雙釘記》、《也是齋》、《遺翠花》、《貴妃醉酒》、《殺子報》、《胭脂判》、《盤絲洞》、《雙搖會》、《關王廟及嫖院》（全部《玉堂春》前部）。

　　其三，屬於提倡民族失節及異族侵略思想的：《四郎探母》、《鐵冠圖》、《鐵公雞》、八本《雁門關》。

　　其四，屬於歌頌奴隸道德的：《九更天》（《馬義救主》）、《南天門》、《雙官誥》（但《機房訓》除外）。

　　其五，屬於表揚封建壓迫的：《斬經堂》（《吳漢殺妻》）、《遊龍戲鳳》（《梅

〔註34〕見李萬春著《李萬春回憶錄》。
〔註35〕見中華民國三十八年三月二十五日《北平新民報》《中國人民解放軍北平軍事
　　　　管制委員會文化接管委員會禁演五十五齣含有毒的舊劇》的公告。

龍鎮》)、《翠屏山》、《紅梅閣》、《哭祖廟》。

其六，一些極無聊或無固定劇本的：《紡棉花》、《戲迷小姐》、《拾黃金》、《十八扯》、《雙怕婆》、《瞎子逛燈》等，一共五十五齣。

這篇《公告》刊於中華民國三十八年（1949）三月二十五日，係中華人民共和國成立之前。因為新政權尚未正式宣布改元，此《公告》，與新中國成立之後由中央文化部所頒禁戲文件，又有所區別（建國後，文化部所有相關禁戲的文件，皆以 1950 年至 1952 年間所禁 26 齣戲為準）。故而，以時間斷代處理，這組禁戲仍劃為民國時期。

臺灣禁戲

第二次國內革命戰爭後期，國民黨數十萬軍政人員敗退到臺灣，成立了臺灣偏安政府。國民黨為了達到「穩定軍心民心」、「統一思想」，「團結反共」的政治目的，採取了文化專制手段，對文化、出版、戲劇、電影設立了嚴格的管理審查制度。一度責成國防部負責審查戲曲劇目，再由教育部頒布准演證或禁演的通知。根據臺灣教育部原「中國歌劇改良研究委員會」委員張大夏先生的著述和臺灣「國光」京劇團藝術總監王安祈先生著《臺灣京劇五十年》一書記述：臺灣「劇團在公演之前必須先將劇本送教育部社教司審查，未通過的不得演出。教育部由社教司聘請專家學者召開『劇本審查委員會』，由外聘的委員開會決定是否有些戲不適合演出。審查之舉最根本的出發點是針對所謂『匪戲』，主導的政府單位是教育部。這是審查與禁戲最主要的目的，借審查過程檢查有無大陸在 1949 年以後新編的『匪戲』偷渡過關。自 1966 年起，教育部就頒發的《准演國劇劇目》。最後一部分，就特別列出『匪偽竄改及新編國劇概況表』，並特別說明，『共匪新編之劇本絕對不准演唱』」。

從 1947 年到二十世紀五六十年代，臺灣禁演的劇目，僅京劇就有十多齣。它們是：《紡棉花》、《四郎探母》、《文姬歸漢》、《昭君出塞》、《霸王別姬》、《走麥城》、《讓徐州》、《大劈棺》、《斬經堂》、《竇娥冤》、《無底洞》、《壯別》、《赤桑鎮》、《赤忠報國》等等。

這些戲除了因為「淫蕩、殘忍、有害善良風俗」、「反對戰爭」、「不忠不孝」等等原因外，最重要的還是要嚴禁「匪戲」在臺灣上演。凡大陸編演的「紅火戲」，臺灣一概不准演出！〔註36〕

〔註36〕引自王安祈著《臺灣京劇五十年》。

　　直到 1990 年，兩岸關係解凍，文化戲劇交流逐步開始。1992 年春，北京京劇團率先來到臺灣訪問，「名門之後」梅蘭芳之子梅葆玖、張君秋之子張學津、馬連良之女馬小曼等人的訪臺演出，標誌著臺灣地區政府對戲劇已全面解禁。

新中國成立之後禁戲

　　中國共產黨早在延安時期就特別關注戲劇工作，把戲劇看成是革命的重要組成部分。1948 年 11 月 13 日，在石家莊印刷出版的《人民日報》上面，已發表了《有計劃有步驟地進行舊劇改革工作》的重要文章〔註 37〕。周恩來在 1949 年 7 月「第一次全國文學藝術工作者代表大會」上強調，要團結「願意改造的舊藝人」，「組織他們」、「領導他們，普遍地進行大規模的舊文藝改革」。會後，成立了在文化部直轄的中央戲曲改進委員會，由周揚親自掛帥領導。該會主要的工作之一是「審查戲曲劇本與演出」。對那些「凡鼓吹封建統治以及封建奴隸道德、鼓吹野蠻恐怖或猥褻淫穢行為、醜化與侮辱勞動人民的戲曲，應加以反對」。文化部戲曲改進委員會也明確提出，劇目中凡含有以下內容者必須禁演或修改：

　　（一）宣揚麻醉與恐嚇人民的封建奴隸道德與迷信者；

　　（二）宣揚淫毒姦殺者；

　　（三）醜化和侮辱勞動人民的語言和動作。

　　在這種背景下，從 1950 年到 1952 年文化部陸續公布了一系列在全國禁演的劇目。這些劇目是：

　　京劇：《殺子報》、《海慧寺》（馬思遠）、《雙釘記》、《滑油山》、《引狼入室》、《九更天》、《奇冤報》、《探陰山》，《大香山》、《關公顯聖》、《雙沙河》、《活捉三郎》、《鐵公雞》、《大劈棺》、《全部鍾馗》（其中《嫁妹》一折保留）；

　　評劇：《黃氏女遊陰》、《活捉南三復》、《全部小老媽》、《活捉王魁》、《僵屍復仇記》、《因果美報》、《陰魂奇案》；

　　川劇：《蘭英思兒》、《鍾馗嫁妹》；

　　少數民族地區禁演的戲有：《薛禮征東》、《八月十五殺韃子》等，一共 26 齣。

　　上述禁戲的決定分別見新華社 1950 年 7 月 27 日電訊《中央人民政府文

〔註37〕見 1951 年 5 月 7 日《人民日報》周恩來《關於戲曲改革工作的指示》。

化部成立戲曲改進委員會──確定戲曲節目審定標準》；《中央文化部通令停演〈大劈棺〉》（1951 年 6 月 7 日）；《中央文化部禁演〈全部鍾馗〉，崑曲〈嫁妹〉應予保留》（1951 年 7 月 12 日）；《中央文化部為同意評劇〈黃氏女遊陰〉等六劇及同意京劇〈薛禮征東〉等兩劇不在少數民族地區演出由》（1951 年 11 月 5 日）；《中央文化部禁演評劇〈小老媽〉的通知》（1952 年 3 月 7 日）；《中央文化部查禁京劇本〈引狼入室〉的指示》（1952 年 6 月 21 日）等一系列中央文件之中。這批禁戲名單，較之建國前解放軍文化接管委員所頒禁戲劇目，在政策方面似乎更為嚴謹，更有政策性；但也更為嚴肅，更具權威，更具全國必須貫徹執行的高壓政令性。

在這種形勢下，文藝界、戲曲界的極「左」之風驟然而起，不少省、市級文化部門都發出「要在兩三年內消滅舊劇毒素的號召」，禁戲之風在全國各地大刮特刮。根據 1951 年 9 月 30 日東北人民政府文化部給中央文化部的報告的附件〔註38〕所列：遼西省 1950 年 3 月前曾經禁演京劇、評劇劇目達到三百出以上。華北地區所有傳統劇目都被分為禁演與准演兩大類，只有 63 種傳統劇目可以上演。此外，徐州曾經禁戲二百餘齣，山西上黨戲劇目原有三百多齣，被禁到只剩下二三十齣。

此風給戲劇事業一度帶來巨大的傷害。不僅觀眾無戲可看，許多民營劇團和藝人的生活也都出現了困難，而難以維持了。面對這種惡劣情況，中央文化部又要推行貫徹「百花齊放、百家爭鳴」的政治方針，在黨內外眾多志士仁人的熱切呼籲下，文化部於 1956 年 6 月 1 日至 15 日在北京召開全國戲曲劇目工作會議〔註39〕。會上決定對舊劇目、包括部分鬼戲，禁戲，作了「有限度的放寬」。比如，原本被《人民日報》定為壞戲的《四郎探母》、《遊龍戲鳳》、《醉酒》、《翠屏山》等也開始准予公演。1956 年，在北京市演員工會成立大會上，幾乎所有的京劇大腕們都聚在一起，在音樂堂興高采烈地上演了《鎖五龍》、《龍潭鮑駱》和《四郎探母》。此外，《醉酒》和根據《活捉王魁》改編的《情探》，也由梅蘭芳和傅全香分別領銜拍成了電影，在全國放映。

1957 年 2 月，毛澤東在最高國務會議上發表了《關於正確處理人民內部矛盾問題》的講話，談到：「革命時期的大規模的疾風暴雨式的群眾階級鬥爭已經基本結束」，號召各級黨委放手推行「雙百方針」，同時放手實施「大鳴

〔註38〕見 1951 年 9 月 30 日《東北人民政府文化部報告》附件一，附件二，附件三。
〔註39〕見 1956 年 7 月號《戲劇報》《記全國戲曲劇目工作會議》。

大放」,「給共產黨提意見」〔註40〕。在這場「陽謀」策略的指導下,文化部於5月14日發出通令:「把所有原來禁演的戲曲劇目全部解禁」,並於5月17日對全國文化、戲劇單位下發了紅頭文件——《文化部關於開放「禁戲」的通知》。通知說,「鑒於五十年代初的禁戲,妨礙了戲曲藝術的發展」,決定「除已明令解禁的《烏盆記》和《探陰山》外,以前所有禁演劇目,一律開放。」但是,沒過幾天,6月8日《人民日報》又發表了《這是為什麼?》的社論,開始對「右派」進行全面地、無情地、堅決地「反擊」。〔註41〕這一「引蛇出洞」策略,使這個解禁文件成了一張短命的廢紙,也使不少文化界、藝術界、戲劇界「沒有政治頭腦」的人,墜入了深深的陷阱。一大批文人和演員,如吳祖光、石揮、孫家琇、陳素真、李萬春、葉盛蘭、奚嘯伯、葉盛長、新鳳霞等,一夜之間,都成了「大右派」。「妄想恢復失去的天堂,積極搬演舊戲、禁戲」,也是他們的罪名之一。

反「右」運動之後,舉國又掀起了狂熱的「大躍進」。在如火如荼的革命浪潮中,無數傳統舊戲都被「自動」地「掛了起來」。隨著階級鬥爭的弦兒越拉越緊,1963年3月29日,中央批轉文化部黨組「關於停演『鬼戲』的請示報告」,把新編古裝戲《李慧娘》定為「反革命向黨進攻的一株大毒草」。此後,全國戲劇舞臺已是一片肅殺!待到江青走上第一線,親自大搞「現代戲」的時候,所有劇團的傳統戲裝、道具「全部封箱」,只准演出八個「樣板戲」,所有舊劇也就全部「禁演」了。

當然,歷朝歷代政府出面禁戲,其中有諸多複雜的政治原因和社會原因。大凡禁戲的「口實」,都是「誨淫」、「誨盜」兩大罪狀。「誨淫」,自然指的是那些有悖當時倫理道德、儀禮民風,超越男女軌制而傷風敗俗的「亂色奸聲」;「誨盜」,則是「弒君謀位」、「犯上作亂」,「強梁鬥狠」、「欺逼兇殺」,為當權者「看著不順眼,聽著不入耳」的劇目。這裡邊包含的政治因素,也就五花八

〔註40〕見1956年11月23日《人民日報》。

〔註41〕1957年5月18日《戲劇報》報導:「1957年5月14日,文化部通令解除全部禁演劇目,一律開放。」並於5月17日對全國文化、戲劇單位下發了《文化部關於開放「禁戲」的通知》,這個通知不僅僅發給各級文化主管部門,也不是秘密文件,它明確要求將這一解禁決定「通知各地文化藝術事業單位(包括民間職業劇團)。」但是,就在第二天,5月15日,毛澤東卻又撰寫了《事情正在起變化》一文,發給黨內高級幹部,指出:「要認清階級鬥爭形勢,注意右派的進攻。」6月8日《人民日報》發表了《這是為什麼?》的社論,吹響了「反右運動」的號角。

門、不一而同了。戲劇自身，可以說其固有的「滑稽」、「諷諫」、「插科打諢」，以及戲劇語言詞句的「賦、比、興」，加之看戲人的理解不同，都可能造成「詆語影帶」、「借古諷今」、「指桑罵槐」、「借屍還魂」的解釋，從而被羅織成「瀆經侮聖、詆賢叛道」，「譏時揭弊、諷刺政治」等種種「罪名」。無疑，這類政治色彩顯著的戲劇，是任何朝代、任何政府的當權者，都是難以容忍的。採用政令「禁戲」，甚至鐵腕制裁，也就給後人留下了許多「莫須有」的「公案」，給研究者留下無數「見仁見智」、「褒貶不一」的評說。

筆者對這方面知之有限，也沒有進行過深入地研究，所以，本書對這一課題不作討論。僅對自清乾隆五十年（1785）「禁演秦腔」以降，到文化大革命之前（姚文元發表《評新編歷史劇〈海瑞罷官〉》的 1965 年）的一百八十年間，不同歷史階段，不同政府的禁演戲碼，做些考證和說明。給戲劇史研究者們提供一些素材，也對愛看戲的人和對戲劇有興趣的讀者們提供一些茶餘飯後的談資。

在整理這些禁戲劇目的過程中，凡屬內容相同而名字不同的戲，如《茶坊比武》、《鐵弓緣》，《戰宛城》、《刺嬸》等，皆並為一齣戲予以說明。又如《遊殿》、《送柬》、《請宴》、《琴心》、《跳牆著棋》、《佳期》、《拷紅》、《長亭》等，同為《西廂記》中的數折戲，為了簡化說明，也歸併為一戲處理。這樣，對每一齣禁戲的劇情、演出的情況、被禁的時間、被禁的原因以及解禁的情況，盡其所知，做些扼要說明。

對於禁戲的編排，筆者按以下幾個不同的歷史時期，分為四個部分編輯。大致如下：

「清代的禁戲」，自乾隆五十年（1785）「禁演秦腔」算起，到宣統三年（1911）清廷遜位為止，為第一個時期。

「民國時期的禁戲」，則從民國元年（1912）起，到民國三十八年（1949），即中華人民共和國建國前夕，算作第二個時期。其中，包括民國期間的禁戲，日偽時期抗戰淪陷區內的禁戲，以及解放軍剛一進駐北平時期的禁戲等三個部分。

「臺灣的禁戲」，自 1949 年起到 1990 年臺海關係解凍，臺灣戲禁自動解除為止。

「建國之初的禁戲」，其中的禁演劇目，筆者是以文化部頒發的正式文件為準。也就是說，從 1950～1952 年期間所頒布的 26 齣禁戲劇目，再加上 1954

年 4 月 16 日文化部批覆《建議停演或禁演評劇〈麻瘋女〉的意見》，以及 1963
年 3 月 29 日中共中央批轉的文化部黨組《關於停演「鬼戲」的請示報告》中，
點了名的《李慧娘》一劇為止（該報告是繼五十年代初的禁戲令之後，出自
中央最高層的、有據可查的重要的禁戲文件）。至於各地區、省、市文化主管
部門在不同時期下發的禁戲文件，因為過於龐大蕪雜，涉及面也太廣，而且，
也不一定能準確地代表那一階段的國家意志，故而一概略去不計。

　　全書在這次增訂稿中，增加了有關文化大革命前期、中期和後期「禁戲」
的部分，其中有「禁戲」的巔峰之作，即被中央點名批判的「反黨、反社會主
義的反革命戲劇」如《清宮秘史》、《海瑞罷官》和《海瑞上疏》等。這些戲雖
未見諸文化部的正式禁令，但「最高司令部的義憤」，足以使它們遭遇滅頂之
災，不知殃及了多少著名的編劇和戲劇表演藝術家，甚至為其獻出了保貴的
生命。筆者對這一眾所周知的史實也無須遮掩，特以簡述和附件的形式記之
於後。

第一章　清代禁戲：清乾隆五十年～
宣統三年（1785～1911）

1.《滾樓》

劇名：《滾樓》又名《滾豌豆》或《雙婚配》。

劇情：據秦腔老藝人回憶的早年演出本講，《滾樓》演的是唐朝德宗時的故事。黑水國侵犯邊境，德宗皇帝派羅洪義率兵出征，結果全軍被困。接著，又派王子英領兵救援，途中遇到山寨女大王高金定阻攔。王子英被高金定打敗，逃到杜家寨，寨主杜公道將王子英藏在自己女兒的繡樓之中。杜公道的女兒秀英與高金定素有私誼，恰好高金定追至寨中，杜公道也把她有意地安排在秀英的繡樓裏。並且，故意在樓板上鋪滿了豌豆。入夜，杜公道宴請客人，眾人皆被灌得昏昏酒醉。子英與金定在上樓的時候，二人踩在豌豆上，在一陣胡拉亂滾之中，彼此顧盼生情。於是，化干戈為玉帛，兩情歡好，結成婚配。後來，杜公道也把自己的女兒秀英嫁給了王子英。從此，王、高合兵，共同剿滅了黑水國，得勝還朝。（見 1982 年陝西省文化局《陝西傳統劇目彙編・秦腔》三十三集）

而周貽白先生在《中國戲曲發展史綱要》中則說：「按《滾樓》劇衍春秋時伍員之子伍辛與黃賽花事，一名《藍家莊》。解放前川劇、贛劇尚傳其名目，北京大鼓書中亦有此段，但已無人演唱。」《滾樓》是全部《藍家莊》中的一折。說的是楚國大將伍員，因父親伍奢諫勸楚平王不要納子婦為妻，結果全家被殺。伍員逃出楚國後，來到吳國，幫姬光請專諸刺死王僚。姬光登基，重用伍員。伍員統率大軍攻楚，途中遇一少年將軍抵抗，被他戰敗。後來，才知

此少年乃是伍家僅存的孤兒伍辛。伍辛獻關後，被封為前鋒。在攻打楚地時，遇到一員武藝超群的女將，伍辛不敵受傷，逃到藍家莊。藍家莊的小姐藍姑娘愛上了伍辛，為他親自調藥治傷，還大膽地向他示愛，終與伍辛結成連理。第二天女將趕到，藍女藏起伍辛，殷情接待女將，並用酒將她灌醉，扶入臥室。隨後，又將伍辛推入臥室，反鎖了樓門，伍辛遂與女將亦成就百年之好。待女將酒醒，發現自己失身，大怒，拔劍欲殺伍辛。伍辛連跪帶滾地向她賠禮道歉，女將則翻滾追殺不捨。《滾樓》一劇演的就是這一折。儘管人們對這齣戲的來龍去脈有著不同的說法，但這一折戲的主要情節是相同的。

《滾樓》，清升平署戲曲人物扮相譜。

禁與解禁：《清代北京竹枝詞》中有淨香居士主人所作《竹枝詞》一首贊
道：

　　《滾樓》一齣最多情，《花鼓》、《連相》又《打更》。

　　誰品燕蘭成小譜？恥居王後魏長生。

　　《滾樓》是一齣小生、刀馬旦吃重的做工戲。乾隆年間，秦腔名伶魏長
生最擅此劇。在《滾樓》中，他飾演女將軍。細緻入微地刻畫了這位女將複雜
的情感變化，因此轟動京城。據乾隆五十五年吳長元（署名安樂山樵）所著
《燕蘭小譜》載：魏長生字婉卿，行三，人稱魏三，四川金堂人。自幼家貧，
入秦腔班學藝。乾隆四十四年（1779）入都，在雙慶部演出《滾樓》一劇，「一
時歌樓觀者如堵，而六大班幾無人過問，或至散去。」《嘯亭雜錄》卷八記載：
「凡王公貴位，以至詞垣粉署，無不傾擲纏頭數千百。一時不得識魏三者，
無以為人。」

　　魏長生所演花旦、刀馬旦的戲，內容生動，做功細膩，唱詞通俗易懂，
腔調清新動聽，並以胡琴、月琴伴奏，繁音促節，聲情並茂。他本人又勇於創
新，為美化旦角化裝，改「包頭」為梳「水頭」、貼片子，並發展了踩蹺技藝。
《燕蘭小譜》卷五稱：「友人云京旦之裝小腳者，昔時不過數齣，舉止每多瑟
縮。自魏三擅名之後，無不以小腳，足挑目動在在關情，且聞其媚人之狀，若
晉侯之夢與楚子搏焉。」時人有詩讚道：

　　鶯鶯嚦嚦燕喃喃，齯齒迎人媚態含。

　　最是野花偏豔目，稱他窄袖與青衫。

　　當然，一些守舊的人對他的這一類創新，也頗不以為然，嘲笑他是「野
狐教主專演粉戲」。

　　1785 年，清政府以「正風俗、禁誨淫之戲」為名，明令禁止秦腔戲班在
京城演唱。《滾樓》一劇，首當其衝，被列為禁戲，魏長生也被逐出京師。但
是，該劇在民間依舊演出不斷，而且越演越火炎。直到同治年間，余治《得一
錄》刊載的《永禁淫戲目單》中，《滾樓》一劇仍然首列其間。

2.《茶坊比武》

　　劇名：《茶坊比武》亦名《鐵弓緣》、《豪傑居》或《大英傑烈》。

　　劇情：故事源自明人傳奇《鐵弓緣》。講陳守備居官早喪，其女陳秀英與
母親二人相依為命，開了一間豪傑居茶館度日。室內置有鐵弓一張，懸於壁
上。陳守備生前遺言，凡能拉開此弓者，即可接納為婿。總鎮石須龍之子石

旦率奴僕來茶館吃茶，欲討秀英為妾，被陳母暴打了一頓。恰被總鎮部將匡忠遇見，上前勸解，石旦乘機逃走。匡忠生得一表人才，被秀英和陳母看中，請入茶館用茶。匡忠精通武藝，很從容地拉開了鐵弓。陳母上前說婚，成全了二人的婚事。石旦回府後不知悔改，在石須龍面前挑撥是非。石須龍溺愛自己的兒子，命匡忠父子外出解餉，又暗中命人中途劫搶，誣匡忠父子通賊。謫貶匡忠父子去鎮守邊關。

陳秀英見匡忠久去不歸，不知緣故，便女扮男裝，假託匡忠好友王富剛之名，上路尋夫。路遇山寇關某之女相阻。關女愛其英俊，意欲為婚，秀英假裝應允，借得關某兵勇數千，攻佔城池，殺死石須龍。王知府遣派王富剛出戰，而秀英單要會見匡忠，方可退兵。知府無奈，遂急調匡忠回城，夫妻二人在戰場上相會團圓。

禁與解禁：在清季，此劇往往只演前半齣，故名《茶坊比武》。戲中人物以小生、小旦、小丑為主，且有「吃茶調情」、「比武定親」等情節。表演中少不得有「秋波暗送，青眼傳情」等。據清安樂山樵撰《燕蘭小譜》記載，《鐵弓緣》也是魏長生擅演之作。時人有詩誇魏長生：

> 媚態綏綏別有姿，何郎朱粉總宜施。
>
> 自來海上人爭逐，笑爾翻成一世雌。
>
> 鏡殿春風作意描，阿翁瞥見也魂消。
>
> 十香詞好從兒唱，贏得羅裙幾度嬌。

《燕蘭小譜》又稱：「壬寅（1785）秋，（長生）奉禁入班，其風始息。今雖復演，與銀官分部，改名永慶，然較前則殺矣。」也就是說，乾隆皇帝在壬寅年下旨，京城禁演秦腔，並命魏長生改唱崑、弋兩腔。秦腔《鐵弓緣》也就成了一齣禁戲。但是，在民間此劇仍未禁絕。直到道光、同治年間，《茶館比武》依然被劃為「淫戲」，遭到禁演。事見余治輯《得一錄》。

3.《葡萄架》

劇名：《葡萄架》亦稱《潘金蓮葡萄架》。

劇情：故事出自明蘭陵笑笑生著《金瓶梅詞話》中的第二十七回，《李瓶兒私語翡翠軒‧潘金蓮醉鬧葡萄架》一章。西門慶在盛夏之時的後花園內，與潘金蓮和丫環春梅在一起消暑調笑，時而唱曲、時而小酌。興致來時，二人在葡萄架下交歡採戰，白晝宣淫。

禁與解禁：明蘭陵笑笑生所著《金瓶梅詞話》一書，因書中有大量男女

性事活動的描寫，一直被視為淫書。清代曾多次把它列入禁燬之列。而《潘金蓮醉鬧葡萄架》更是全書描寫性事最露骨的一章。把這樣的情節搬演於舞臺，其狀可想而知。刊行於乾隆五十五年的《燕蘭小譜》載：「王府班名旦白二、劉黑兒演《葡萄架》一劇享譽京師。白飾潘金蓮，劉飾婢女春梅。但自魏長生唱《滾樓》一劇轟動京師之後，白即輟演該劇。」吳太初記詩感慨此事，詩云：

> 宜笑宜嗔百媚含，昵人嬌語自喃喃。
>
> 風流占斷《葡萄架》，可奈樓頭有魏三。

後來，他二人改搭魏長生的永慶班，也改唱魏腔了。這裡是說，魏長生的演技要比他二人高一籌。魏飾演的女性更加楚楚動人，別有情韻。但是，這種實屬荒淫的「鄭聲」，終於惹惱了皇帝。乾隆五十年（1785），一向喜愛戲曲的乾隆皇帝下了一道非常嚴厲的驅逐令：「議准：嗣後城外戲班，除崑、弋兩腔仍聽其演唱外，其秦腔戲班交步軍統領五城出示禁止。現在本班戲子，概令改歸崑弋兩腔。如不願者，聽其另謀生理。倘有怙惡不遵者，交該衙門查拿懲治，遞解回籍。」（見張江裁《北京梨園掌故長編》引《欽定大清會典事例》）

清朝經過幾代皇帝的勵精圖治，至乾隆一朝，出現了一個政治安定、經濟繁榮、文化發達的昌盛局面。在這樣的環境下，官宦豪紳、八旗貴胄弟子開始沉溺聲色，社會風氣逐步荒淫腐化，戲曲成了他們這些享樂者追逐歡樂的一種主要對象。不健康的「捧角兒」，對低級趣味的追求，嚴重地影響著社會風氣。例如當時演出的《潘金蓮葡萄架》、《滾樓》、《大鬧銷金帳》等劇目，淫穢猥褻的成分很大。吳長元《燕蘭小譜》記述：「未演之前，場上先設幃榻花亭，如結青廬以待新婦者，使年少神馳目騁，罔念作狂。淫靡之習，伊胡底歟！」由此看來，乾隆禁止此類戲的上演，還是有一定道理的。

奈何，這類戲在民間並未禁絕，直到同治年間還時有演出。故《翼化堂條約》中的《永禁淫戲目單》上，依然列有這齣戲的大名。

4.《賣胭脂》

劇名：《賣胭脂》，亦名《留鞋記》。

劇情：故事出自元人雜劇《王月英元夜留鞋記》。滇劇、徽劇、河北梆子、秦腔、楚劇、桂劇都有這一劇目。宋朝有一位書生名叫郭懷。他赴京趕考，名落孫山，困居汴梁。一日，他外出閒遊，經過一家小小的胭脂店。見店內櫃檯

後面坐著一位少女，生得十分標緻漂亮，心生羨慕。於是走入店中，假借買胭脂之名與之調笑。此女原是店家婆王母之女，名叫王月英。她見到郭懷瀟灑風流，亦春心蕩漾，有意迎合。這一切全被外出歸來的王母撞見。王母大怒，厲聲指責盤問。後來，見他二人情真意切，又生得般配，就應允了他二人的婚事。一般演出到此處戛然而止，戲名就叫《賣胭脂》。

若是演出全劇，故事就比較複雜了。二人定親之後，即刻分手，郭懷還鄉稟告父母。行前，王月英贈給他繡鞋一雙，以為表記。郭懷醉臥寺院，繡鞋被惡人拾去，惹出一場很麻煩的官司。最後，包公出面，才斷清了其中的是非。

禁與解禁：《賣胭脂》是一齣小生、小旦、彩旦應工的「三小戲」。少年男女調情，少不得眉飛色舞，舉止失當。如果演得再誇張一些，便有了「粉」色之嫌。此劇也是魏長生在乾隆年間帶上京師舞臺的。魏長生善演鶯啼燕囀、媚態可掬的情愛女性，能夠達到形似神合的境界。他的演出，使原本名聲顯赫的大成班、王府班、餘慶班、裕慶班、萃慶班、保和班都黯然失色，幾乎到了散班的程度。但是，六大班的後臺多為皇親貴戚，他們視京腔、崑弋為正統，而視秦腔為邪門歪道。所以，不斷地揭發秦腔的「粗俗淫穢」，使劇壇上出現了「花雅之爭」的局面。

乾隆五十年（1785）由步軍統領五城出示了禁止秦腔演出的上諭：「概令改崑、弋兩腔，如不願者，聽其另謀生理。倘於怙惡不遵者，交該衙門查拿懲治，遞解回籍」（引《欽定大清會典事例》）。終使「花部」失敗，而以崑、弋代表的「雅部」佔了上風。

《賣胭脂》一劇屬於「花部」亂彈劇目，在清季被列入禁戲，如《永禁淫戲目單》和同治年《道憲查禁淫戲》公告中，均列有此戲之名。可見，這齣戲在民間流行之盛，屢演屢禁，屢禁屢演，禁之難絕。

5. 《烤火》

劇名：《烤火》亦稱《烤火下山》。

劇情：《烤火》是全本《富貴圖》中一折，從「烤火」起到「落店」止，則叫《烤火下山》。演的是唐朝楊國忠奸黨臧昂，欲強娶參軍之女殷碧蓮為妻，殷參軍不願與臧家結親，只得攜女出走。行至少華山，被俠盜袁龍劫上山寨。袁龍有一好友倪俊正在山寨做客。袁見碧蓮與倪俊才貌相當，便從中做主，強迫二人在山寨成婚。倪俊在家鄉由父母做主，原已與傅金蓮定婚，並有富貴圖為憑，故而無意再娶。時值天寒地凍，孤男寡女關在洞房內相對烤火，

坐以待旦。碧蓮見倪俊文雅規矩是一位真君子，心生愛慕，幾次想與他坦蕩心懷，託以終身，只是礙於情面，羞於啟齒。待天光欲曉之時，碧蓮求其援助，倪此時也已動心，遂將富貴圖贈予碧蓮，天明後匆匆而別。

倪俊下山到旅店休息，此店適為碧蓮之婢秋香所開，秋香對之款待如賓。再說奸賊臧昂親領官兵前來剿山，被袁龍殺了。袁龍讓殷家父女攜圖下山，在店中遇到倪俊，倪讓他們父女先到自己家鄉暫住。倪俊則進京趕考，得中狀元歸家。復經三家老人相勸，倪俊終於與殷碧蓮、傅金蓮成婚。此劇後半部已無積極意義，表演亦無情趣，故而，劇團多從《烤火》演起，演到《下山》為止。

禁與解禁：此劇原為秦腔，也是由魏長生帶入京師的。魏長生飾演《烤火》中的碧蓮，能描摹出情愛女子的心理，演得鮮明活潑，富有個性。《燕蘭小譜》記魏長生的徒弟陳銀兒演出《烤火》的情景。「余近見陳銀兒《烤火》一齣，狀女悅男之情，欲前且卻，舉多羞澀，既而俗念難消，肩背瑟縮，不能自禁。恍悟咸卦，四五兩爻。由心而背，一節深一節，非以脢（méi）為莫不關情處。講家謂脢在心上，不能感物。此春香之譏陳最良，一些趣也不知也，識者當自領之。」詩云：

> 兩美相逢悅有餘，目閏肩聳更踟躕。
>
> 頓教悟徹咸其脢，快讀兒家無字書。

從中可以想像到魏長生的演技，是如何高妙傳奇。乾隆禁演秦腔以後，此戲絕響一時。到嘉慶年間，《烤火》一劇才又活躍起來。清人貴日方編《黔記》中收有《貴州竹枝詞》，其中有首詩寫道：

> 板凳條條坐綠鬟，娘娘廟看豫升班。
>
> 今朝比似昨朝好，《烤火》連場演《下山》。

同治年間，這齣戲被列為禁戲，見余治《得一錄·永禁淫戲目單》。

6.《背娃入府》

劇名：《背娃》亦名《背娃入府》或《侯府》，也叫《溫涼盞》。

劇情：故事的年代無考，講寒士張元秀家境貧寒，寄居在表兄李平家中。李平夫妻以稼穡為生，助其讀書。張元秀的岳父耿金文嫌貧愛富，時常用語言羞辱他無能。一日，元秀拾得溫涼玉盞一隻，想進京進貢以求晉身。李平夫婦代他籌備旅費，助其上路。元秀進京之後，果然因獻盞有功，被皇帝封為進寶狀元，又賜封侯位。張元秀感激李平夫婦相待之情，接他二人攜子入

府，敬為上賓。岳父耿金文也來賀喜，張元秀惡其勢利，同樣用言語羞辱他。李平夫婦從中勸解，張元秀怒氣始消，前嫌乃釋。

《背娃入府》，清代河南開封套色木版年畫。

禁與解禁：該劇始自秦腔，魏長生飾演淳樸的鄉下婦女，頗為神似。吳長元《燕蘭小譜》有詩讚之：

傳神一劇《背娃娃》，村婦癡頑笑語嘩。

薄酒中人粗布暖，錦幃春色屬誰家？

《日下看花記》也有詩讚之：

《背娃》爭看小嬌妖，未吐歌珠幾折腰。

好似映山紅躑躅，也堪娛目把人撩。

乾隆五十年（1785），長生受到其他劇種之妒，告其「言詞粗俗，聲腔不雅」，被逐出京師。乾隆五十三年（1788），魏長生南下揚州，又使魏腔風靡揚

州。趙翼在《簷曝雜記‧梨園色藝》載：「歲戊申，余至揚州，魏三者，忽在江鶴亭家。酒間呼之登場。」李斗《揚州畫舫錄》卷五也有記載，稱其「演戲一齣，贈以金。」以至崑班子弟亦有背師而前來學藝者。焦循在《花部農譚》中說：「自西蜀魏三兒，倡為淫哇鄙謔之詞，市井中樊八，郝天秀之輩，轉相效法，染及鄉隅。」可見魏長生在江南也有很大的影響。

魏長生離京時曾經發誓說：「不復入京，何為大丈夫！」終於，他在外埠漂泊多年之後，於嘉慶六年再一次回到京都。由於彼時禁令未解，只許他演《背娃入府》一戲。魏長生竭盡畢生所能，唱得聲情並茂，高亢之處，聲裂九天，全場再度轟動。下場後魏長生以淚洗面，長歎一聲「吾誓圓也！」遂溘然長逝。後人演此劇者，只有楊雙官堪步其武。《日下看花記》稱其，「演劇在淡中取態，其味當於雋永處求之。如《背娃》一齣，自魏三擅場後，步其武者，工顰妍笑，極妍盡致。天福輕描淡寫，活像三家村裏當家婦人，臉不畏羞，口能肆應，可謂一洗時派矣。」時人稱之：

　　一顰一笑盡從容，不太寒酸不太濃。

　　折取玉簪秋水照，可人倒勝木芙蓉。

直至同治年間，《翼化堂條約》的《永禁淫戲目單》仍將此戲列為淫戲，禁止演出。到了民國時期，《背娃入府》曾在上海丑角大會中演過一次，畫家為我們在煙畫上留下了一個李平妻的造像。但煙畫背子上所印此戲評語時，則稱「亦不見大好處」。到了二十世紀三十年代，此戲也就絕跡舞臺了。

7.《大鬧銷金帳》

劇名：《大鬧銷金帳》

劇情：《大鬧銷金帳》是一齣秦腔，也是魏長生和他的弟子們在乾隆年間帶入京師的。故事內容今已失考。有人說是從元代的「水滸」劇目翻演出來的。宋末遺民龔聖與作有《宋江三十六人贊》，無名氏的《大宋宣和遺事》也都記述了宋江等人的事蹟。其中《小霸王醉入銷金帳‧花和尚大鬧桃花村》的情節，寫魯智深為了收拾小霸王，自己扮成了新娘，「將戒刀放在床頭，禪杖把來倚在床邊，把銷金帳子下了，脫得赤條條地，跳上床去坐了」，等著小霸王的到來，再施教訓。但是，這似乎與香豔的旦角戲沒有什麼關係，更談不上是齣「淫戲」了。

《燕蘭小譜》載，「以名教罪人歸獄魏三，非無見也。近年演《大鬧銷金帳》者漸少，曾於三慶座中一見之。雖仍同魏三故事，裸裎登場，然座客無讚

歡者，或且不顧而唾矣。天下人耳目舉皆相似，聲容所感，自足令人心醉，何苦作此惡劇，以醜態求悅人哉？」從這些文字可以推測，《大鬧銷金帳》是一齣專門描寫男女閨帷之私的鬧劇。而且，演員「裸裎登場」。「裸體上臺」，這在十八世紀中葉倒也是件天大的奇事。

禁與解禁：文載：擅演此戲的陳銀官，字碧，四川成都人。他在乾隆四十五年間入雙慶部，後來加入宜慶部，是魏長生最早的弟子之一，也是成就很高的一位伶人。他的演出令「觀者如飽飫濃鮮，得青子含酸，頗饒回味，一時有出藍之譽。」陳銀官在當時紅極一時，以致「梨園別部演劇，觀者恒寥若曙星。往往不終劇而罷。」時人贊其：

> 逸態翩躚青勝藍，多情不作竇兒憨。
> 憐他醞藉春風裏，弱柳依依似漢南。

但是，銀官演的一些劇目多背離了藝術本色，陷入低級趣味的迷途。如這齣《大鬧銷金帳》與《潘金蓮葡萄架》等，以感官刺激迎合觀眾，淫穢猥褻的成分很突出。吳長元在《燕蘭小譜》記述了這樣一個事實：「友人言，近日歌樓老劇冶豔成風，凡報條有《大鬧銷金帳》者，是日座客必滿。魏三《滾樓》之後，銀兒玉官皆效之。又劉有《桂花亭》，王有《葫蘆架》，究未若銀兒之《雙麒麟》，裸裎揭帳，令人如觀大體雙也。」史載：南漢劉鋹曾令宮女與人赤裸交合，自己擁抱著波斯女人觀看，號稱「大體雙」。「大體雙」一詞也就是「裸體春宮」的代名詞，足知戲之穢。時人有詩嘲之：

> 虢國風流別有春，每嫌脂粉污天真。
> 卯金故事堪持譽，帳裏盈盈兩玉人。

正因如此，銀官為這齣戲也召來不少禍事。「有大力者譖之要津，謂其妖淫惑眾，且多狂誕不法」。「而陳又適以誤觸巡城御史車，因逮送秋曹，決三十，使荷校五城，將問遣。陳多方夤緣，乃得薄責，遞回原籍，然已狼狽如幼芳矣」。陳銀官是魏長生一派最富競爭力的演員，因演出這類「粉戲」身敗名裂，最後不知所終。雖然這件事與他的個人人品有關，另一方面，也可以看到彼時劇壇「花雅之爭」的激烈與殘酷。

這齣戲在乾隆五十年後，被禁止演出。

8.《種情受吐》

劇名：《種情受吐》又名《占花魁》或《賣油郎獨占花魁》。

劇情：故事出自明代話本《賣油郎獨占花魁》，《綴白裘》第十集卷四亦

載有此劇，名為《種情》。賣油郎秦鍾積蓄了一年勞作收入的十兩銀子，揣在懷中，來到王九媽家中，要與名妓花魁相處一夜。九媽多次回絕，而秦鍾堅持要見。這一日，九媽對秦鍾說，是夜花魁與俞太尉遊湖，黃昏即回，囑其可在花魁房裏等候。秦鍾依囑一直等到二更，才見花魁酒醉而歸。二人未及交言，花魁便已昏然睡去。秦鍾憐香惜玉，守在繡榻之前殷勤伺候。時而為之蓋被，時而為之捧茶。中夜，花魁作嘔，秦鍾怕污了她的被褥，用自己的袖子盛其污穢。花魁醒後，感其多情，以銀兩相贈，秦鍾拒而不受。後來，二人幾經周折，最終成為眷屬。

　　禁與解禁：史料記載：乾隆年間，慶寧部小旦徐才官飾花魁，劉大保飾演的秦鍾，稱絕一時。「才官嬌姿婀娜，倦眼蒙矓，風神端不減著露海棠。是劇大保為秦鍾，更添一番情致。」

　　《日下看花記》載：伶人「玉仙演《占花魁》，以憨見妙；管霞則正以慧見妙。各擅勝場。使尹、邢相對，能不爽然自失！冠卿亦以此齣擅名。然冠卿遭際順境，事事如意，所謂『強笑不歡，效顰不愁』。管霞則長身玉立，自顧頭顱如許，幽憂怨憤，時積於懷。當夫檀板一聲，亭亭扶影；眼光一注，茫茫大千，託足無地。此情此境，根撥傷心。幽愁暗恨，觸緒紛來。故其低回幽咽，慷慨淋漓，有心人一種深情，和盤托出。借他人酒杯，澆自己壘塊，不自知其然而然也。」又稱：「三元，字藕仙。翠香師弟也。面目媚秀，髮初覆額，如新鶯學囀，乳燕試飛，每登場與玉仙兩兩相比，尤宜小生。搬《占花魁》秦小官，凝秀圓轉，殊有意致。」文中有小鐵笛道人詩證之：

　　纏頭錦帕黛含顰，繪出莘娘絕妙神。

　　底事癡情忘是假，一時妒煞賣油人。

　　劇中演的是少年狎妓，已屬士人忌諱。同治年間此劇被禁，列入《永禁淫戲目單》。民國以後，崑曲常演此劇。近代，則屬名家俞振飛演得最是精妙。二十世紀五十年代，他曾與言慧珠在北京合作《受吐》一折，二人珠聯璧合，把劇中人物的「千般溫柔、萬種繾綣」，演得淋漓盡致，令人絕倒。此後，二人結成連理，人都說「這二人是一對天生地造的佳偶」。但是說來也怪，二人在舞臺上曲盡和諧，而臺下則時常反目如仇，生活得很不美滿。「文革」浩劫中，二人雖然同居一寓，但各保其身。言慧珠在無助的絕望之中，懸樑自盡，而「情種」尚自渾然不知，悲夫！

9.《紅樓夢》

劇名：《紅樓夢》又名《葬花》或《黛玉葬花》。

《紅樓夢》劇照，梅蘭芳飾林黛玉、姜妙香飾賈寶玉，攝於 1920 年。

劇情：《紅樓夢》是曹雪芹寫的一部長篇小說，篇幅龐大、內容紛繁。寶玉與黛玉的愛情悲劇是全書的主線之一。現在所知，最早被搬上戲曲舞臺的「紅樓戲」，是清仲雲澗填《紅樓夢》傳奇，他將《葬花》、《警曲》合為一齣，時有演出。時人謂：「南曲抑揚抗墜，取貴諧婉，非鸞仙所宜。然聽其〔越調·鬥鵪鶉〕一曲，哀感頑豔，淒惻酸楚，雖少纏綿之致，殊有悲涼之慨。聞者自爾驚心動魄。使當日競填北曲，鸞仙歌之，必更有大過人者」（見清蕊珠舊史（楊懋建）撰《長安看花記》）。

楊懋建說：「眉仙嘗演《紅樓夢·葬花》，為瀟湘妃子。珠笠雲肩，荷花鋤，亭亭而出，曼聲應節，幽咽纏綿，至『這些時，拾翠精神都變做了傷春證候』句，如聽春鵑，如聞秋猿，不數一聲《河滿》矣。余目之曰幽豔。嘗論紅豆村樵《紅樓夢》傳奇盛傳於世，而余獨心折荊石山民所撰《紅樓夢》散套為當行作者。」

崑曲《葬花》則是孔昭虔在嘉慶元年（1796）寫的一齣單折戲。一般談

清季舞臺上的《紅樓夢》，多是指這齣《葬花》。內容除了「黛玉傷春」之外，還有黛玉與寶玉一起偷看《西廂記》的情節。

禁與解禁：其實，從《紅樓夢》一書一問世，就被封建道學家視為「眼中釘、肉中刺」，朝廷曾多次將之列入禁燬之列。同樣，越是被禁燬的作品，在民間也就影響越大。晚清得碩亭的《草珠一串》中有《時尚》為題的八首《竹枝詞》，其中第三首寫道：

做闊全憑鴉片煙，何妨做鬼且神仙。

閒談不說《紅樓夢》，讀盡詩書是枉然。

「閒談不說《紅樓夢》」句下有作者自注：「此書膾炙人口。」從中可以看到民間對《紅樓夢》的喜愛程度。就是在慈禧太后寢宮的迴廊裏，周遭四壁也畫滿了《紅樓夢》的故事。人們對書如此，對戲也是如此。《日下看花記》稱，太和部的伶人薛四兒最擅此戲。是「旦中之秀穎者，丰姿婉孌，面似芙蕖，於兒女傳情之處，頗事醞藉，而臺下『好』聲寂然。吁！可怪哉。余謂好花看在半開時，閨情之動人，在意不在象。」詩云：

無限風懷旖旎情，春光微逗可憐生。

《紅樓》佳處多含蓄，羞向唐宮鏡裏行。

然而，此戲也被列入了《永禁淫戲目單》中。《翼化堂條約》稱：「《紅樓夢》等戲，近人每以為才子佳人風流韻事，與淫戲有別。不知調情博趣，是何意態。跡其眉來眼去之狀，已足使少年人蕩魂失魄，暗動春心，是誨淫之最甚者。至如《滾樓》、《來唱》、《爬灰》、《賣橄欖》、《賣胭脂》等戲。則人人皆知為淫褻。稍知自愛者。必起去而不欲觀。即點戲人亦知其為害俗而不敢點。則風流韻事之害人入骨者。當首先示禁矣。」

進入民國之後，梅蘭芳與齊如山、李釋戡、羅癭公等人合作，以《紅樓夢》第二十三回《西廂記妙詞通戲語·牡丹亭豔曲警芳心》為核心，又結合「黛玉泣殘紅」的情節，重新編演了古裝新劇《黛玉葬花》。劇中選用不少《紅樓夢》原文，並把《葬花詞》和《紅樓夢曲子》融化為臺詞。梅蘭芳在演出中，對人物造型進行了大膽的創新改革。梳「古裝頭」，穿「古裝衣」，都是參照前代「仕女畫」而製作的。使戲劇化裝，又添異彩。在劇中，梅先生精心刻畫出林黛玉借落花自歎寄人籬下的孤苦心境和懷人幽怨的纏綿意緒。於 1916 年 1 月在吉祥園首演時，除梅蘭芳演林黛玉外，姜妙香扮演賈寶玉、姚玉芙扮演紫鵑、諸如香扮演襲人、李敬山扮演茗煙。演出後，受到了廣大觀眾的

歡迎。尤其是得到詩人和畫家的讚賞，認為曹雪芹筆下的林黛玉形象，在舞臺上得到了極佳的體現。《黛玉葬花》的演出，成為京劇第一齣立得住的「紅樓戲」。

10.《清楓嶺》

劇名：《清楓嶺》亦名《青峰嶺》或《青楓嶺》。

《清楓嶺》之徐鳳英和李虎。　　　　　　　　清升平署戲曲人物扮相譜。

劇情：宋代田虎之妻徐鳳英武藝超群。她將清楓嶺上的草寇劉飛虎、江老鼠打敗，佔領了他們的山頭稱王。彼時太原李虎奉了知府之命，解銀十萬兩前往京師納貢。路過清楓嶺時，為徐鳳英得知。她親自率眾下山擒獲李虎，奪銀而歸。清咸豐、光緒年間，昇平署常演此戲，有抄本《清楓嶺提綱》存世。彼時刀馬旦孫四多、李燕雲、朱四十等皆擅演此劇。

禁與解禁：《清楓嶺》是一齣刀馬旦應功的武戲。徐鳳英披靠、踩蹻，唱、念、做、打，十分吃重。《日下看花記》的作者小鐵笛道人有詩讚之：

芭蕉葉大鞋兒小，舊曲兒時播國門。

忽地金戈成隊出，玉膚花貌女將軍。

光緒十六年（1890）六月十四日，上海《申報》公布的禁戲名單中，《清楓嶺》赫然列在其中。大概，民間的演出比在宮中的演出更為開放的緣故，多有色情色彩，故而被禁。到了民國時期，此戲已無人會演，沒能傳流下來，

十分可惜。

11.《打花鼓》

劇名：《打花鼓》亦名《花鼓》。

劇情：這是一齣小旦、小丑的玩笑戲。本是從崑曲《綴白裘》中《花鼓》一劇移植而來，以唱民間小調和身段、道白見長。崑曲演此戲時，頭一場是小姐曹月娥與婢女朝露在花園裏戲耍，恰巧，有一對鳳陽夫婦敲打著鑼鼓，沿街賣唱，把這一對主婢給驚散了。而京劇演出時沒有這折戲，一開場，就走出來一位自稱大爺的醜公子，他閑暇無事，街頭游蕩。遇見了一對打花鼓賣唱的鳳陽夫婦。這位大爺見鼓婆有些姿色，就上前打諢，邀請他夫婦二人到自己家中演唱。大爺一時興起，與花鼓夫婦唱到了一處。仨人一邊唱，一邊調笑，醜態百出，笑料無窮。劇中有打「連相」和民間小調《花鼓曲》（又名《鮮花調》），十分清新活潑。《綴白裘·花鼓》刊印後，眾多《花鼓》以及《鮮花調》曲本隨之出現，逐漸演成為徽調、崑曲、弋陽腔常演的一齣傳統劇目。

禁與解禁：根據史料所載，在乾隆年間便有此劇上演。《燕蘭小譜》的作者吳長元在當年看完此劇後寫道：

> 腰鼓聲圓若播鞀，臨風低唱月輪高。
> 玉容無限婆娑影，不是狂奴興亦豪。

《日下看花記》則講：「銀官，姓丁，年十九歲，無錫人。舊在四喜部。僅見其《花鼓》一齣，流媚中符合得一『村』字。頗有賞之者，謂評花須用白圭法，取人所棄最妙。於某席間曾見之，紫棠色，覺其意態脫離乎南北兩部，別有一種憨致。今夏以遇人不淑，飲酒起釁，繫案，釋歸。菊史亦曾厚遇之，故附錄焉。」且有詩讚之：

> 有目緣何不識丁，辛夷花燭曉霞明。
> 聞歌認是鍾離產，家住芙蓉湖水清。
> 咚咚妙手幾名喧，似玉如珠未到村。
> 一劫風花春去也，東山歸客最銷魂。

同治年間，此戲被列為《永禁淫戲目單》，不准演出。民國初年，《打花鼓》十分流行。張伯駒說他「二十一歲在蚌埠任安武軍全軍營務處提調，街上演花鼓戲，一男一女，挎腰鼓，頭盤髻，插花，大腳穿搬尖鞋，與亂彈扮相唱調無異，則知亂彈，每戲皆有由來也。」還寫詩一首記之：

馬氏淮西大腳娘，坤宮正位配僧皇。

當年安武司營務，花鼓親看鬧鳳陽。（見張伯駒《紅毹紀夢詩注》）

二十世紀二十年代，上海有夜來香、林步青、馬飛珠，北方有蕭長華、筱翠花、馬富祿等皆擅此劇。最使人吃驚的是，著名表演藝術家麒麟童（周信芳）先生，他還反串過戲中的大爺一角，據說演得傳神阿堵，妙不可言。足見麒麟童先生的戲路有多麼廣！

12.《打櫻桃》

劇名：《打櫻桃》亦稱《文章會》或《壽山會》。

劇情：《打櫻桃》是一齣載歌載舞的傳統小戲，清道光年間便有演出。劇本是從明人雜劇《櫻桃園》中脫出。全劇唱吹腔，顯然是從徽劇移植過來的。故事講：前朝市井中有個邱姓少年，帶書童秋水寄居表親關大叔家中讀書。一日來到後花園散步，見到表妹關愛娟與丫環平兒一起，在櫻桃樹下打櫻桃。彼此偷窺，二目傳情，霎時種下情根，從此惹得相思成病。丫環平兒自任撮合山，去至書房問候，效紅娘傳書遞簡，邱公子見書即愈。一日，關大叔夫婦要去壽山赴會，邀請邱相公同往。書童秋水設計，詐稱邱相公坐騎失控，摔傷了左膀，半路折回，想藉此機會與表妹幽會。秋水人大心大，也愛上了平兒，亦想藉此機會，一舉兩得。不想，他們的計劃被關大叔夫婦察覺，以閉門羹相待，並藉此把邱相公和秋水遣歸了故里。

據《立言畫刊》的一篇文章記載，這齣戲如按老戲的路子，最後還有一場《送布》，係平兒帶著一匹布和兩串錢，趕來給邱相公主僕送行。「旦角有兩段吹腔，詞為『我二人藕斷絲不斷，棒打鴛鴦兩離分』又『流淚眼觀流淚眼，斷腸人送斷腸人』云云」（見1939年36期《立言畫刊》四戒堂主人文《打櫻桃·送布》）。

禁與解禁：這齣戲是以小生、小旦、小丑為主的「三小」戲。刻意描摹癡情男女相思相戀的情態，純以做工見長。《日下看花記》中稱；保和部的四喜官「幼習梨園。雪膚蘭質，韻致幽閒，有玉峰、梁溪豐度。雖兼唱亂彈，涉妖妍而無惡習，與陳、王、劉、吳並邀時譽，而梔子含香，非穠李夭桃閒撩蜂蝶也。」「嘗演《打櫻桃》，口吐胭脂顆顆，愈增其媚。」作者小鐵笛道人詩讚之：

素質娉婷耐久看，天生粉面沒包彈。

櫻桃樹下多嬌媚，顆顆珊瑚賽木難。

戲中的青年男女相互愛戀的癡情，以及丫環、童僕的傳書遞簡，已頗為封建衛道士所不悅。清政府將之列為「淫戲」，於光緒十六年六月在《申報》上公告禁演。但這類活潑有趣的小戲，在民間是難以禁絕的。從民國到新中國建立，全國許多劇種也都在演此劇，尤其在偏遠的城鎮鄉村，京劇反而無人搬演。進入六十年代，《打櫻桃》一戲自動消失於舞臺。1978 年，山東五音劇團晉京演出，老藝人「鮮櫻桃」於耄耋之年，在長安戲院獻演《打櫻桃》，此劇才得以恢復。

13.《牡丹亭》

劇名：《牡丹亭》又名《還魂記》。

《牡丹亭》劇照，著名京劇表演藝術家尚小雲飾杜麗娘，攝於 1930 年。

劇情：《牡丹亭》是明代劇作家湯顯祖的代表作之一，全劇共有五十五齣，描寫杜麗娘和柳夢梅的愛情故事。南安太守杜寶之女名麗娘，才貌端妍，從師陳最良讀書。她由讀《詩經·關雎》一章而傷春，復到後花園中尋春。從花園回來以後，睡夢中見到一位書生持半枝垂柳前來求愛，兩人在牡丹亭畔幽會。杜麗娘從此愁悶消瘦，一病不起。她在彌留之際，請求母親把她葬在花園的梅樹之下，且囑咐丫環春香將自己的畫像藏在太湖石底，隨後辭世而亡。其父升任淮陽安撫使，委託陳最良葬女並修建「梅花庵觀」。三年後，柳夢梅赴京應試，借宿梅花庵觀中，在太湖石下拾得杜麗娘畫像，發現杜麗娘就是他夢中見到的佳人。杜麗娘魂遊後園，和柳夢梅再度幽會。柳夢梅掘墓開棺，杜麗娘起死回生，兩人結為夫妻，同往臨安。杜麗娘的老師陳最良看到杜麗娘的墳墓被發掘，就告發柳夢梅盜墓之罪。柳夢梅在臨安應試後，受杜麗娘之託，送家信傳報還魂喜訊，結果，被杜寶囚禁。發榜後，柳夢梅由階下囚一變而為狀元，但杜寶拒不承認他們的婚事，強迫他們分離。最終，這場糾紛鬧到皇帝面前，才得到圓滿解決。此劇一般多演《春香鬧學》、《遊園驚夢》和《拾畫叫畫》等數折。

禁與解禁：湯顯祖對此劇特別珍愛，有自題《所填南北曲》一詩寫道：

玉茗堂開春翠屏，新詞傳唱《牡丹亭》。

傷心拍遍無人會，自掐檀痕教小伶。

《牡丹亭》問世後，盛行一時，使許多人為之傾倒，甚至有讀此書後斷腸而死的。據沈德符記載，《牡丹亭》一劇「家傳戶頌，幾令《西廂》減價」，充分說明了《牡丹亭》在當時的影響力。

清小鐵笛道人的《日下看花記》稱，保和部的張柯亭最擅此劇。柯亭「名鳴玉，初字珂亭，江蘇長州人。神清骨秀，望之如帶雨梨花。嘗演《小青題曲》一齣，人與景會，見者魂消。某巨公大加契賞，易其字曰『柯亭』。昔柯亭在南，為一墨吏所愛。辛丑，墨吏被逮入都，挈家北上，寄跡京班，常往探圄圄以慰岑寂。今春墨吏典刑，柯亭在戲場聞之，更衣奔赴，一慟幾絕。雖所事非人，而感恩知己，不以衰榮易念，視見金夫不有躬者，相去何如耶？」張柯亭飾演的《牡丹亭》最是銷魂。有詩證之：

珊珊瘦骨出娉婷，幾見幽窗泣小青。

千古情根消不得，夢魂應傍《牡丹亭》。

杜麗娘與柳夢梅的愛情故事，體現了青年男女對自由的愛情生活的追求，

顯示出要求個性解放的思想傾向，為封建衛道士所不容。在清代歷次禁書中，《牡丹亭》均列其間。此劇的演出，同樣也遭到了地方上的禁止。

14.《西廂記》

劇名：《西廂記》

《西廂記》清代河北楊柳青木版年畫。

劇情：胡應麟在《少室山房筆叢》中說：「《西廂記》雖出唐人《鶯鶯傳》，實本金董解元。董曲今尚行世，精工巧麗，備極才情；而字字本色，言言古意，當是古今傳奇鼻祖。」不少作家將西廂故事搬上舞臺，《鶯鶯六么》、《紅娘子》、《張珙西廂記》、《崔鶯鶯西廂記》、《西廂記》等等戲劇都曾流行一時，但都未能流傳下來，只有董解元的《西廂記諸宮調》和王實甫的《西廂記》保留了下來。

《西廂記》描寫了張珙和相國千金崔鶯鶯之間的愛情故事。書生張珙赴京應試，途經普救寺，遇上了前來為亡父追薦的相國千金崔鶯鶯，二人一見鍾情。叛軍孫飛虎率部包圍寺院，提出要娶鶯鶯為妻。張珙挺身而出，致書白馬將軍解圍。崔母原答應能退兵者可以娶鶯鶯為妻，事後卻又反悔，不願將女兒嫁給白衣秀士張珙。鶯鶯對其母甚為不滿，在聰明機智的婢女紅娘的幫助下，張珙與鶯鶯終於衝破封建禮教，貪夜幽會，勇敢地走到了一起。崔母發現二人的私情後，逼著張珙上京趕考，不取得功名就不能回來。兩個有

情人在古道長亭，揮淚而別。張珙到京考試，一舉及第，衣錦榮歸，終於與崔鶯鶯團圓，有情人終成眷屬。

禁與解禁：《西廂記》在清乾、嘉時期的演出十分頻繁。據《日下看花記》稱，當時春臺班的李桂林最擅此劇。桂林「年十八歲，揚州人。春臺部。豐貌素姿，溫其如玉，秉性靜穆，胸畦畛。《跳牆》、《看棋》扮鶯鶯，副以蒿玉林為紅娘，閨秀閑雅，侍兒明穎，清姿淑質，天然如畫。梨園館一至，席間不交一語，覘其風格，無異大家子弟。滿面書卷氣，絕不以嫵媚自呈。即席口占云：

　　閑對文楸淡淡妝，幽閨風致耐思量。

　　秋園叢桂知多少，數爾高攀月窟香。

《西廂記》問世後，影響巨大，它所開創的青年男女幽期密約，反抗封建家長，最後大團圓的結局，被後人在文學和戲劇的創作中多次重複使用，幾乎形成一種模式。這種影響，給封建統治者造成了極大的恐怖。明清兩代的衛道士都誣之為「誨淫」之作，而一再加以禁燬。最大的一次，是同治年間丁日昌對該書的查禁。而在余治《翼化堂條約》的《永禁淫戲目單》中，《西廂記》的每一折戲，從《遊殿》、《送柬》、《請宴》、《琴心》、《跳牆》、《看棋》、《佳期》，《拷紅》、《長亭》，全部列為禁演的節目。

15.《思凡下山》

劇名：《思凡下山》，以旦角為主時，貼《尼姑思凡》；若以丑角為主演，則貼《截尼姑》。

劇情：此劇出自《目蓮救母勸善戲文》和《孤本元明雜劇・僧尼共犯》（人名不同），以及《孽海記》，是一齣崑曲傳統戲。在演出時，有的帶「遇僧」一場，有的不帶。川劇、湘劇、楚劇亦有此劇，徽劇、漢劇則稱《僧尼會》，桂劇稱《雙辭庵》。

劇中演的是，有一趙氏女子孩童之時，因身體多病，被父母捨入尼庵，取名色空。長成後，削去了頭髮，做了佛門弟子。及至情竇初開，悔入空門，認為此舉違心，「一不足以結善緣，二不足以證善果」。終日晨鐘暮鼓，青燈獨對；春長夜永，轉輾愁思。每日色空身在禮佛誦經，私下裏禁不住唏噓嗟歎。日久天長遂生癡想。入夜庵房寂寞，面對半明半滅的孤燈，煩悶之情更難消釋。以致愁腸千轉，百無聊賴。常思若覓得一個如意郎君，共度美好時光。這一日，恰好庵中人等皆有事他往，色空遂衝破樊籬，逃下山去。彼時碧

桃寺的小和尚本無，也是從小被信佛的父母送入空門。長成後不安寺規，嚮往世俗生活。也在是日，趁廟中無人私逃下山。路上巧遇尼姑色空，兩人互生愛慕之心，決定結為夫妻，同偕百年之好。

禁與解禁：這樣演來也稱《僧尼會》或《截尼姑》。全劇對白幽默、表演誇張、身段生動，是一齣非常好看的小丑與貼旦的對兒戲。據吳太初《燕蘭小譜》載：「友人言：蘇伶張蕙蘭，吳縣人。昔在保和部，崑旦中之色美而藝未精者。常演《小尼姑思凡》，頗為眾賞，一時名重，蓄厚資回南，謀入集秀部。集秀，蘇班之最著者。其人皆梨園父老，不事豔冶，而聲律之細，體狀之工，令人神移目往，如與古會，非第一流不能入此。」《日下看花記》亦載：伶人彭桂枝，「年二十歲，揚州人，春臺部，三寶之師弟也。僅見其《思凡》一齣，姿容清麗，態度便娟，無限情波含蓄於恬靜中。玉塵才揮，憑欄而望者，『好』聲鴉亂。」且有詩云：

凡心打破便成仙，小玉雙成到眼前。

三爵油油酬法曲，歡場人笑拓枝顛。

由於此戲的主題是「尼姑思春、和尚逃寺」，而且，還是僧尼叛道，結為連理。依封建正統的道德觀來看，實在違背倫理綱常，所以被視為「淫奔」之戲。清同治十三年（1874）元月，《申報》刊布《道憲查禁淫戲》的公告，把《下山》（《截尼姑》）列為禁戲，明令禁演。

16.《戲鳳》

劇名：《戲鳳》亦名《遊龍戲鳳》或《梅龍鎮》、《下江南》。

劇情：明武宗正德皇帝喜微服出遊，不理朝政。一日，遊至江南梅龍鎮，喬裝成普通軍官模樣，投宿李龍客店。李龍兄妹二人，開設酒肆度日。彼時，李龍有事外出，囑託妹妹鳳姐招待一切。正德皇帝見鳳姐生得貌美，頓起挑逗之心，呼茶喚酒，藉端調戲。鳳姐嬌羞薄怒，反而使得正德皇帝更加心醉神迷，便對鳳姐以實相告。鳳姐不信，正德脫去外衣，以龍袍示之。鳳姐大驚，跪地討封。正德笑而撫慰，封她為嬉耍宮妃。從此，更衣入侍，寵冠六宮。

禁與解禁：該戲是生、旦合作的一齣傳統戲。在嘉慶癸亥九月，重陽後五日，小鐵笛道人自序的《日下看花記》，寫有一首贊伶人演《戲鳳》的詩：

太平世界任風流，春色閒從野店收。

莫羨當爐人有眼，奇緣還在玉搔頭。

　　此戲在同治年以前並沒有被禁的記錄，《翼化堂條約》的《永禁淫戲目單》中，才見到此劇被列為禁戲。民國時期，以余叔岩與梅蘭芳；馬連良與張君秋演出此劇最為精彩。1949年，馬連良與張君秋赴港演出時，此劇曾被拍成彩色電影。與此同時，周恩來擔心馬連良等人從香港去臺灣，特意派人把馬連良等人勸回大陸。在1950年至1952年之間，文化部明令26齣禁戲不准再演，其中也並無此戲。但經過反「右」之後，劇團和主演們對演什麼戲，都採取了十分謹慎的態度。中國京劇院和北京京劇團同時提出此戲內容不良，是一齣為「封建帝王侮辱良家民女張目」的壞戲。並且批判了身為「勞動人民的李鳳姐」，自甘受辱，還奴顏婢膝地向「大地主」獻媚討封，是給「貧下中農的臉上抹黑」，決定停演。此外，劇中還有一句正德皇帝唱的「粉」詞：「我就給你插、插——，插上一朵海棠花」，在社會上流毒甚廣。

　　文化大革命後期，毛澤東指示拍攝了37齣傳統舊劇，用於內部觀賞資料，其中有《梅龍鎮》一劇。由「荀派」演員劉長瑜飾演李鳳姐，但是，念和唱均由「程派」演員李世濟配音。如今市上有售，觀賞起來覺得十分怪異。但是，它是舊劇由內部最先解禁的一個起始。

17.《白蛇傳》

劇名：《白蛇傳》

《白蛇傳》劇照，著名京劇表演藝術家王惠芳飾白蛇，梅蘭芳飾青蛇，攝於1915年。

劇情：《白蛇傳》的故事發源於杭州、蘇州及鎮江一帶，形成於宋代中葉。原出自《金缽記》，明代《警世通言》中已有《白娘子永鎮雷峰塔》一卷。彼時，舞臺上早有藝人以口頭形式演唱。清代的彈詞、川劇、粵劇、徽劇均有此劇目。《白蛇傳》在民間流傳甚廣，婦孺皆知。

故事講：白素貞原本是千年修煉的蛇妖，在修煉期間，曾被許仙所救。待修煉功成，白素貞為了報答許仙前世的救命之恩，與青蛇化為人形一起下山。白素貞巧施妙計，呼雲行雨，與許仙西湖相遇，並借傘與他。待許仙還傘時節，二人結為百年之好。且在杭州開一藥店，白娘子看病施藥，頗有賢名。金山寺和尚法海從中作梗，誘騙許仙，讓白素貞喝下雄黃藥酒，顯出原形，卻將許仙嚇死。白素貞奔赴仙山盜取靈芝仙草，將許仙救活。法海又將許仙騙至金山寺軟禁，白素貞同小青一起向法海要人，法海堅不允出。素貞無奈，發動水族水漫金山寺。法海先用袈裟護持，不敵，又請天神助戰。白素貞因身懷有孕，力戰不勝而退。待許仙從寺中逃出，三人相會於斷橋，彼此一番哭訴，前嫌始解。三人避於民間，白素貞生下一子後，法海追至，用金缽將白娘子鎮於雷峰塔下。素貞之子刻苦讀書，二十年後，得中狀元，歸來祭塔。母子之情感動天地，雷峰塔倒，母子重逢。

禁與解禁：全劇情節曲折動人，久演不衰。嘉慶時人有詩讚之：

> 知有前緣未可分，底勞飛錫困輕盈。
>
> 《斷橋》相遇柔腸斷，未必人妖有此情。

這首詩出自清小鐵笛道人《日下看花記》。封建衛道士總是站在法海的立場上，認為「人妖相混，終違人倫」，故在丁日昌《禁燬書目》中，《白娘子傳奇》也列在其內。但民間唱本仍在流傳，茶樓戲館猶自演唱不絕。

18.《琴挑》

劇名：《琴挑》，若連續演下去便是《追舟》或《秋江》。

劇情：《琴挑》、《追舟》、《秋江》均係《玉簪記》中的一折，出自明代劇作家高濂的同名傳奇。書生潘必正赴京趕考，途中看望姑母，寄宿女貞觀中。青年尼姑陳妙常奉命捧上香茗，茶敘之間，雙方互生愛慕。是晚，潘必正踏月庭院，忽聞琴聲瑟瑟，情愫淒淒，便尋聲而來。陳妙常一曲方罷，乍見貴客飄然而至，驚喜之間，慌忙離開琴案，懷抱拂塵，鞠躬施禮。潘必正猶自注目琴弦，解讀曲意。一個驚不失色，一個喜不顯容，高山流水，喜結知音。身為觀主的姑母察覺了其間的隱情，以試期在即為由，逼侄赴科。潘必正不及與

妙常辭別，只好匆匆離去。陳妙常得知後，雇舟追趕。此後一折便是《追舟》或《秋江》。

禁與解禁：據《日下看花記》考，《琴挑》和《秋江》等戲在乾、嘉時期有演出，且以金玉部的名伶朱寶林演得最為傳神精彩。「寶林姓朱，字香雲，年十六歲，吳邑人。金玉部。姿色非上選，靜默寡言，乍見奇之。及演《秋江》一齣，藝過成人，始知有木雞之毅力焉。毘陵殷君最心契之。偶而招至，典斟，善戲謔兮，仍自存身份，肆應纏綿周致，無異王導彈指說蘭闍也。」且有詩讚其：

> 一曲《秋江》日已晡，吟懷飲興被渠扶。
>
> 不知殷浩為官去，怪事書來有淚無。

清代，《玉簪記》傳奇原本就是禁書，在乾、嘉禁書和丁日昌禁燬書目中均列有其名。以此書編演的戲，自然也成了禁戲。在《翼化堂條約》的《永禁淫戲目單》中，《琴挑》、《追舟》、《秋江》等折皆列為禁戲。但是，這幾折戲在民間並未禁絕，反而成為崑劇歷久彌新的保留劇目。

19.《挑簾裁衣》

劇名：《挑簾裁衣》

劇情：《挑簾裁衣》是《水滸傳》有關武松故事中的一折。寫武松在景陽岡打虎之後，當了陽穀縣步兵都頭。一日，跨馬遊街，遇見失散多年的兄長武大郎，二人攜手回家，同住一寓。嫂嫂潘金蓮見武松生得英俊魁梧，心生愛慕。待武大不在家的時候，便置酒挑逗。武松生怒，以大義斥之，就此移居於外。這一折戲名為《戲叔》。

不久，武松受命赴東京公幹。一日，潘金蓮在家中開窗挑簾，不意挑杆墜地，正打在自此經過的土豪西門慶的頭上。金蓮下樓致歉，二人眉來眼去，各自生情。這些皆被王婆看見，西門慶買通王婆，借裁剪衣服為由勾引金蓮。由王婆從中捏合，二人勾搭成奸。此後，明來暗往，私通無度。這一折戲，則叫《挑簾裁衣》。

禁與解禁：這段故事見《水滸傳》第二十四、二十五回，以及《義俠記》傳奇。據《日下看花記》載，清乾嘉時期就有此戲上演。且以春臺部伶人吳秀林最為襯手。「秀林姓吳，年十六歲，揚州人。春臺部。與九林皆新到，演《挑簾》、《裁衣》不露淫佚，別饒幽媚。身材姿色，柔軟相稱，性情亦恬靜，聲音宛轉關生，清和協律。花間月下，一二知己，細斟密酌，時秀林在側，必能貼

妥如人意也。」書中有繡雲山人詩云：

暖風吹軟小腰肢，況復蟬聯勸酒卮。

一抹酥胸雙玉腕，十分炫耀解衣時。

文中講吳秀林所飾潘金蓮「不露淫佚，別饒幽媚」，但是，這齣戲描繪男女私通，「十分炫耀解衣時」是無法迴避的「戲核兒」。時人對這齣戲原本已有「淫戲」之論。更有甚者，人們還把天災人禍也歸結到這齣戲上。道光十五年（1835）刊布的《京江誠意堂戒演淫戲說》，就直言不諱地提出日前戲臺著火，是因為演出了《挑簾裁衣》之故，要求力禁此戲。奇文相與析，現全文錄之於下：

甲午年，本郡岳廟戲臺樓屋一進，突於十一月廿一日焚毀淨盡，人咸駭然。覺神廟不應如是。及推原其故，乃前一日鞋店演戲酬神，曾點《挑簾裁衣》、《賣胭脂》等淫戲。故廿一日晚即有此異。核並無人，只貯戲箱數隻，竟不識火所自來。且臺後木香亭，地至切近，而花藤絲毫無損，惟獨毀斯臺。足見淫褻之上干神怒也。要知在廟酬神，惟宜演忠孝節義諸戲，庶昭激勸。若好演淫邪，圖悅耳目，則年少狡童。觀之意蕩；無知婦女，見之情移。喪節失身，皆由於此。抑思見人好淫，尚宜勸阻。今乃告之以淫事，悅之以淫辭，惑之以淫態，若惟恐人不好淫而必欲誨之以淫者，有是理乎？即稍知禮義人，尚目不忍視，豈可干瀆神明？嗣後邑人酬願，務貴虔誠，切勿祈神而反褻神。不能修福，而反以造孽也。事關風俗人心，願樂善君子，敬體神意，廣為勸諭，幸甚。

20.《殺嫂》

劇名：《殺嫂》亦稱《武松殺嫂》。

劇情：《殺嫂》是接《挑簾裁衣》之後的一折戲。寫西門慶借裁衣之際，勾引金蓮私通。賣果子的鄆哥得知此事，告知了武大郎。武大捉姦，反被西門慶踢成重傷。在西門慶的主使下，王婆教唆潘金蓮，用毒藥鴆死武大，以圖與西門慶長久歡好。待武松回家，見到兄長已然身故，頓起疑竇。遂逼問何九叔，索得武大遺骨。便邀集四鄰，強迫王婆當眾說出實情。武松在靈前殺了潘金蓮，為兄長報了冤仇。

禁與解禁：關於武松的戲，在清代已演得十分火熱，《殺嫂》是其中的一折。因為故事曲折、情節生動，而且，彼時皆由俊俏的男旦飾演潘金蓮，分外

引人矚目，貼演甚多。尤其以楊月樓最受歡迎，時人有《竹枝詞》云：

二桂名園賭賽來，一邊收拾一邊開；

月樓風貌官人愛，不羨紅妝浪半臺。

此詩見清季晟溪養浩主人編寫的《戲園竹枝詞》，刊於同治十一年（1872）七月九日《申報》第二頁。

光緒十六年（1890）六月，此劇被蘇藩司黃方伯列為永禁之列，刊登在《申報》《禁演淫戲告示》之中。

二十世紀二十年代，戲劇家歐陽予倩以全新的觀點編寫排演了《武松與潘金蓮》一劇，以現實主義批判的視角為潘金蓮翻案，對傳統思想給予了巨大的衝擊。此後，全國的舞臺上掀起了一場二十多年歷演不衰的「武潘熱」。田漢、歐陽予倩、周信芳、白玉霜等戲劇界大人物，也都爭先恐後地參與此戲的改編和演出的實踐。

江蘇省婺劇劇團演出《武松殺嫂》劇照，攝於 2005 年。

21.《鴛鴦樓》

劇名：《鴛鴦樓》亦稱《血濺鴛鴦樓》。

劇情：此戲繼《殺嫂》之後，武松又到獅子樓尋得西門慶，將其殺死，為

武大郎報了仇。然後到縣衙自首，被發配孟州充軍。武松在十字坡打店，巧會張青、孫二娘夫婦。復在天王廟舉鼎，結識了施恩。因施恩的酒店被蔣門神強行奪去，武松抱打不平，在快活林醉打蔣門神，奪回酒店。卻進一步遭到張都監的陷害，被二次發配充軍。蔣門神指使解差在飛雲浦暗殺武松，武松大怒，碎枷奪刀，大鬧飛雲浦，殺了解差。而後，武松夜返孟州城，血濺鴛鴦樓，殺死了張都監和蔣門神等人，留名縋城逃走。

禁與解禁：這段故事描寫了武松的忠義和高強的武藝，是一齣武生吃功的武打戲。除京劇之外，秦腔、川劇有《血濺鴛鴦樓》，河北梆子有《殺樓》一戲。這齣戲被禁於光緒十六年（1890）六月。主要是因為「嗜殺鬥狠」，被蘇藩司視為「強梁戲」，給予取締。同治之前的禁戲，多為「誨淫」。因為男旦飾演女人，本身已多嫵媚，又因多演「情色戲」，被道學先生視為異端。隨著戲劇劇目的不斷豐富，在臺上開打的武戲，尤其短打武生的戲越來越多。武生演員不再侷限於招招架架的程式化表演，而是大膽創新，把武林功夫、雜技技巧都搬上了舞臺。所以，舞臺上的開打越激烈，越兇狠，越能滿足觀眾的感官刺激，也就越受歡迎。到了光緒年間，不少武戲已開始以「真刀真槍」上臺為號召，用滿臺的刀光劍影爭取票房價值。清政府認為，此風不可助長，不能提倡，於是予以取締。

一些文人對這類兇殺戲也多有不滿。如《戲考》劇評家謂：「《血濺鴛鴦樓》等劇皆足使觀者稱快。然其主人固有可殺之罪。而其闔家中數十餘口何罪。諸如此類。皆作者欲圖快人意。信筆寫去。未及究其流弊耳。蔑法紀而熾殺心。更適足開武夫濫殺之風。破壞王法。端在於此。」

22.《武十回》

劇名：《武十回》，亦稱《武松》。

劇情：《武十回》是根據《水滸傳》中武松的故事改編而成的一齣連臺本戲。故事從武松尋兄，路過景陽岡，打死山中猛虎，出任縣衙步兵都頭開始。接著演兄弟相會，其嫂潘金蓮厭棄武大郎，愛慕武松英俊，置酒戲叔，遭到武松斥責。隨後潘金蓮在王婆的撮合下，與惡霸西門慶通姦。後被武大郎發現，捉姦不成，反遭毒死。武松歸來，查明緣由，殺死潘金蓮和西門慶，然後到縣衙自首，被發配孟州充軍。武松在十字坡打店，巧會張青、孫二娘夫婦。復在天王廟結識施恩。為了抱打不平，在快活林醉打蔣門神，被二次充軍。蔣門神指使解差在飛雲浦暗殺武松，反被武松奪命。武松夜返孟州城，

在鴛鴦樓殺死張都監和蔣門神等人。其後，在張青夫婦的相助下，改扮頭陀前往二龍山。途中經蜈蚣嶺，鋤除了惡人吳千與李二頭陀。路過白虎鎮時，因為誤打孔亮，始得與宋江相會。最後會合魯智深、楊志二人，智取二龍山。前後一共十回書目，即《景陽岡打虎》、《殺嫂祭兄》、《鬥殺西門慶》、《十字坡打店》、《醉打蔣門神》、《大鬧飛雲浦》、《夜殺都監府》、《夜走蜈蚣嶺》、《弔打白虎鎮》、《智取二龍山》，號稱「虎起龍收」。串成京劇，則貼為《武十回》。

禁與解禁：光緒十六年（1890）六月，清政府在《申報》發布禁戲文告中，把《武十回》與《鴛鴦樓》、《殺嫂》等一併列為「永禁」劇目。原因是「色情兇殺」，「敗壞風氣」。這也正說明了《武十回》這齣大戲，在清末早已成型，而且影響巨大。

進入民國之後，此戲自動解禁，而且越演越火，成了短打武生的必修戲。二十世紀二十年代，蓋叫天把這齣戲進行了仔細的加工整理，將《武十回》改名為《武松》，使之成為凝結他一生心血的藝術精品。五十年代，他在花甲之年將此劇拍成彩色電影，為今人留下了寶貴的影視資料。

北方武生在貼演此戲時，則是以《戲叔別兄》、《挑簾相識》、《潘氏裁衣》、《大郎捉姦》、《大郎服毒》、《大郎出殯》、《二郎探凶》、《大郎託兆》、《二郎開弔》、《武松殺嫂》等十個節目稱《武十回》，一般演到《殺嫂》即止，與南方略有不同。

23.《送燈》

劇名：《送燈》，又名《送銀燈》。

劇情：前朝有一位秀才名叫張子顯，在進京赴試的途中，被一名打虎少年劫至其家。其母出堂，殷勤招待，並說家有女娃桂娟，青春二八，尚未許婚。今日見秀才人品端莊，且有學問，願與議婚。張子顯不明個中原委，堅辭不允。後被打虎少年囚於書房。晚間，有一少女嫋娜而至，前來送燈。張子顯為其真情所動，主動上前求婚。此時其母忽至，假作嗔怪。後來，子顯得知這一少女即是桂娟，喜不自禁，欣然從命，遂訂婚姻，二人結為百年之好。

禁與解禁：此戲原本出自秦腔，演於乾隆年間。乾隆五十年禁演秦腔之後，改為崑、弋。清蕊珠舊史著《長安看花記》中稱，四喜部伶人小彩林最擅此劇。其小傳云：「姓張，字小霞，年十四，揚州人。一樹夭桃，兩泓秋水。花開四照，光同不夜之珠；價值連城，豔奪無瑕之璧。腰肢輕軟，可想見趙飛

燕佩環縹緲，歌臨風送遠時也。《送燈》、《胭脂》、《廟會》諸劇，嬌喉婉轉，顧盼流情，若近若遠，傳神無限。後來之秀，捨卿其誰與歸？」林香居士有詩《贈張小霞》贊其《送燈》：

蓮炬移來軟欲扶，芳心暗為粉郎輸。

燈光合讓花光好，卿是人間不夜珠。

因為劇中有少女黃夜送燈、自薦枕席，孤男寡女、調情幽會，在清末被列入《永禁淫戲目單》，不准演出。進入民國後，此劇也無人恢復，遂絕跡於舞臺。倒是評劇《馬寡婦開店》一劇中的《夜探》一折，似乎吸收了不少此劇的情節和表演。

24.《賣餑餑》

劇名：《賣餑餑》又名《魏虎起解》。

劇情：《賣餑餑》原為秦腔，在乾隆年間由魏長生帶入京師演出。乾隆五十年禁演秦腔後，此劇改為崑、弋，後期演變為京劇，是用吹腔演唱的一齣打諢戲。劇情並無可取之處，演的是一個差人押解著一個犯人，發配遠行。中途稍事歇息。路旁有一個婦人擺設一個小攤，售賣餑餑饅頭。犯人正在飢渴之中，便搶過餑餑大嚼。婦人向他索取錢鈔，犯人不給，彼此調笑打諢，差役亦同之取樂。令婦人唱歌數折以後，雙方告別而散。

後來，伶人為了增加趣味，演出時把此劇附會到《紅鬃烈馬》之中，把罪犯名為魏虎。講薛平貴登基坐殿之後，把魏虎發配充軍，這一折戲就成了魏虎現世出醜的笑話。魏虎這一角色向來由丑角扮演，即滑稽可笑，又萬分可惡。他的道白為怯口、又唱吹腔，別有特色。

禁與解禁賣餑餑的婦人由貼旦應工，唱做嫵媚紛繁，且雜以民歌俚曲，倒也風趣可愛。清人楊懋建在《長安看花記》中稱，和春部伶人宗芷青最善於飾演賣餑餑的婦人。稱其「聲欺鸚鵡，臉暈海棠，調笑詼諧，備極風雅。故豪客徵歌，幾無虛日。至《賣餑餑》一齣，嬌聲媚態，尤足令人傾倒。漱石山人謂余曰：『芷香固香矣，惜其尚有傻氣。』余曰：『宗郎之妙全在於傻，倘一發彪，便俗不可耐矣。』」有詩讚該劇：

修眉柳葉面桃花，訝許歌場眾口誇。

看到淡妝時更好，春光真在餅師家。

此戲雖小，但小旦、小丑從容演來，妙趣橫生。是劇在清季也遭禁演，而今已絕跡舞臺。

25.《送枕》

劇名：《送枕》，一名《送枕頭》，亦名《樊梨花送枕》。

劇情：故事講大唐貞觀年間，西涼國寒江關守將樊洪之女樊梨花，練就一身武藝，精湛無比。在一次喬裝遊歷中，梨花結識了大唐將軍薛仁貴之子薛丁山，且對他一見傾心。由於西涼國日益壯大，唐太宗命薛丁山為征西元帥，帶領人馬攻打寒江關。於是，樊梨花與薛丁山就又成了對陣交戰的敵人，面對愛情的糾葛，樊梨花不能傷害薛丁山，遂將他擒於馬下，勸他投降。薛丁山不肯。是夜，樊梨花便以送枕為名，自薦枕席，與薛丁山成就百年之好。此後，樊梨花反水投唐，與薛丁山一起攻打鎖陽關。《送枕》是樊梨花與薛丁山調情的一折。

禁與解禁：《送枕》一劇出自秦腔，盛行於清朝乾嘉時期。因為劇名含糊，近世亦無演出，劇本已經失考。筆者從《車王府曲本研究》一書中得知，《送枕》乃是京劇《鎖陽關》之前一折，即樊梨花夜送枕頭，與薛丁山成其好合的故事。從唱本中，飾演樊梨花的旦角有很多露骨粉豔的唱詞，唱起來，做起來，皆有失大雅。

《燕蘭小譜》卷三載，三壽官最擅此劇。因其長相「奇葩逸麗，娟娟如十七八女郎」，「不施胭粉而天然妍媚。」他在乾隆四十八年（1783）赴燕京，搭雙慶部，只演《樊梨花送枕》等做功戲。吳長元有詩相贈；

> 復陶翠被出軍門，街鼓春寒夜帳溫；
> 捧枕無言情脈脈，一支紅豔美人魂。
> 息國風流祇自傷，桃花人面媚君王；
> 兒家合得無聲樂，啞趣傳神許擅長。

乾隆五十年，御旨京師禁演秦腔，此戲隨之亦遭禁演。《送枕》改為崑弋兩腔之後，始得恢復。民國期間有搬演此戲者，多貼《樊梨花招親》，《送枕》一場亦有較多的變動。

26.《搖會》

劇名：《搖會》亦名《雙搖會》、《妻妾爭風》。

劇情：這是一齣鬧劇，專一形容妻妾爭風吃醋的醜態，詼諧逗笑，令人捧腹。故事講有一位人稱老西的山西商人，家中有一妻一妾，每當老西離家出外之時，妾常被妻欺辱。有一日老西歸來，先入妾房臥宿，不想被妻子所知，躡手躡腳地走到房外竊聽。妾正在向老西訴說被大娘打罵的苦情，被妻

聽得一清二楚，於是，開口大罵，破門而入。從此，妻妾二人吵鬧不休，老西亦無法制止。驚動了左鄰右舍，紛紛前來居中調解。最後由眾人做主，妻妾二人並半均分。老西歸家後在妻、妾房中各住半月。二人雖然聽從鄰居之言，仍然都要爭奪上半月。鄰居又想出個雙搖會的辦法，點色大者得上半月，點數小者得下半月。遂如法炮製，上半月為妾所得。

禁與解禁：此劇原本也是秦腔，曾以山西老西兒的怯口為噱頭。因為劇情專一描寫「妻妾爭風、醋海波瀾」，滑稽百出，但也表現出編者一片婆心，想藉此針砭陋俗，給納妾者一番警戒。由於演員的表演過於誇張，語涉床第之私過多，有傷大雅，清末被列入《永禁淫戲目單》中，觸到禁止演出的黴頭。

此後的半個世紀，這齣戲也是時演時禁，以陸鳳林、諸如香演得最好。顧曲家張伯駒先生對於禁戲，從來就持不贊成的態度。他認為喜劇與「淫戲」是截然不同的，豈能混為一談。他在《紅毹紀夢詩注》中有詩云：

> 喜劇演來豈是淫？茶餘酒後可開心；
> 諸如香亦成先輩，更少人知陸鳳林。

他還不無遺憾地寫道：「喜劇內行謂為玩笑戲，多以彩旦為主，如《背凳》、《雙搖會》、《打灶王》、《探親》、《查關》、《一匹布》等戲是。諸如香亦彩旦先輩，常演之；更有陸鳳林能此類戲甚多，但人不重之，無知其為喜劇戲包袱者矣。」

27.《小上墳》

劇名：《小上墳》，也稱《劉祿敬榮歸》。

劇情：劉祿敬也有稱劉祿景的，他是何朝何代何方人氏，無從可考。戲中稱其年輕時進京趕考，一舉得中進士，從此聽鼓京華，欲歸不得。過了好幾年，他補上了一個縣缺。其妻蕭素貞留在故鄉，見劉祿敬久客不歸，杳無音信，懷疑他已去世。彼時家境蕭條，親朋絕跡，不得已以針黹度日，忠貞相守。劉祿敬上任以後，思念妻室，途中歸省，祭掃父母的墳墓。時值清明，蕭素貞也來墳前祭掃。她一身縞素，攜帶麥飯、紙錢在荒冢中痛哭。二人相見，相互生疑。祿敬遣散僕從，詢問素貞身世，見所答契合，果是己妻，不禁涕淚縱橫，連忙上前相認。蕭素貞見其老態，已非年少，心中猶豫。劉祿敬也細述家中瑣事，不差毫釐。蕭素貞疑團始解，二人相抱大哭。各訴衷腸，百感交集。隨後二人乘驢，一起赴任而去。

《小上墳》清代河北武強套色木版年畫。

　　據張伯駒先生說：「《小上墳》又名《丑榮歸》，為乾隆時山東巡撫國泰所編排者，意概在譏罵劉墉。」清末多演此戲。且有詩云：

　　　　縞妝紗帽滿臺飛，國泰排來意有譏。

　　　　梆子亂彈皆妙絕，《喜榮歸》與《丑榮歸》。（張伯駒《紅毹紀夢詩注》）

　　禁與解禁：全劇唱「柳枝兒」，就情節而言，與《桑園會》相似。只是以小丑、花旦飾演，載歌載舞，詼諧可愛。沒有基本功的演員是很難勝任的。並且，戲中有很多的技巧，如旦角的「踩蹻」、「跑圓場」、「涮眼珠」、「撒火彩」；丑角的「伸縮脖兒」、「吹髯口」、「蹲步圓場」等等，講究乾淨利落、脆、快、美。故而，此戲也有貼《飛飛飛》的。

　　這齣戲是從秦腔轉化而來，演出十分火炙。《燕蘭小譜》中稱：「明官演《小寡婦上墳》，甚是嬌媚。」且有詩讚之：

　　　　翩躚小足踢球門，笑語咿呀尚帶村。

　　　　那似明兒嬌欲滴，梨花春雨黯銷魂。

　　另據老《申報》載，同治年間，有一名伶叫鴻福的也最擅此戲。清晟溪養浩主人編《戲園竹枝詞》贊曰：

　　　　鴻福名優迴出群，眉梢眼角逗紅裙；

　　　　飛輿競說來山鳳，要看今朝唱《上墳》。（此詩刊於 1872 年 6 月 7 日

《申報》第三頁。）

據一些老演員講，舊日演出此戲，在蕭素貞哭墳時，還要使用「火彩」。這種「火彩」與眾不同，叫做「錢糧盆火彩」。對「火彩師傅」說來，是一種難度最大的技巧。演員把一個擺滿紙錢、金銀錁子、元寶的「錢糧盆」放在臺中央，放火彩的揀場人要站在下場門的幕後，撒一把「吊雲」式火彩，要不偏不斜正好落在「錢糧盆」當中，把盆中的冥錢點燃起來。這時，會贏得觀眾的一個「滿堂彩」，使全劇更加火實。

另外，因為戲中的旦角有「涮眼珠」，「打飛眼」等技術性的表演，使人物露得格外俏皮風流，因之被冬烘先生視為「粉」戲，而被列入清季《永禁淫戲目單》，不准演出。隨後，在光緒十六年（1890）和光緒二十九年（1903）的另外兩次公開禁戲中，《小上墳》仍然列在禁演之列。

28.《晉陽宮》

劇名：《晉陽宮》。

劇情：《晉陽宮》是一齣京劇傳統戲。故事出自《說唐演義》及《晉陽宮》傳奇。演的是隋煬帝下揚州，命李淵於晉陽建造離宮，限時一月造成。奈何時日太緊難以完成。楊廣大怒，指責李淵謀反，罪當問斬，李世民代為申辯得免。李淵率領四子前來朝見，其四子元霸猛勇無敵，夢中曾得到紫陽真人教授錘法，因而力鼎千斤，天下無敵。他所說宇文成都號稱無敵將軍，保駕到此，便要與他比試膂力。李元霸力舉雙獅，宇文成都不及；二人比武，他又將宇文成都打敗。

《晉陽宮》是一齣勾臉武生戲，以表現天真憨厚而又勇武絕倫的性格。劇中李元霸「夢中得錘」，耍雙錘，走「朝天鐙」、「夜叉探海」、「倒踢紫金冠」種種技巧，把李元霸憨喜狂放的心情發揮得淋漓盡致，演來十分吃功。

禁與解禁：相傳李元霸為雷公轉世，故而他在舞臺上勾繪尖嘴金、藍色的雷公臉，十分獨特，也顯得分外威武雄壯。

雷公名幸環，《楚辭》稱：「雷乃天庭陽氣，狀若力士，坦胸露腹，背插雙翅，額生三目，臉赤色猴狀，足如鷹鸇，左手執楔，右手持錐，呈欲擊狀，神旁懸掛數鼓，足下亦盤躡有鼓。擊鼓即為轟雷。能辨人間善惡，代天執法，擊殺有罪之人，主持正義。」在清季，人們對雷公神有著特殊的敬畏，以為在舞臺上搬演此劇，會褻瀆神明，招來天災人禍。所以在清季《永禁淫戲目單》中，《晉陽宮》被列為首位。

民國時期，《晉陽宮》火炙起來，且以楊小樓、尚和玉飾演的李元霸最好。楊小樓與尚和玉同為前輩武生俞菊笙的弟子。俞菊笙以李元霸戲為其代表作。除《晉陽宮》外，後面還有《惺惺惺》、《四平山》等劇。尚和玉深得俞菊笙的真傳，所演李元霸十分威武傳神。據袁世海先生在《自傳》中說：楊小樓很佩服尚和玉，就自動放棄了《晉陽宮》這齣戲。尚先生一見楊小樓不演《晉陽宮》，他為維護師兄的聲譽，也不演《晉陽宮》了。直到楊小樓逝世 13 年後，在 1951 年全國文聯為抗美援朝募捐「魯迅號」飛機時，尚和玉以 79 歲高齡，在北京華樂戲院方演出絕響多年的名劇《晉陽宮》。

張伯駒先生在《紅氍毹紀夢詩注》中說：「尚和玉亦武生老輩，其人敦厚如長者，與楊小樓、俞振庭齊名，而派別不同，亦如拳術有內工、外工之分。小樓內工，和玉外工也。《鐵籠山》、《英雄義》等戲皆佳，尤以《晉陽宮》為其特作。余有友曾向其學此戲，家尚有二錘，余持之甚重，以余之力不能耍也，足見尚氏之工夫。」為此他寫詩記之：

> 楊俞名並派非同，敦厚常如長者風。
> 拳術工夫分內外，驚人錘震晉陽宮。

29.《關王廟》

劇名：《關王廟》亦稱《東嶽廟》

劇情：描寫名妓蘇三（玉堂春）自從認識吏部尚書子王金龍之後，誓偕白首，再不接客。王金龍帶入院中的三萬六千兩紋銀俱已花盡，鴇兒瞞著蘇三，將他驅出院外。王金龍失魂落魄，只得委身於關王廟中，打更為生。後被賣花的金哥遇見，代為送信與蘇三。蘇三瞞著鴇兒，私自前往關王廟中與王金龍相會。並且贈金與王金龍，使他得以轉回南京。

《玉堂春》的故事出自《警世通言》中《玉堂春落難逢夫》一章。《全部玉堂春》分為《嫖院》、《關王廟》、《女起解》、《三堂會審》、《監會》、《團圓》等折，川劇、徽劇、漢劇、梆子、秦腔、評劇均有此劇目。這齣戲為生、旦重頭戲，旦重唱工，生重做工。一般演出多以《起解》、《會審》為重點，前邊的戲常常一帶而過，並不重視。

禁與解禁：舊時，《關王廟》一折也是很重要的戲。1828 年出版的《金臺殘淚記》中，就有「近日三慶部陳雙喜年未及冠，演《關王廟》」的記載。且有詩讚：

> 下場一笑總冤頭，飛眼迷離更倚樓。

漫道西人渾不解，春風作意送歌喉。

　　玉堂春攜銀私會王金龍，二人一見，百感交集。戲中有一段「不顧醃髒懷中抱，在神案底下敘一敘舊情」的表演。有不少旦角為了「討俏」，在此處的唱、做，都有較大的誇張，旦角與小生牽手相擁，卿卿我我地委身神案之後。因之，觸動了衛道士的神經，而大驚小怪不已。同治十三年（1874）一月和清光緒十六年（1890）六月，上海《申報》兩次刊登政府布告，禁演此戲。

　　但是未經多久，隨著清廷的遜位，此禁自行解除。

30.《玉堂春》

劇名：《玉堂春》，亦名《三堂會審》。

《玉堂春・監會》劇照，著名評劇表演藝術家小白玉霜飾蘇三，
田淞飾王金龍，攝於 1956 年。

劇情：《玉堂春》全劇包括《嫖院》、《廟會》、《起解》、《會審》、《探監》、《團圓》等數折戲。全劇幾乎囊括了京劇旦角西皮唱腔的全部板式，尤以《女起解》、《三堂會審》二折精彩備至，聲腔藝術成就極高。梅、程、荀、尚四大流派，依不同稟賦所創之新腔，各具特色，都有錄音傳世。

據記載，清代嘉慶七年（1802）時，三慶班就已在北京以京劇的形式演出此劇。清代筆記小說《眾香國》的作者，就曾看到名角魯龍官演出的情況。

原故事出自清乾隆刊本不署撰人著傳奇《玉堂春全傳》。原故事講述明嘉靖時，南京應天府上元縣三山街有錦衣衛帶上殿指揮王炳，因得罪嚴嵩，告假在家。他的妻子余氏，生有三子。三子順卿奉父之命前往北京，索要故交屠隆所欠的三千兩銀子。臨行，接受所戀妓女唐一仙之託，代其問候她的盟妹玉堂春與雪裏梅。順卿索得欠銀後，即前往訪問玉堂春，住在玉堂春的院中，並與一山西豪客方爭結為知己。不久，順卿將銀子全部花完，被鴇母逐出院外，淪為乞丐。玉堂春知道此事後，讓順卿用皮箱裝滿磚石矇騙鴇母，再次進院。但被鴇母識破，順卿逃回原籍。鴇母積怨玉堂春，逼她接客，玉堂春不肯。方爭遂用銀錢贖出玉堂春，並攜其同歸洪洞縣老家。

方爭之妻蔣氏，與監生楊宏圖通姦，見方爭帶玉堂春回來，頓生醋意。做了一碗麵放入砒霜，把方爭毒死，並嫁禍玉堂春。縣令因得到蔣氏賄賂，將玉堂春問罪收監。彼時，順卿應試中了狀元，友人見榜來賀，告訴他方爭被害一案。順卿正為玉堂春不安，恰奉朝廷之命任山西巡按使。到達洪洞衙署後，即重審玉堂春。終於查清此案，遂將玉堂春昭雪開脫。蔣、楊處以極刑。順卿任滿回京後，娶玉堂春為妻，又娶雪裏梅、唐一仙姊妹為偏房，全劇始終。

禁與解禁：京劇《玉堂春》是根據以上的故事編成，在人物和情節上做了多方修改。因故事與「嫖院狎妓」、釀成人命，而且三堂大員同審「花案」，實為士大夫所不齒。故而，在清季此書就被丁日昌列為禁燬書目。

在清末民初的很長一個時期，《玉堂春》一劇屢遭禁演。尤其《東嶽廟》一折，在光緒十六年六月十四日，被上海蘇藩司黃方伯明令取締（見 1890 年 6 月 14 日《申報》中《禁除淫戲告示》）。但是，由於這齣戲情節引人、唱腔悠揚動聽，所以一直禁而不絕。

31.《三上吊》

劇名：《三上吊》，也稱《男吊》或《女吊》。

劇情：《三上吊》是全本「目連戲」中的一折，具體內容早已失傳。據《中國戲劇史》的作者徐慕雲先生回憶，他兒時在徐州鄉下廟會看梆子戲時，曾看過《三上吊》。演員的辮子繫繞於舞臺的大樑上，全身懸空，一邊打竹板，一邊唱「蓮花落」。這是一種文的唱法，演的是《男吊》還是《女吊》沒有寫明。唱的內容是吊死鬼在陰間如何受難的情況。另據一些零星的戲劇史料記載，還有一種武的演法，表現冤鬼們在地獄裏受折磨的事情。陳伯熙編著《上海軼事大觀》中記載，1864年（同治三年）上海廣東路東段山東中路至福建中路的寶善街，曾是老城廂外最早的戲曲演出中心，常有徽班、秦腔、梆子在此演出。《三上吊》是當時經常貼演的劇目。

彼時的《三上吊》，伶人勾臉飾鬼，在臺上翻騰跳躍，並在鐵槓子上、屋柱上練工夫。「逮『雲裏飛』始花樣翻新，於正廳屋頂上設長繩一道，中懸短木棍三，上繩後翻騰、坐臥，獻出各種身手，令見者神悚魄奪。後有名『緶子飛』者，更能以辮子用鐵鉤懸掛臺中，作空中飛舞，且設橫繩一道，自臺上斜貫正廳之柱端，一瀉而下，尤為危險。厥後寶善街滿庭芳演此，『緶子飛』因頭觸柱上，竟至腦漿迸裂而死，施救不及，觀者皆為之驚歎不已。」（《緶子飛演「三上吊」之觸柱》，原載《上海軼事大觀》）作者陳伯熙在寫完這則舊事後大發感慨，云：「伶人演戲，與江湖賣藝同一用意，本非戲劇正軌，甚至以生命搏金錢，不亦可哀也耶！」

的確，早年的演員們迫於生計，有時簡直是在玩命。就在「緶子飛」死後，又有一個叫「雲中飄」的演員，也是在寶善街的戲園演出此戲。他從空中落下時，正好掉在一張大方桌上，有幸沒有摔死。幾年後他又來上海，改名「飛飛飛」，演出《三上吊》，技藝比原來有所提高，可是觀眾們覺得他過於冒險，不敢現場觀看，所以也不賣座。不久，也就「飛」不下去了，這齣《三上吊》遂成絕響。

禁與解禁：清光緒十六年（1890），這齣戲為蘇藩司黃方伯列為禁戲，以《禁演淫戲告示》刊登於六月十四日《申報》。罪名定為「奸盜邪淫」的「強梁」戲，「勻宜永禁」。

但民間並未禁絕，據南方的木偶藝人回憶，《三上吊》也是一齣提線木偶的傳統戲。表演起來很複雜，要在一組線上打出許多結，演時逐一鬆開，使偶人做出翻、轉、騰、挪等一連串動作。此外，雜技中也有《三上吊》這一節目，是演員在吊繩、皮條、滑竿上做出各種技巧。這種節目大多流於民間的

摺地演出，劇場中已無此戲。

直到文化大革命之後的二十世紀九十年代初，江蘇挖掘傳統劇目，恢復了「目連戲」的演出活動，《三上吊》之類的節目才又重新出現在民間的古戲臺上。隨後，浙江、河南、山東一帶的民間社火，也能時常看到這類演出的影子。

32.《三戲白牡丹》

劇名：《三戲白牡丹》，亦名《呂洞賓三戲白牡丹》。

劇情：三戲白牡丹的故事原載於《東遊記》、《呂仙飛劍記》，元明雜劇中也有《呂洞賓戲白牡丹》。劇情講：白牡丹原是洛陽城中第一流的名妓，生得國色天香，溫文爾雅，琴棋書畫，無所不能。呂洞賓一見，心神蕩漾，戀羨已久，欲度牡丹為仙。他變化成一位風流才子，到妓院登門拜訪。二人相見，一拍即合。牙床上魚水相諧，各呈風流。二人通宵達旦，雲雨不歇。呂洞賓本是純陽，連宿採戰，金露不泄。牡丹大奇，使出全身解數、曲盡奉迎，竟不能得到玉露一滴。此事被鐵拐李、何仙姑及張果老等人得知，一起下界，將一絕招暗中告訴白牡丹。次日白牡丹與洞賓雲雨採戰，到了情狂意顛之時，白牡丹用手指搔癢洞賓的兩肋。呂洞賓不及提防，其精一泄如注。最終，在眾仙的幫助下，呂洞賓將白牡丹超度成仙。

禁與解禁：在古代傳說中，呂洞賓這位仙家與眾不同，他貪圖酒、色、財、氣，尤其對於女人逐戀不已。《呂純陽祖師全傳》後卷中，記有許多有關呂洞賓「市廛混跡」的故事，他在兗州妓館、廣陵妓館、東都妓館等處，都留有風流的「仙跡」。此戲把呂洞賓狎妓，房中採戰之事搬演到舞臺上，確實有「白晝宣淫」之嫌。為此，在清季該劇被列入「永禁戲目單」中，明令禁演。

民國期間，只有河北梆子還演此劇。荀慧生坐科時，因藝名白牡丹，所以也曾一度將此劇移植為京劇。但反應不佳，遂尊重友人規勸，未演幾場就把它掛了起來。

33.《倭袍》

劇名：《倭袍》

劇情：《倭袍傳》是由兩條主線組成，一個是唐家倭袍的故事，另一個是刁劉氏與王文通姦謀命的故事。明朝正德年間，文華殿大學士唐士傑家有祖傳御賜倭袍一件。西宮張妃之父安東王張彪想借用，唐士傑沒有應允，張彪

懷恨在心，欲借機報復。唐士傑有妻楊氏，生七子一女，皆聰穎有才。兒子雲卿帶書童進京趕考，路上與刁南樓、毛龍一見如故，三人結為兄弟，一起遊揚州。張彪之子張保橫行無忌，強搶妓女李飛龍為妾。恰好被三人撞見，一同解救了李飛龍。飛龍對雲卿一見鍾情，二人結為夫婦。張保向其父誣告雲卿，使張彪舊恨新仇湧上心頭，使人在正德帝前往五臺山進香途中，故意驚駕，偽稱是唐士傑所為。正德帝龍顏大怒，逮捕唐氏滿門。雲卿在外聞得凶訊，便與飛龍分別，趕赴京城。

彼時，刁南樓也回到家中。南樓有一妻一妾，妻劉素娥對妾王氏心懷嫉恨。在南樓出遊之時，劉氏與監生王文私通。端午節時，劉氏與王文在房中幽會，被王氏看見。劉氏殺人滅口，在饅頭中暗放砒霜。不料被刁南樓誤食，當即暴斃身亡。劉氏立即下葬，以滅罪證。毛龍與二人別後，上京考試，得中狀元，欽點湖廣襄陽巡察史。他聞知南樓噩耗，喬裝易服前往弔唁。發現其妻外穿孝服，內穿紅衣，且言語不遜，心中生疑。王氏與總管王六，也懷疑南樓死得不明不白，便將懷疑告訴了毛龍。毛龍命襄陽四府理刑廳童文政拘捕王文，立案偵訊。劉氏大懼，請父親劉俊說情。此時，毛龍已將王文和劉氏逮去審訊。當堂從婢子蕙蘭口中得知真相，毛龍將王、劉二人判為極刑。行刑之日，劉氏騎木驢遊四門，歷數謀夫經過，警戒世人，萬勿效尤。《倭袍》一劇，演的是後邊這段故事。

禁與解禁：清季唱評彈的開篇有詩云：

> 倭袍早受淫詞臭，改名果報遮人詬。
>
> 端午毒時辰，南樓命喪身。
>
> 茶坊官易服，私弔逢家僕。
>
> 五世久經霜，除刁單說唐。

《倭袍傳》一直被清政府列為誨淫之書，尤其是刁家的故事，語涉淫亂，嚴命禁燬。刁家的故事被翻成戲劇上演，尤其是劉氏騎木驢遊四門一場，表、做、演唱極盡凌辱之態，被世人目為「淫戲」。清政府於光緒十六年（1890）公布告示，禁演此戲，評彈亦在其列。後來，經評彈名家俞秀山的精心修改，把刁家的故事刪去，成為「潔本」，《倭袍》始得開禁。

34.《劫獄》

劇名：《劫獄》

劇情：《劫獄》是一齣火炙的武打戲，演的是《水滸》第四十九回《解珍

解寶雙越獄‧孫立孫新大劫牢》的故事。獵戶解珍、解寶兄弟二人進山打獵，射中一隻猛虎。猛虎負傷而逃，滾入富戶毛太公花園之內。翌日，解氏兄弟前去毛府索要，毛太公匿虎不給，還仗勢欺人，反誣解珍、解寶入府行竊，並將他二人綁送官府問罪。衙中萬知府、都監魯為與毛太公沆瀣一氣，把解氏兄弟問成死罪，押入死囚牢中。牢頭鐵教子樂和見事不平，同情解氏兄弟，對外傳信，籲請相助。孫立、孫新、顧大嫂等義士精心設計，約同鄒淵、鄒潤一起化裝入監，劫獄燒牢，並殺死兵馬都監魯為、毛太公父子和萬知府，救出了解珍、解寶，眾人一同奔赴梁山。《劫獄》是全劇中的最後一折，情節緊張有趣，開打火爆，所以常以單折上演。

禁與解禁：這齣戲的內容，因為涉及「聚眾起事，對抗官府，裏應外合，劫獄燒牢」等事件，在統治階級的眼中，皆屬江湖強梁所為，演出這類戲，只會「混淆黑白、無益教化民心」。故而在清末社會的動盪時節，政府將其列為禁戲，不許上演。《翼化堂條約》稱：「《水滸》一書，矯枉過正。原為童貫蔡京等作當頭棒喝，然此輩人而欲借戲文以傚之。則恐見而知戒者百無一二，而見而學樣者十有五六。即如祝家莊、蔡家莊等處地方，皆屬團練義民，欲集眾起義、剿除盜藪以伸天討者，卒之均為若輩所敗。而觀戲者反籍稱宋江等神勇，且並不聞為祝、蔡等莊一聲惋惜。噫！世道至此，綱淪法弛。而當事者皆相視漠然，千百年來無人過問，為可歎也。」依照這種觀點，解珍、解寶的故事，自然在禁止之中。

35.《雙釘記》

劇名：《雙釘記》，又名《全本釣金龜》。

劇情：宋代，有一老嫗康氏，丈夫早年去世，孀居哺養兩個兒子長大成人。長子張仁、次子張義。張仁進京趕考得中為官，其妻背著婆母和小叔悄悄進京，去了任所。張義在孟津河下釣魚為生，供奉母親衣食。大孝感天，一日在河下釣上一隻可以「屙金尿銀放錫拉屁」的金龜。母子二人十分歡喜，康氏囑咐張義攜帶金龜去祥符縣尋找兄長。不想一去多日，杳無音信。康氏乃親往祥符縣中尋找。中途勞頓，在路邊小眠，於恍惚之中見到張義哭泣，心中生疑。到了祥符縣衙，長子張仁迎入內室。康氏詢問張義的下落，張仁支支吾吾，最後才告知康氏，張義已然身死。康氏前往靈前哭祭，是夜，張義再次託夢，告訴母親是其嫂王氏覬覦金龜，將自己害死。康氏大怒，前往包

拯處控告。包拯升堂，開棺驗屍，在張義頭頂發現有兩枚鐵釘貫入腦內，乃是其嫂王氏所為。包拯昭雪了冤情，嚴懲了張仁夫婦。故事出自小說《包公案》，戲中情節與「白金蓮殺夫」案如出一轍，故而也稱「雙釘記」。

禁與解禁：這是一齣老旦應工的唱功戲，一般只演至「託兆」為止。如果貼演全齣，則名《雙釘記》或《雙釘案》。清同治年間，此戲列入《永禁淫戲目單》，禁止演出。大概也正是出於這種原因，這齣戲很少有人連演後半部分。

顧曲家張伯駒稱，此劇以龔雲甫唱得最好，「與陳德霖、錢金福、王長林並稱四老。」他在《紅毹紀夢詩注》中有詩云：

菊壇四老並超群，一戲爭傳釣孟津。

只在前臺慳識面，不知君是汴梁人。

36.《三笑》

劇名：《三笑》，亦名《唐伯虎三笑點秋香》。

《三笑點秋香》清代江蘇蘇州桃花塢木版年畫。

劇情：「唐伯虎點秋香」故事的基本框架出自《唐伯虎全集》所引錄的《蕉窗雜錄》，其中有一篇短文寫得通俗易懂。遂照錄如下：「唐子畏被放後，於金閶見一畫舫，珠翠盈座，內一女郎，姣好姿媚，笑而顧己。乃易微服，買小艇尾之，抵吳興，知為某仕宦家也，日過其門，作落魄狀求傭書者。主人留為二子用，事無不先意承旨，主甚愛之。二子文日益奇，父師不知出自子畏也。已而以娶求歸，二子不從曰：『室中婢，惟汝所欲。』遍擇之，得秋香者，即金閶所見也。二子白父母而妻之。婚之夕，女郎謂子畏曰：『君非向金閶所見者乎？』曰：『然。』曰：『君士人也，何自賤若此？』曰：『汝者顧我，不能忘情耳。』曰：『妾昔見諸少年擁君出素扇求書畫，君揮翰如流，且歡呼浮白，旁若無人，睨視吾舟，妾知君非凡士也，乃一笑耳。』子畏曰：『何物女子，於塵埃中識名士耶？』益相歡洽。居無何，有貴客過其門，主人令子畏典客，客於席間，恒注目子畏。客私謂曰：『君貌何似唐子畏？』子畏曰：『然，余慕主家女郎，故來此耳。』客白主人，主人大駭，列於賓席盡歡。明日治百金裝，並婢送歸吳中。」後來，馮夢龍將這段故事寫入《警世通言》，名為《唐解元一笑姻緣》。

禁與解禁：清季，唐伯虎的這段趣事被改為戲劇上演。一個名士為了追求一個女婢，公然入府「傭書」，低三下四地去侍候人，著實有辱斯文。因之，在清季被列入《永禁淫戲目單》。但是，禁歸禁，演還是演，民間並不買賬，法也難以責眾。

37.《巧姻緣》

劇名：《巧姻緣》，又名《弄假成真巧姻緣》。

劇情：明末清初，有一對男女，男的叫莫不全，是個背駝；女的叫王巧巧，是個嘴缺。一個討不到老婆，一個成了嫁不出去的老姑娘。在一次遊玩途中，莫不全巧遇王巧巧，都是因為當時看不出對方缺點，而起了愛慕之心。後經媒婆做媒，二人成親拜堂。在洞房之中，二人才發現了彼此的問題，是因為當初相會的時候，各自都是化了裝，使用了「弄虛作假」的手段。

禁與解禁：從故事情節看，此劇無疑是一齣鬧劇。內容荒誕不經，只能取樂婦孺，毫無意義可言。莫不金與王巧巧均是丑角飾演，在表演上出乖露醜之處過多，而近於「粉」。在清代被視為淫戲，曾多次被列入禁演文告當中。近代則不見此戲露演。

38.《意中緣》

劇名：《意中緣》，又名《丹青引》或《楊雲友三嫁董其昌》。

劇情：這齣戲的情節，主要出自清李漁《笠翁十種曲》中的《意中緣》傳奇。寫錢塘才女楊雲友善於繪畫，尤其善於摹仿董其昌的筆跡，達到可以亂真的程度。她的父親把她的畫，放在僧人是空的畫肆中寄賣，是空則偽書董其昌之名，高價出售。一日，董其昌與陳繼儒遊湖，路過是空的畫肆，見到楊雲友的畫，通靈瀟灑，贊為奇才。是空身在佛門而心戀紅塵，也十分愛慕楊雲友。就心生一計，假託董其昌之名向其父提親。楊父不知真偽，當即允婚。是空買通閘人黃某，冒充董其昌前去迎娶。雲友隨其登舟，船至中途，是空突然出現，強迫雲友成婚。雲友急中生智，將是空推入江中，自返錢塘。彼時，楊父見女兒多日尚未歸省，就隻身前往華亭董其昌處認親。董其昌不知原委，堅稱未娶。楊父無奈只好返回。楊雲友歸來不見父親，四處找尋，遇見陳繼儒。繼儒定計，令愛妾林天素扮成男裝與楊雲友成婚。洞房之中，雲友識破其偽，便隨繼儒一同到了京城。此時，董其昌在京已出任尚書，楊父也已來到，大家相見，疑雲頓釋，在眾人的贊許下，雲友與董其昌結成百年之好。

禁與解禁：清政府曾將李漁《笠翁十種曲》列為禁燬書目，據此排演出來的戲劇，也被視同禁戲，難以上演。民國十六年（1927），陳墨香將它改編為京劇，由荀慧生飾演楊雲友，戲中有一段楊雲友作畫的情節，荀慧生一邊演唱一邊當場作畫；唱畢，畫完。當一幀清秀漂亮的花鳥畫展現在觀眾的眼前時，全場響徹經久不息的掌聲。荀慧生也正是以這齣戲的精彩表演，入選於「四大名旦」，贏得了一生的藝術榮譽。後來，荀慧生每貼演此劇之先，前臺都會收到政要、名人預購此畫的高額潤筆。圖的是當場畫完，散戲取走，得者視如拱璧奇珍。當時報紙上說：「慧生演《丹青引》，所獲潤筆高於包銀十倍。」

39.《殺子報》（1）

劇名：《殺子報》，亦名《陰陽報》，又名《油罈記》及《通州奇案》。

劇情：《殺子報》一劇的劇情，本是發生在光緒初年的一件實事，不題撰人將它編寫成《通州奇案》一書刊行於世。人們爭相傳看，於是，就有人把它改編成戲，搬上了舞臺。故事寫的是，離北京不遠的南通州，有一市井小民名叫王世成，他中年抱病身亡，遺下妻子徐氏和一子一女。女兒年長，名叫

金定；兒子年小，名叫官保。一日，徐氏到天齊廟進香，與廟僧納雲邂逅，二人一見鍾情，竟眉來眼去，勾搭成奸。納雲時常藉故到王家與徐氏幽會。其子官保雖然年幼，但已通人事，一次下學回來正好撞見其母的姦情。盛怒之下，他不顧母親的臉面把納雲連罵帶打地攆出門去。徐氏中年慾火正熾，一見兒子壞了自己的好事，怒不可遏。是夜，乘官保睡熟，用刀將他殺死，並剁碎屍體，逼迫女兒金定將碎屍藏入油罈之內。

官保的塾師曾微聞官保所述家事，又多日不見他上學，心中生疑，便前來詢問徐氏。徐氏變顏變色，口稱不知。塾師卻從金定口中探知一些端倪。於是，跑到州衙告狀。州官不信世間有親母弒子之事，而把塾師關押監中。師娘夢見官保託兆訴說冤情。翌日，師娘找到官保之姐金定，一起趕赴州衙擊鼓申訴。州官將信將疑，喬裝成算卦的先生下鄉私訪，探明真實情況，逮拿徐氏、納雲，公審定罪，大快人心。

禁與解禁：當年周楞伽先生在編輯《晚清四大奇案》一書時，就因《殺子報》一事過於淫穢歹毒，將其刪去。有編劇人把它編成戲劇，搬上了舞臺，一名《陰陽報》，又名《油罈記》。每一貼演，九城轟動；鄉間演出時，十里八鄉，扶老攜幼均來觀看。演畢，群情憤恨、聚而不散，必要凌遲徐氏為快。

這齣戲使用「血彩」，在徐氏刀劈官保時要當場見血。其所用的道具刀，也是在紙製的刀刃上，事先貼有「血漿」的豬尿脬，一砍一剁之間，血光四濺，臺上一片血污。官保和徐氏的身上都會沾上很多的「鮮血」，效果之逼真，可使四座驚駭，觀者失聲。筆者從早年間的老戲單上發現，梅蘭芳在未出道之前，還曾飾演過官保的姐姐金定一角。可見此劇在清末民初是十分普及的節目。

清光緒十六年（1890），此戲列為「淫戲」，由官府在《申報》刊布禁演。民國以後，該劇自動解禁，死灰復燃。而且越演越烈，評劇、湘劇、漢劇、河北梆子都爭演此劇。地方上多次禁演，但禁而難絕。

40.《梳妝擲戟》

劇名：《梳妝擲戟》，又名《鳳儀亭》。

劇情：此劇是全本《連環記》中的一折，出自《三國演義》和明王濟所作的《連環記》傳奇。崑曲的《起布》、《問探》、《小宴》、《大宴》概出於此。《小宴》是寫東漢司徒王允與貂蟬，定下了連環之計，離間董卓、呂布父子。王允先設宴款待呂布，將歌姬貂蟬假作自己的女兒，許配呂布為婚。後王允又宴

請董卓，席間將貂蟬獻於董卓為妃，劇名則為《大宴》。呂布為了探尋究竟，
潛入太師府內室，正遇貂蟬梳妝。貂蟬向呂布訴說董卓的無理，並傾訴思念
呂布之情。呂布盛怒，憎恨董卓奪其所愛。這一折則稱《梳妝》。《擲戟》是
《連環記》中的第二十六折。呂布與貂蟬在鳳儀亭中不期而遇，二人慾傾情
懷，恰被董卓撞見。董卓以為呂佈在調戲自己的愛姬，盛怒之下，用方天畫
戟刺殺呂布。幸被李儒勸下，呂布逃去。董卓就此與呂布失和，並決意將貂
蟬送至新都郿塢居住。

《鳳儀亭》清代河北楊柳青木版年畫。

　　禁與解禁：呂布生得器宇軒昂、魁偉英俊，為人傲慢好色，而又胸無點
墨，作為一個有特殊色彩的戲劇人物，對演員說來頗有演頭。從乾隆年間漢
調進京，呂布的戲如《起布》、《問探》、《小宴》、《擲戟》、《轅門射戟》等，名
目迭出。且以嘉慶年間的名伶龍德雲所飾演的呂布最有聲色。他的演唱「聲
若虎嘯，非常響堂」。據蕭長華講：「他的這種唱法，奠定了京劇小生的基礎」。
後來，凡學習小生的無不承襲「龍腔」的唱法（見蕭長華著《蕭長華戲曲談
叢》，中國戲劇出版社 1980 年）。
　　《梳妝擲戟》這齣戲，在清代末年被政府明令禁演（其事見《翼化堂條

約》所附《永禁淫戲目單》）。但未過幾年，又自行解禁了。據說，清王府中有
幾位王爺都愛演武小生戲，常在王府堂會戲中票演「呂布」一角，劇目中也
時有《梳妝擲戟》。影響所及，在同治年以後的幾次禁戲中，就不再有相關呂
布的戲碼兒了。

41.《梵王宮》

劇名：《梵王宮》，亦名《洛陽橋》，單演梳妝待嫁一折，則稱《掛畫》。

劇情：是劇內容並無出處可考，乃是編劇人信手拈來，編湊而成的一齣
喜劇。寫的是某朝有少年男女二人，在梵王宮邂逅，一面之後，彼此思慕不
已。女郎歸家，相思難解，懨懨成病。幸得賄通花姓媒婆，設計將那少年改扮
女裝，由女兄間接誆入府中，寄於妹妹房中安頓。於是，鵲橋暗渡，天促良
緣，二人對天盟誓，結成百年之好。一宿之後，復又分離。全劇的情節既有
《西廂記》《驚豔》的影子，又有《王老虎搶親》的痕跡，只不過都已改頭換
面而已。

劇中人名起得也很隨便，小生名叫華雲，好似《戰太平》中身帶箭傷的
花雲。旦角則叫劉杭燕（或謂杏燕），也有叫為耶律含嫣或葉含嫣的，頗似外
族姓氏，令人莫名其妙。劇本雖然粗糙，由於劇情歡快，演員演得精巧絕妙，
所以流傳了下來。其中《梳妝》一場，耶律含嫣得知自己心中的情郎就要來
到近前，朝思夜盼的願望就要實現，她急忙收拾屋子，自己登上椅子掛畫，
對著鏡子梳頭、搽粉、換衣裳，這一連串的表演中，運用了一系列身段、技
巧，把個春思外露的少女形象，演得活靈活現、美不勝收。有史料記載，民初
男旦賈璧雲在此劇中也頗有創造，使《梵王宮》的身價頓增百倍。劇評家在
觀此劇後，稱其：「死戲活做，信乎戲果必以人傳乎。」

禁與解禁：其實，早在賈璧雲之前，《梵王宮》一劇早已膾炙人口，演得
不亦樂乎！因其重點描畫少女思春，欲嫁情急，故為輿論所輕賤，一向被視
為京班中的「淫亂」之戲。同治十三年（1874）即為清政府列入禁演之列，令
稱：如「再不知悛改，仍演淫戲，應即查徵究，以昭炯戒」。進入民國之後，
時風已變，此禁亦解。

42.《潯陽樓》

劇名：《潯陽樓》，亦名《白龍廟》。

劇情：這齣戲出自《水滸傳》第三十九回《潯陽樓宋江吟反詩・梁山泊

戴宗傳假信》和第四十回《梁山泊好漢劫法場・白龍廟英雄小聚義》。宋江遊覽潯陽樓時飲酒大醉，醉後在壁上題寫反詩一首：

> 心在山東身在吳，飄蓬江海謾嗟籲。
>
> 他時若遂凌雲志，敢笑黃巢不丈夫。

此詩被通判黃文炳所見，密告於知府蔡德章，要定宋江謀反之罪。戴宗聞知消息，告知宋江。宋江裝瘋，被黃文炳識破，押入禁牢之中。蔡知府命戴宗趕赴東京，向蔡京投書。途經梁山，戴宗將此事告知吳用。吳用定計，令蕭讓製造了一封假信回覆。此計又被黃文炳識破，要殺宋江和戴宗。梁山泊好漢李逵、張順等人一起劫法場，救出宋江，奔赴梁山。

禁與解禁：清朝末年，朝廷昏弱，草木皆兵。把《水滸傳》和「水滸戲」均看成可以導致「淫盜姦殺」、「謀亂造反」的禍水。道光十二年（1832）就有興論討伐地方梨園演劇「作惡造孽」，稱「潯陽江張順翻波，赤身跳躍，對叉對刀，極凶極惡」，「梨園孽海、名教應除，法司當禁」的說法。道光十六年（1836）頒布的《禁止演淫盜諸戲諭》稱：「今登場演《水滸》，但見盜賊之縱橫得志，而不見盜賊之駢首受戮，豈不長兇悍之氣，而開賊殺之機乎」（見徐珂《清稗類鈔》）。該劇的主題是「官逼民反」，雖說是反對宋代黑暗的政府，處於風雨飄搖的清朝統治階級也是「聞聲色變」、「物傷其類」。認為這種聚眾謀反的戲，絕不能任其泛濫。

光緒十六年（1890）六月十四日，《申報》刊出一系列禁戲名單，其中就有這齣戲（筆者按：當年《申報》因排字之誤，把劇名誤印成《潯陽山》），聲稱「概不准演，如違嚴究不貸」。到了民國時期，著名鬚生高慶奎重新將這齣戲加工整理、搬上舞臺，也曾轟動一時，成為「高派」的看家戲。

43.《海潮珠》

劇名：《海潮珠》

劇情：春秋戰國時，齊國宰相崔杼之妻棠姜，豔美傾城。齊莊公好色與她私通，被崔杼察覺。崔杼心中憤恨，但敢怒而不敢言，於是萌生異志，意欲謀國。為了達到目的，他用重金賄賂了內侍賈豎充做內應。一日，齊莊公大宴群臣，崔杼託病不往。不久得賈豎密報，稱齊莊公宴畢將順道探看崔杼的病情。崔杼馬上命棠無咎率士兵埋伏於內，又命東郭偃及二子埋伏在宮門以外。約定鐘鳴為號，一起衝出，刺殺齊莊公。未幾，齊莊公果然來到，崔杼故

意遣棠姜豔妝出迎。齊莊公一見神魂顛倒，未及交言，棠姜便匆匆進入內室迴避。齊莊公倚檻癡待，竟忘記自己是探病而來。癡情所至，還作了一首《望美人》歌。其歌未竟，宮門內外刀兵驟起。齊莊公破門而逃，登上後山園樓躲避。棠無咎引兵士將樓團團包圍。莊公哀乞不已，終被無咎所殺。

《海潮珠》清代河北楊柳青木版年畫。

禁與解禁：劇本中的棠姜，在齊莊公死後，崔杼也將她殺死了。這一點，與正史有所不同。這齣戲在清代也十分流行，因男旦飾演的棠姜過於嫵媚風流，有「引誘良家子女」之嫌，故於同治十三年（1874）明令禁演此劇。進入民國之後，此戲解禁。據說滬上崔靈芝與馬飛珠演出時，每貼必滿，享譽殊隆。

44.《珍珠衫》

劇名：《珍珠衫》亦名《珍珠汗衫》

劇情：《珍珠衫》在清代原是一齣秦腔，同光時期移植為京班經常演出的劇目，民國初年又被梆子唱紅，二十世紀三四十年代又被評劇移植，成為評劇傳統戲之一。故事出自《喻世明言》的《蔣興哥重會珍珠衫》。商人蔣興哥娶妻王三巧，二人無比恩愛，蔣興哥將家中祖傳之寶一襲珍珠衫，交與三巧保存。蔣興哥外出經商，許久不歸。商人陳商欲謀占王三巧，買通薛婆從中

作伐，誘使三巧失身。三巧將珍珠衫贈給了陳商。不久，陳商到蘇州做生意，途中遇見蔣興哥，二人飲酒之間，興哥看到陳商所穿珍珠衫，並從中探得真情，回家即將王三巧休棄。三巧改嫁縣令吳傑。陳商生病死後，其妻再嫁，適為蔣興哥娶去。後來，蔣興哥誤傷人命，吃了官司，恰為吳傑審勘。三巧見案卷上有蔣興哥之名，佯稱興哥是自己的表兄，請吳傑援手寬恕。吳傑開脫了蔣興哥的罪名，並令興哥與三巧相見。二人相逢，觸動舊情，被吳傑看破。問明經過後，遂將三巧還歸興哥，使他們夫婦破鏡重圓。

　　禁與解禁：文載，清末余玉琴曾演出此劇，頗有好評。但劇中涉及男女私通等情節，為封建正統思想所不容，清光緒十六年（1890）被蘇藩司黃方伯列為禁戲，不准上演。

45.《琵琶記》

　　劇名：《琵琶記》亦名《趙五娘》

《琵琶記》劇照，著名評劇表演藝術家王琪飾陳三五娘，攝於 1979 年。

劇情：漢代書生蔡伯喈與趙五娘新婚不久，恰逢朝廷開科取士，伯喈告別父母、妻子赴京應試。三場下來，得中了狀元，被牛丞相奉旨納為其婿。伯喈以父母年邁為由，意欲辭婚，但牛丞相與皇帝不從，被迫滯留京城。伯喈離家後，陳留連年遭災，五娘盡心服侍公婆，自己私下嚥糠，但無濟於事。公婆依然死於饑荒，五娘祝髮賣葬，羅裙包土，自築墳墓。又親手繪成公婆遺容，身背琵琶，沿路彈唱乞食，去往京城尋夫。五娘尋至牛府，被牛氏請至府內彈唱。五娘見牛氏賢淑，便將自己的身世告知。牛氏為讓五娘與伯喈團聚，讓五娘來到書房，在公婆的真容上題詩暗喻。伯喈回府，見畫上所題之詩，正欲問牛氏，牛氏便帶五娘入內，夫妻遂得團聚。五娘告知家中情況，伯喈悲痛已極，即刻上表辭官，回鄉守孝。得到牛丞相的同意，伯喈遂攜趙氏、牛氏同歸故里，廬墓守孝。

禁與解禁：《琵琶記》傳奇是從早期南戲《趙貞女蔡二郎》改編而來，陸游《小舟游近村舍舟步歸》詩云：

斜陽古柳趙家莊，負鼓盲翁正作場。

死後是非誰管得，滿村聽說蔡中郎。

可見在南宋時期，蔡伯喈的故事已經成為民間講唱文學的流行題材。《南詞敘錄》在《琵琶記》劇目下注言：「即舊伯喈棄親背婦，被暴雷震死。」蔡伯喈在《琵琶記》以前的作品中，原本是一個不忠不孝的反面人物。而元代劇作家高明，在保存原著主要內容的同時，對劇情作了重大改動。把反面人物的蔡伯喈改寫成一個忠孝雙全的正面人物。儘管如此，據《中國禁書大觀》統計，清代禁燬戲曲劇目十八種，三十本，《琵琶記》一劇依舊名列其中。原因大抵還是蔡伯喈「不忠不孝，不足為訓」。但此劇作為單折演出的《吃糠》、《描容上路》、《掃松下書》等戲，從來未曾禁止過。

46.《界牌關》

劇名：《界牌關》，一名《盤腸大戰》，亦名《羅通掃北》。

劇情：故事出自無名氏所著《羅通掃北》一書。寫番帥蘇寶同大舉入侵。唐皇命秦懷玉掛帥，羅家父子為先行，統領大軍前去征討。兵至界牌關前，兩軍擺開戰場決一死戰。秦懷玉親自出馬，初戰大捷，不料被蘇寶同用飛鏢打傷，唐軍敗下。既而羅通出戰，鞭打蘇寶同，雙方主帥遭挫，可稱旗鼓相當。不想，番營王伯超採用車輪大戰的方法，率領諸番將與羅通更番大戰，以消耗他的體力。羅通雖然驍猛，怎禁得起十員大將的鏖戰，手法一疏，被

王伯超一槍戳破腹肚，將腸子挑了出來。羅通大怒，忍著疼痛將腸子盤繞腰間，拼力死戰。番將見之大驚，無不歎其神勇，紛紛逃遁。驚詫之間，王伯超被羅通一槍刺死，番兵大敗。此時，羅通也已筋疲力盡，回營而歿。

　　禁與解禁：這是一齣傳統的武生戲，早在道光年間便有演出。從資料中看，彼時的演出為了突出戰場的慘烈。飾演羅通的演員上身赤裸，在肚子被刺破之後，肝腸流出腹外。此時在場上要使用「血彩」，飾演羅通的演員在上場前，先把用豬尿脬裹著的一大段血淋淋的假腸子，帶著血漿一併盤在腰間，開打時，當王伯超用槍刺向腰際時，羅通用手把著槍頭。王伯超再一用力，撲哧一聲，正好戳破豬尿脬，血漿迸出，假腸子隨之流出。場上起「亂錘」，羅通周身顫抖，走「五龍攪柱」，作痛不欲生狀；臉上塗「油臉兒」，汗、血亂滴。稍後，復又鎮靜，在萬分痛苦之間，毅然把流出的腸子纏在腰間，咬牙再戰。舞臺上一片血淋淋慘烈的場面，的確令人不忍卒睹。

　　道光皇帝在看此戲時，十分地驚愕，遂於道光十二年（1832）頒布告諭稱：「《界牌關》羅通殉難，裸體蹴趨，《潯陽江》張順翻波，赤身跳躍，對叉對刀，極凶極惡，蠕腸亂箭，最狠最殘」，「梨園孽海、名教應除，法司當禁」（王利器編《元明三代禁燬小說戲曲史料》）。至於此戲何時解禁，便不得而知了。

　　清末民初，南方北方都出現了不少女武生。其中最著名的是在天津唱紅的陳長庚。《中國京劇史》稱其：「藝名小長庚，專工武生，以陳家武班享譽一時」。《坤伶豔史》則稱其：「演《長阪坡》、《界牌關》等劇，白槍銀鎧、丰姿玉立，見者鮮有知其為女子也。」自她起，短打武生開打就不再赤裸上身了。身穿白色素箭衣，更覺美觀。在「破肚」一場，用一段紅綢子代表流出的腸子繫於腰間，減去了舞臺上的恐怖，使得這一英雄形象更加美觀耐看。

47.《盜甲》

　　劇名：《盜甲》，亦稱《時遷盜甲》。

　　劇情：故事出自《水滸傳》第五十六回《吳用使時遷盜甲·湯隆賺徐寧上山》一節。梁山泊起義軍聲勢日壯，在攻打高唐州的時候，殺了太尉高俅的兄弟、高唐州知府高廉。高俅為了給兄弟報仇，啟奏皇帝派呼延灼帶領大批人馬殺到梁山泊。呼延灼善使連環甲馬，馬帶鎧甲，衝鋒陷陣、勢不可當。梁山泊無人能破連環馬，一連敗了幾陣。這一天，眾首領共同商議破敵計策。湯隆說：「要破連環甲馬，必用鉤鐮槍。徐寧會用鉤鐮槍，請他上山倒也不難，

只需把他的傳家寶雁翎甲弄來，他就必然會跟來。」吳用遂派鼓上蚤時遷下山盜甲。時遷來到東京，探明路徑，翻牆進去，挨到五更，從房梁上盜走雁翎甲，趕回梁山。徐寧發現丟了鎧甲，一路追到梁山泊。在眾首領相勸之下，無可奈何，只好入夥。在山寨教導鉤鐮槍法，大破了連環馬。呼延灼大敗被擒，也歸降了梁山泊，義軍從此聲威大震。這齣戲是京劇武丑行最見工夫的劇目之一，歷來久演不衰。

《盜甲》劇照，著名京劇表演藝術家葉盛章飾時遷，於 1940 年。

禁與解禁：光緒十六年，清政府以「強梁戲」為由將《盜甲》列為禁戲，在《申報》刊布，明令永禁。

48.《秦淮河》

劇名：《秦淮河》，又名《大嫖院》《貪歡報》或《請醫殺院》。

《秦淮河》清代四川綿竹木版手描彩繪年畫。

劇情：宋江背上生瘡，痛苦不堪，命張順去往秦淮河畔，延請神醫安道全上山看病。張順雪夜下山，誤乘賊船，被截江鬼張旺劫去財物，並把他推落揚子江中。張順善於游泳，幸得不死。他泅水來到秦淮河，見到安道全以後，說明來意。安道全迷戀女色，正沉溺於妓女李湘蘭家中，不允前往。且在

妓院大張盛宴，歡娛忘返。恰巧張旺得財後，也來妓院狂嫖。張順大怒，殺死張旺、李湘蘭和鴇母等人。且用鮮血在牆上書寫「殺人者安道全也」。逼得安道全只好隨其前往，上了梁山。

這段故事出自《水滸傳》第六十五回，但與原書不盡相同。內容偏重描寫妓院中的生活，有一大堆妓女上場，中間還摻雜演出什錦雜耍等節目，十分熱鬧。川劇名《貪歡報》，或《請醫殺院》，湘劇則稱《張順報冤》。

禁與解禁：在清季的演出中，張順過江一節有激烈的打鬥。演員「赤身跳躍，對叉對刀，極凶極惡，蟠腸亂箭，最狠最殘」。道光十二年（1832）清廷發布的《告諭》稱：「梨園孽海、名教應除，法司當禁」。

另外，這齣戲的後半部游離於主題之外，刻意地描寫妓院中妓女生活和嫖客的種種醜態，以追求票房價值。所以《大嫖院》成了這齣戲的綽號。光緒十六年（1890），蘇藩司黃方伯將《秦淮河》列為淫戲，明令禁演。還怕劇團陽奉陰違、易名藏私，特意在劇名《秦淮河》之後，用括弧加注《大嫖院》的劇名，以示強調。

49.《端午門》

劇名：《端午門》

劇情：武則天稱帝之後，自名為曌；易國名為周。天綱獨斷，驕奢淫逸，全無拘束，任意而為。寵信佞臣張昌宗，封為妃嬪，使其女裝出入大內，朝臣無不側目。一日，當朝宰相狄仁傑上朝奏事，在端午門前見到張昌宗女裝出入宮廷，勃然大怒，命左右將昌宗斬首。宮監急報武則天，則天傳旨赦免。狄仁傑餘怒不息，命左右用棍痛打了一頓。張昌宗受此奇恥大辱，入宮哭訴。則天好言安慰，並一再告誡，以後進宮須走側門，切不可再觸犯狄仁傑。此事見《唐書‧狄仁傑傳》。

禁與解禁：依《戲考》注釋，此戲為汪笑儂編寫。汪笑儂生於咸豐八年（1858），逝於1918年10月27日，本名德克金，又名僢，字舜人，號仰天，別署竹天農人。滿族，出生於北京。光緒五年（1879）中舉人。曾入翠峰庵票房學戲，得到孫菊仙的指點，後辭官下海，長期在上海演出。1911年辛亥革命後，任天津正樂育化會副會長及戲劇改良社社長。汪笑儂吸收各家之長，借鑒了孫菊仙的豪邁、譚鑫培的清俊、汪桂芬的雄勁和劉鴻升的激越，又採用了徽調、漢調的唱腔、韻味，結合自己的嗓音，創造出一系列獨特的唱腔，使人耳目一新。

汪笑儂善於演戲，也善於編戲，「汪派」特有劇目大都為他自己創作，如《哭祖廟》、《刀劈三關》、《黨人碑》等。他致力於戲曲改良，曾在《二十世紀大舞臺》一書中題詩：

手挽頹風大改良，靡音曼調變洋洋。

化身千萬倘如願，一處歌臺一老汪。

有人說，《端午門》是借武則天來罵慈禧太后，這多是附會之談。筆者讀余治《得一錄》，在同治八年（1869）的《永禁淫戲目單》中就有禁演此劇的記錄。彼時汪笑儂年未弱冠，還不能寫戲，特記此存案。

50.《翠屏山》

劇名：《翠屏山》，亦叫《吵家殺山》。

《翠屏山》劇照，著名評劇表演藝術家譚鑫培飾石秀，攝於清光緒三十年（1904）。

劇情：《翠屏山》是《水滸傳》中的一段故事，寫的是楊雄與石秀意氣相投，二人結拜兄弟。楊雄出資讓石秀開設了一爿肉鋪。楊雄之妻潘巧雲與和尚裴如海私通，被石秀發現。石秀告訴了楊雄，楊雄不信，幾使二人反目。一日楊雄醉歸，潘巧雲和丫環迎兒反誣石秀調戲了她們。楊雄不察，反與石秀

絕交，石秀憤然出走。是夜，石秀捕殺了裴如海，取得證據。楊雄開始明白原委，定計把潘巧雲和迎兒誆至翠屏山，在荒墳野冢之中，勘問姦情。潘巧雲和迎兒恐懼不已，說出淫亂之事。石秀逼楊雄殺死了潘巧雲和婢女迎兒。

　　禁與解禁：明人沈自晉寫有《翠屏山》傳奇，是此劇之先聲。該劇以短打武生擔綱主演，早年間譚鑫培擅演此劇，在劇中飾演石秀，以武生的表演獨闢蹊徑。其後，蓋叫天、李萬春、厲慧良、張少麟、張翼鵬等也都擅演這一齣。因為劇情涉及通姦和兇殺，在清代同治年間就被列為禁戲，寫入《永禁淫戲目單》。

51.《荊釵記》

　　劇名：《荊釵記》

《荊釵記》劇照，著名評劇表演藝術家王琪飾錢玉蓮，攝於 1982 年。

劇情：《荊釵記》是元人柯丹邱所作的一齣傳奇。窮書生王十朋和大財主孫汝權，分別以一支木製荊釵和一對黃金寶釵為聘禮，向錢玉蓮求婚。玉蓮因十朋是「才學之士」，而留下了他的荊釵。婚後，王十朋赴京趕考，中了狀元。因為拒絕了万俟丞相的逼婚，被調至偏遠的潮陽任職。他的家書被孫汝權截去，改為休書。玉蓮不信休書是真，堅拒繼母要她改嫁孫汝權的威逼，投江自殺。但為巡撫錢載和所救，收為義女。後來，得到饒州王僉判病故的消息，誤以為王十朋亡故。而王十朋亦聞錢玉蓮自殺，設誓終身不娶。五年後，王十朋改任吉安太守，在道觀設醮追薦亡妻。恰好玉蓮亦到道觀拈香，兩人相逢，仍以荊釵為憑，夫妻團圓。舞臺上經常演出的有《見娘》、《男祭》、《投江》等幾折。

禁與解禁：據明徐渭《南詞敘錄》著錄「宋元舊篇」有《王十朋荊釵記》一劇，為無名氏作。清張大復《寒山堂新定九宮十三攝南曲譜》說，此劇以明嘉靖姑蘇葉氏所刻《原本王狀元荊釵記》較近古本，文詞質樸，主題表彰「義夫節婦」，提倡夫婦間的忠信。文載：在《荊釵記》廣泛流傳的歲月裏，臺下觀眾的淚水，往往是和著錢玉蓮的滿腔怨恨一起流淌。方鼎銳《溫州竹枝詞》云：

> 鄉評難免口雌黃，演出《荊釵》話短長，
> 此日豆棚人共坐，盲詞聽唱蔡中郎。

戴文的《甌江竹枝詞》也有一詩：

> 風鬟嬝嬝夜來香，豔說荊釵在斷腸；
> 三十六方明月靜，無人解聽蔡中郎。

寫的是夏夜街巷喜唱盲詞，晝鼓咚咚，往往侵曉。可證《荊釵記》在民間的普及性。

劇中的王十朋在歷史上實有其人，字龜齡，號梅溪，溫州樂清縣人氏，是南宋一代名臣。他中狀元時四十六歲，妻賈氏出身樂清望族，他的女兒則小字玉蓮。《荊釵記》中關於王狀元「荊釵定盟」、「妻投甌江」等情節，在清代道學們的眼裏，被斥為「荒誕不經」。此傳奇早在乾嘉時期被禁，此劇也在清代末年定為禁戲。

52.《蕩湖船》

劇名：《蕩湖船》，也稱《五湖船》。

劇情：《蕩湖船》是京劇醜行必會之戲。故事講：布商李金福夏日乘涼，

乘畫舫在西湖遊覽。見船娘美貌動人，便向她們聊起了如何販布、如何營利的經過。另有一位名叫大明亮的外鄉人也來遊湖，他站在湖邊，看著湖中的畫舫，對李金福的豔福十分垂涎。此時，恰好來了兩個騙子，他們把望遠鏡借給了大明亮，叫他遠觀秀色。乘其不備，順手牽羊，把外鄉人大明亮的衣帽財物悉數騙走。

禁與解禁：此劇在清代道光之前已有上演。可壽齋的《申江名勝圖說》寫道：「小桂鳳天仙部中名優也，予最愛唱《蕩湖船》一曲，柔情冶態，刻意描摹，雖盛名鼎鼎如周鳳林、吳蘭仙諸人，亦自歎弗及。」這齣戲的情節簡單，丑角念蘇白，最吃功的是身段和表情。不少演員為了贏得劇場效果，加了許多下流的調笑。在清末《翼化堂條約》中，此劇也列入了《永禁淫戲目單》。

民國此戲解禁，時有演出。張伯駒先生在《紅毹紀夢詩注》有詩云：

高懸白日映紅蓮，翠蓋遮來水底天。

惟有蕭家能此曲，納涼遙望《蕩湖船》。

並說：「《蕩湖船》中丑角扮紹興師爺戴眼鏡，穿紗馬褂，紗長衫，白口須說紹興話。惟蕭長華能此戲，余曾觀之。」

53.《送灰麵》

劇名：《送灰麵》，亦名《賣徽麵》。

劇情：名票張伯駒先生在其所著的《紅毹紀夢詩注》中寫道：

演來《送灰麵》劇諧，身段曾從聞訊來。

黑夜獵獾談遇鬼，亦如異鄉看《聊齋》。

詩後有注云：「耿一，譚鑫培之鼓師，昔叔岩常向其請益，彼打鼓時，當知譚老某處之身段如何。某歲叔岩之夫人壽日，晚演戲為歡，余演《空城計》，耿一演《送灰麵》，演完後，進晚點，閒談，耿一言及彼與友黑夜出廣安門獵獾，於一破廟遇鬼事，一時如讀《聊齋》然。」但是，《送灰麵》到底是一個什麼故事，文中卻沒有談到，而且，在很多《戲考》中也未查出這個戲的名堂，只有這張煙畫給人們留下一個劇中人物的肖像。

禁與解禁：有文獻描述《送灰麵》是一齣花旦、小丑的玩笑戲，而且以田桂鳳演得最好。稱：「田桂鳳自同治以至光緒初，其大名鼎鼎，實在汪桂芬、譚鑫培之上，至田桂鳳之前，無由以花旦演大軸者，然彼以《關王廟》、《送灰

麵》等戲演於譚後,而觀者無去者,可知其叫座能力。」又稱:「自田桂鳳出,而花旦幾與鬚生為敵體,桂鳳姿容秀媚,做工細膩熨帖,尤能動人,常與譚鑫培演《烏龍院》、《翠屏山》等劇,當時稱為雙絕。」清末名丑劉趕三飾演劇中的老西兒,也是一絕。

同治十三年、光緒十六年和光緒二十九年,清政府在《申報》刊登的三次禁戲公告中,皆有《賣徽麵》或《送灰麵》之名。

54.《醉酒》

劇名:《醉妃》,亦稱《醉酒》或《貴妃醉酒》。

《醉酒》劇照,著名京劇表演藝術家梅蘭芳飾楊玉環,攝於1956年。

劇情:《貴妃醉酒》是一齣載歌載舞的單折戲。相傳由四喜班的吳鴻喜所創,有路三寶、梅蘭芳、筱翠花等不同的演法。又名《百花亭》。《貴妃醉酒》從清代盛行的「絃索調」後改漢劇,又改京劇。故事講的是唐玄宗寵幸楊貴妃,一日,唐玄宗約楊貴妃在百花園賞花,時辰到了,唐玄宗卻去了西宮梅妃處。楊貴妃在百花亭久候不至,就悶悶不樂地喝起酒來,不覺沉醉,自怨

自艾，悻悻回宮。

該劇的突出特徵是載歌載舞，通過優美的歌舞動作，細緻入微地將楊貴妃期盼、失望、孤獨、怨恨的複雜心情一層層揭示出來。例如，楊貴妃前後三次的飲酒動作，各有不同。第一次是用扇子遮住酒杯緩緩地啜飲；第二次是不用扇子遮擋而快飲；第三次是一仰而盡。之所以如此，是因為開始時她還怕宮人竊笑，故作矜持，掩飾著內心的苦悶；但酒入愁腸愁更愁，最後到了酒已過量的時候，心中的懊惱、嫉恨、空虛便一股腦兒地傾瀉出來。三次「銜杯」的動作，也將楊貴妃從初醉，到醺醺醉意細緻地表現出來。在這些歌舞化的動作中，也有層次地表現出楊貴妃驕縱任性和放浪的性格。

禁與解禁：早年間，此劇的舊本主要描寫楊玉環醉後自賞懷春的心態，表演色情，格調低俗。據《燕蘭小譜》載，乾隆年間名伶雙喜官擅演此戲。「雙喜官，保和部，姓徐氏，江蘇長洲人，亦隸貴邸，與四喜並寵，歌音清美，姿首嬌妍。弱冠後，頎長堪憎，顧景自傷。嘗演《玉環醉酒》，多作折腰步，非以取媚，實為藏拙。其心良苦矣。歌樓評四喜曰『妖』，雙喜曰『高』即長也，可以窺其優劣也。而聲技之佳，徵歌舞者猶流連於齒頰云。」有詩讚之：

> 芙蓉灩灩泛秋江，贏得佳名並蒂雙。
> 一朵彩雲欣出岫，美人聲價重南邦。

同治年間，此劇被列入《永禁淫戲目單》。直到民初的 1914 年，「小荷才露尖尖角」的梅蘭芳將該劇重新整理，演出於吉祥園，使《醉妃》一劇面目一新，成為梅派的代表劇目。

55.《風箏誤》

劇名：《風箏誤》，亦名《循環序》。

劇情：韓世勳年幼失去父母，寄養於戚補臣家，為戚家養子。長成之後，風流倜儻，才華橫溢。一日，戚家公子戚友先把一隻韓世勳題寫詩的風箏，放落進詹烈侯家花園當中。詹家二小姐淑娟拾得風箏，和詩一首。戚家僕人尋得風箏，送歸戚友先。韓世勳看到了風箏上的和詩，料定係佳人所作。慕其才華，又寫了一首定情詩，再次把風箏放進詹家花園。詹家大小姐愛娟長相醜陋，且胸無點墨，她拾到這個風箏，看到風箏上的詩後，便讓老僕傳話，假冒淑娟，意圖來個偷樑換柱，好事先成。韓世勳如約而至，看到竟是個醜婦，便落荒而逃。韓世勳進京赴考，高中狀元。戚補臣在家想為養子擇媳，他

明於情理，決定聘貌醜的愛娟給親生兒子，聘才貌俱全的淑娟給韓世勳。戚友先成親，愛娟誤為韓世勳，洞房之夜誤漏當夜之事，戚友先大鬧洞房。韓世勳中狀元後派在詹烈侯手下為官，詹愛其才貌，欲將淑娟嫁之，韓世勳誤為愛娟，抵死不從。功成歸家，戚補臣已代訂婚約，萬般無奈，韓世勳被迫入洞房。淑娟頭蓋未揭，見新郎言行冷漠，只得向母哭訴。其母義憤填膺，衝進洞房質問韓世勳。韓世勳說出情由，兩相對照，誤會當即冰釋。

《鳳箏誤》劇照，著名評劇表演藝術家王琪飾詹淑娟、德少良飾韓世勳，攝於 1982 年。

禁與解禁：此劇出自李漁所著《笠翁十種曲》。該書在清代被定為禁書，在丁日昌的《禁燬書目》中，與其他一些「淫穢」曲本、唱本一同納入燬版之列。

梅蘭芳先生於 1916 年冬曾演出此劇。李壽峰演大娘梅氏，陳德霖演二娘柳氏，梅蘭芳演俊小姐詹淑娟，李壽山演醜小姐詹愛娟，姜妙香演俊公子韓琦仲，郭春山演醜公子戚友先，曹二庚演醜丫環。名角薈萃，花團錦簇，深受觀眾歡迎。

此劇亦名《循環序》，尚小雲先生也曾演過此劇，起名《詹淑娟》。

56.《刺嬸》

劇名：《刺嬸》，也稱《張繡刺嬸》，是全部《戰宛城》的最後一折。

劇情：《戰宛城》這齣戲取材於《三國演義》一書，故事描寫曹操率大軍攻打宛城，守城的大將張繡出城應戰。因為敵不過曹軍大將典韋，為了保全百姓不受兵燹之苦，只好獻城投降。曹操進城以後，驕奢淫逸，一日隨姪子曹安民微服出遊，偶然之間見到張繡的嬸居嬸母鄒氏生得漂亮，不由怦然心動。鄒氏年少守寡，也仰慕曹操英武，不覺春心蕩漾，悄然生情。曹操聽信姪兒曹安民的慫恿，將鄒氏劫入大營，二人歡好成姦。嬸母的失蹤使張繡愕然，親到曹營探問。鄒氏躲避不及，被張繡看出破綻。張繡惱羞成怒，意欲反曹，但又畏懼典韋的猛勇。便聽了幕僚的設計，邀請典韋過營飲宴。席間，將典韋灌醉。遂命健將胡車兒，趁夜色盜去典韋的護身雙戟。盜戟成功之後，張繡率領舊部人馬反水襲曹。典韋失去了兵器，在亂軍之中被殺，曹操棄城逃走，鄒氏被張繡刺死。《刺嬸》是全劇的最後一幕，單獨貼演此戲者甚少，多是全齣連演。久而久之，《刺嬸》也成了《戰宛城》的代稱。

據顧曲家張伯駒先生講，《戰宛城》的鄒氏以老伶工田桂鳳演出最佳。當年「余叔岩演《戰宛城》煩其偶飾嬸娘，余曾觀之，蹺工臺步極佳，刺嬸時跌撲更精彩，畢竟老輩之功力不同。」遂做詩讚曰：

> 蹺工臺上最精奇，曾見宛城刺嬸時。

> 一自顏衰嫌老醜，無人能演賣胭脂。（引自張伯駒《紅毹紀夢詩注》）

禁與解禁：這齣戲之所以遭禁，往往是因為鄒氏的表演。鄒氏的身份原是高官內眷，頗有地位。扮相在端莊富貴之中，又要帶些「輕浮的小家子」氣，坐時節，如花倚欄；行時節，嫋嫋婷婷；一對纖足，一雙玉腕，正似嫩蕾待露一般。奈何中途喪偶，獨守空幃。春長日永，難挨寂寞，一會兒背兒酸，一會兒大腿癢。在綿長的行弦中，演員把少婦思春的種種神態，以及內心活動，通過很細膩的動作和面目表情的微妙變化，描畫得無微不至。

筆者在 2003 年秋天，在加拿大溫哥華的人類學博物館觀看了宋長榮先生表演的這折戲，戲中還加上了一段鄒氏睡不著覺，看供桌上「鬧耗子」的一節。一對小白鼠躥上躥下的「鬧春」，更惹出鄒氏的滿腔煩惱。事後，我詢問宋先生這段戲的來源。他說：「解放後國內為了淨化舞臺，這類戲很少演。即使演，這種演法也都去掉。我這是從陳永玲處躉來的『筱派』演法。據說，老一輩演得更為『花哨』。」

在《刺嬋》這場戲中，因為鄒氏是在曹操的懷中驚醒，花鈿透地，衣著不整，演員下身彩褲，上身僅繫一個紅兜肚，在張繡的銀槍下，要走一連串的翻、撲、跌、滾的高難動作。最後，軟下腰，被刺，「僵屍」倒地，全劇始終。這類帶有「色情」、「兇殺」性質的戲，在封建社會裏，是為衛道士所不容。早在光緒十六年六月，就被清政府列為「永禁淫戲」。清室遜位之後，此戲才被解禁。

57.《紅逼宮》

劇名：《紅逼宮》，亦名《定中原》、《廢曹芳》。

劇情：司馬師自從敗蜀之後，跋扈專權，不可一世。為了彈壓異見，劍殺賈詡，魏主曹芳心中甚為忌怕。遂與張皇后之父張緝、太常夏侯玄、中書令李豐等人密議，暗草血詔，擬聯絡姜維、夏侯霸一同起兵，誅討司馬。但行事不密，被司馬師得知，搜出血詔，殺死了張緝、夏侯玄和李豐三人。又誅殺了張皇后，廢了魏主曹芳。

故事出自《三國演義》第一零九回《困司馬漢將奇謀·廢曹芳魏家果報》，以及《龍鳳衫》傳奇和《簪頭水》傳奇。有人謂，此劇出自郝壽臣的創作。其實並不確切，應該說郝壽臣演得最好，因為該劇早已有之。清代的京劇、漢劇、河北梆子都有這一劇目，秦腔、同州梆子也有《紅逼宮》一劇。

禁與解禁：光緒二十年（1894），內務府曾頒發了知照都察院咨文《禁演殘酷欺逼之戲》，將之張貼於京師精忠廟，以及所有戲院之內。齊如山先生珍藏有這篇文告，錄入京劇史料《戲班》一文當中。筆者全文照錄如下：「照得梨園演戲，優孟衣冠，原使貞淫美刺，觸目驚心，有裨風化也，故演唱者家形盡態如身親事，身歷其境。使坐視之人喜怒哀樂，有不容已焉耳。然有今來大不忍之事，言之尚不可，何事形諸戲場？如劇徽目中之《逼宮》（筆者按：《白逼宮》寫曹操威逼漢獻帝事，《紅逼宮》寫司馬師逼曹芳事，《黃逼宮》寫庠生逼死共叔段及魏元環事）等戲久經禁演。至如崑目中之所言建文遜國故事，《慘都》、《搜山》、《打車》等戲，一併禁演。為此曉諭該廟首等，傳知名戲班一體恪遵。如有明知故違，仍敢演唱，定懲不貸，凜之慎之，特示。」

歷來禁戲的理由都是以「誨淫」、「誨盜」之屬而禁之。此時，皇帝又加上了一條，「殘酷欺逼」之戲也要禁演。結合當時的時局，光緒二十年（1894）時值甲午，正值中日交惡，在海上決戰。結果，大清海軍幾乎全軍覆沒。不難使人聯想到，是日本軍國主義在「殘酷欺逼」聖上呢？還是列強國沆瀣一氣

在「殘酷欺逼」社稷呢？是國民輿論在「殘酷欺逼」朝政？還是朝中臣子在「殘酷欺逼」皇權呢？以至於皇帝看到《逼宮》、《慘都》、《搜山》、《打車》這類戲，就會受到驚嚇、坐臥不寧，還要降旨禁絕這一類「殘酷欺逼」的演出呢？這一公案耐人尋味，頗值得進一步剖解。

58.《白逼宮》

劇名：《白逼宮》，亦名《逍遙津》。

劇情：故事取自《三國演義》第六十六回《關雲長單刀赴會·伏皇后為國捐生》。漢獻帝劉協因曹操權勢日重，皇位架空。與伏皇后計議，派內侍穆順給皇后之父伏完送去血詔。囑其約孫權、劉備為外應共除曹操。曹操從穆順的髮髻中搜出密書，帶劍入宮，命華歆把伏皇后亂棒打死，還鴆殺了伏皇后的兩個兒子以及伏完及穆順的全家。獻帝悲痛欲絕，卻又無可奈何。

此劇名為《逍遙津》，而劇情卻又與這三個字無關。筆者曾與京劇名家吳鈺璋先生議及此事，據他講，老劇本的前面有一段張遼大戰孫權於逍遙津的情節，而且在推擁曹操篡位稱帝時，張遼最為積極，故該劇以此名之，沿用至今。劇中華歆一角陰毒奸狠，禽獸不如。以致在奸雄曹操都手軟之際，他仍然投石下井、斬盡殺絕。

禁與解禁：京劇中的「逼宮戲」，皆是亂臣賊子，專橫弄權，屠戮皇室，威逼皇帝的故事。光緒二十年（1894），內務府頒發知照都察院咨文《禁演殘酷欺逼之戲》，明令此類戲劇一概禁演。

清《翼化堂條約》有文稱：「奸臣逆子。舊劇中往往形容太過。出於情理之外。世即有奸臣逆子。而觀至此則反以自寬。謂此輩罪惡本來太過。我固不甚好。然比他尚勝過十倍。是雖欲儆世而無可儆之人。又何異自詡奇方而無恰好對症之人。服千百劑亦無效也。」以此種觀點作為禁戲的理由，似乎也太有點牽強附會、不著邊際了。

59.《回斗關》

劇名：《回斗關》，亦名《黃逼宮》。

劇情：這齣戲的內容看似出自《東周列國志》，但書中並無這一情節，也不見於《左傳》，乃是編劇人託名敷衍出來的一段故事。鄭國共叔段因父鄭武公掘突立兄長寤生為世子，心中不快，意圖爭位。於是，殺死了父親，並命公孫閼在回斗關前截殺寤生。寤生不敵，被公孫閼擊落馬下。公孫閼向前欲擒

寤生，寤生頭頂上突現真龍。公孫閼心中生懼，慌忙下馬投降。這齣戲亦名《懷都關》、《收子都》。有時也貼《黃逼宮》，其實是不對的。《黃逼宮》應該是寤生逼死共叔段和魏元環，同時囚禁了姜氏，與《掘地見母》的故事相接。

舊時京劇的劇目中素有以紅、黃、藍、白、黑五色，來分別稱呼「逼宮」戲的。《紅逼宮》為《司馬師逼宮》，又名《定中原》、《廢曹芳》，因逼宮者為勾紅臉的司馬師而得名；《藍逼宮》為《打金磚》，逼宮者是勾藍臉的馬武，因而得名；《白逼宮》即《逍遙津》，逼宮者是勾白臉的曹操，因而得名；《黑逼宮》即《慶陽圖》，又名《李剛反朝》，逼宮者為勾黑臉的李剛，因之得名。唯獨《黃逼宮》一戲略有爭議，一說是《懷都關》（又名《回斗關》），乃公孫閼截殺鄭莊公的故事。一說是《掘地見母》的前一部分，即鄭莊公逼死共叔段、魏元環夫婦，囚禁其母姜氏。因為公孫閼勾黃臉，俗稱《黃逼宮》了。

禁與解禁：早在同治年間的《永禁淫戲目單》中，列有禁戲《把鬥宮》一齣。據筆者考，「把」字可能是「回」字之誤，此戲應是《回斗宮》，也就是《黃逼宮》。《翼化堂條約》有文稱：「漢唐故事中各有稱兵劫君等劇。人主偶信讒言。屈殺臣下。動輒召集草寇。圍困皇城。倒戈內宮。必欲逼脅其君。戮其仇怨之人以泄其忿者。此等戲文。以之演於宮闈進獻之地。藉以諷人主。亦無不可。草野間演之。則君威替而亂端從此起矣。又戕官戮吏。如劫監劫法場諸劇。皆亂民不逞之徒、目無法紀者之所為。乃竟敢堂堂扮演。啟小人藐法之端。開奸佞謀逆之漸。雖觀之者無不人人稱快。而近世奸民肆志。動輒拜盟結黨。恃眾滋事。其原多由於此。履霜集霰。發端甚微。而其禍直流於悖亂。司風教者何不一為圖度耶。」

光緒二十年（1894），內務府頒發知照都察院咨文《禁演殘酷欺逼之戲》，其中列有《逼宮》一劇，明令禁演。

60.《打齋飯》

劇名：《打齋飯》

劇情：乾隆年間舉人、江蘇吳江沈起鳳所作的傳奇《文星榜》第四折，有道士說白：「《賣橄欖》粗話直噴，《打齋飯》嚼蛆一泡」，說明《打齋飯》是齣以諢笑取勝的短劇。大意是一僧人向一民女求捨齋飯，並藉故調情，具體內容現已失考。不過，該戲唱的是一種蘇地「南詞」。蔣士銓《忠雅堂詩集》卷八有《唱南詞》一首，寫他在乾隆年間聽「南詞」的情況：

> 三弦掩抑平湖調，先唱灘頭與提要。

高彈慷慨氣粗豪，細語纏綿發忠孝。

洗刷巫雲峽雨詞，宣揚卻月批風貌。

冠纓索絕共歡嘩，玉箸交頤極傷悼。

蜜意感人最慘淒，談言微中真神妙！

這種「南詞」大都是一旦一丑或一旦一生，在臺上唱說相間，插科打諢，妙言巧語，猶如一對學舌的鸚哥，所以，這種表演形式俗稱「鸚哥戲」。時人稱「看見鸚哥班，男人勿出畈，女人勿燒飯」，很有吸引力。

禁與解禁：「鸚哥戲」的內容多是「婦姑鬥嘴、叔嫂調情，少女思春、寡婦改嫁」之類的小戲。愛看這類戲的觀眾，都是普通老百姓，尤以婦女最多。《得一錄》卷十一記述：每有演出「則約娌妯，會姐妹、帶兒女，邀鄰居，成群結隊地去觀看，做一日看一日，做一夜看一夜，全然不厭。」「俗語云：『灘簧小戲演十齣，十個寡婦九改節。』」文中還驚恐地舉出：「某鄉因演灘簧數日，兩月內屈指其地，寡婦改醮者十四人，多係守節有年一旦改志者，更有守節十餘年，孤子年已近冠，素矢不嫁，而忽焉不安其室，託媒改醮者」。他大聲疾呼：「近世民間惡俗之可為痛哭流涕長太息者，孰有過於此者哉。」

有鑑於此，這齣戲的內容也可知其一二。同治、光緒年間的歷次禁戲文告中，都把這一類戲列為永禁之列。

61.《打連廂》

劇名：《打連廂》

《打連廂》清代日本村井兄弟煙廠在清末出品的煙畫。

劇情：「打連廂」是一種民間舞蹈，又名「金錢棍」，北方稱之為「霸王鞭」或「花棍」。演員用竹子或細木製成長二尺許，其中四至六處挖有空檔，每檔中串以銅錢，分上下兩面。表演時，上下左右舞動，並敲擊身體四肢、肩、背各部，發出清脆悅耳的響聲。演者邊唱邊舞，其歌曲多為民間小調來表演一段簡單的故事。

毛西河在《詞話》一書裏，把連廂一詞解說得比較詳細，他說：「古歌舞不相合，歌者不舞，舞者不歌；即舞曲中詞，亦不必與舞者搬演照應」，「宋末，有安定郡王趙令畤者，始作『商調鼓子詞』，譜《西廂》傳奇，則純以事實譜詞曲間，然猶無演白也。至金章宗朝，董解元，不知何人，實作『西廂彈詞』，則有白有曲，專以一人彈並念唱之。」「嗣後金作清樂，仿遼時大樂之制，有所謂『連廂詞』者，則帶唱帶演，以司唱一人，琵琶一人，笙一人，笛一人，列坐唱詞；而復以男名末泥，女名旦兒者，並雜色人等入勾欄扮演，隨唱詞作舉止，如『參了菩薩』，則末泥揖」；只將花笑祗，則旦兒撚花類，北人至今謂之連廂，曰『打連廂』，『唱連廂』，又曰『連廂搬演』。」這種形式，原本常在節日社火或廟會時表演。後來被搬演到劇場舞臺，便成了戲的名字。

《打連廂》一開場，是一旦、一丑時裝上臺，一般唱的都是「百戲圖」。劇情為：丑飾的丈夫嗜賭成性，將家業輸光，仍不悔改。其妻為養育子女，辛勤紡織。一日，丈夫將妻子讓他賣布換米糊口的錢也都輸掉了，還在妻子面前編謊遮辯。其妻無奈欲尋短見，嚇得丈夫急忙賠禮。在理屈詞窮之時，便打起了連廂，把近百個傳統戲的戲名，串成一大段「百戲圖」，連唱帶做，摹仿生、旦、淨、丑等腳色的神態和各劇中人物的動作，來換取妻子的開心和寬恕。其妻一樂，也打起連廂，與他一起唱了起來。

禁與解禁：這齣小戲因為沒有準詞兒，少不得開心取樂，為道學先生所不快。同治年間，此戲被列入《永禁淫戲目單》。

62.《玉蜻蜓》

劇名：《玉蜻蜓》，亦名《庵堂認母》。

劇情：《玉蜻蜓》原為清代彈詞長篇作品，別名《芙蓉洞》、《節義傳》。全書分為前後兩部分。前一部分寫沈君卿尋訪金貴升，長江遇盜，芙蓉洞巧合，衣錦還鄉等情節。後一部分以「玉蜻蜓」為中心，寫富家子弟貴升與妻張氏不睦，離家出走，在法華庵與尼姑王志貞相戀。匿居庵中，不久又因病死於庵中。志貞產下一個遺腹子，輾轉為徐家所收養，取名徐元宰。十六年後，元

宰得中解元，獲悉自己身世，乃到庵中認母團聚，復姓歸家。因為此書在江南流傳甚廣，便有戲班把它搬上舞臺。

《玉蜻蜓》一劇以全書的後半部分為主，著重描寫青年女尼思凡動情，產子遭難，別子痛心，認子不能，終以身殉的悲慘遭遇，讚揚了平凡婦女善良心靈和犧牲精神，批判了封建制度和封建禮教。其中《庵堂認母》一節是劇中的核心場次，人物矛盾集中突出，唱做並重，情節亦相對獨立，常作為單折戲演出。演出時也貼《玉蜻蜓》。

禁與解禁：《玉蜻蜓》一書，一問世就遭到了清政府的禁燬。在丁日昌的禁燬書目中，亦名列其間。依此書排出的戲，自然也在禁演之列。但是，由於民間的喜愛，時人將《玉蜻蜓》多次改變名字上演，政府對之也無可奈何。

63.《思春》

劇名：《思春》，全名《狐狸思春》，亦名《狐思》。

劇情：《集成曲譜》載有此劇，題為《西遊記‧思春》。但是，細考楊訥的《西遊記》雜劇中並無這一折戲，而是後人託名之作。戲的內容寫的是：一隻雌獾在藏古冢練氣修真，已得人形，潛身在摩雲洞中。洞內有一個萬年狐王，生有一女，名喚玉面仙姑，美貌非凡。狐王死後，玉面仙姑身無依靠，尚不曾許配佳偶，弄得懨懨成病，茶飯不思。獾婆送茶時，與她說起婚姻之事。玉面狐說：「年過二八，死了倒也罷了。」獾婆勸道：「我是有名的媒婆，可以為你招一個美貌郎君。」玉面狐急問是什麼人哪？獾婆說：「就是那年輕魁偉的牛魔王。」玉面狐說：「怎麼能夠到我家來呢？」獾婆道：「你這樣一個美人，就是西天活佛也會動情的。」玉面狐一聽，就急不可待地打點聘禮，叫獾婆前去說媒。獾婆說：「我是名醫國手，一味黑牽牛能治心煩意躁，叫你出身風流汗，人到病除。」

禁與解禁：《思春》一劇自清代乾隆年間便有演出。由丑扮獾婆，貼旦扮玉面狐，全齣唱「北雙調」套曲。《燕蘭小譜》稱，乾隆年間名伶賈四兒最擅此戲。「賈四兒，集慶部大興人。年未弱冠，秀目妍姿，身材綽約，其嬌豔彷彿湘雲，而歌韻則桐花伯仲也。近見其演《狐狸思春》，潤齋謂如花解語，似柳傳情。余曰：『若以花喻是兒，當如薁李，競賞其穠郁鮮媚，而於淡宕間神，差遜海棠、芍藥。然千紅萬綠中亦堪睥睨群芳矣』。潤齋為之擊節稱快。」詩云：

愁春未醒奈情癡，誰破春愁慰所思。

恍似夕陽花影颭，銷魂倩女欲離時。

　　因為這齣戲的主題是「狐媚思春，自是有傷風化」。同治年間，此劇被列入《永禁淫戲目單》，不許演唱。民國以後，亦未見有此劇演出。

64.《賣青炭》

　　劇名：《賣青炭》

　　劇情：內容不詳，大概是一個鄉間的朝奉，借買青炭之機，調戲有姿色的牡丹女的故事。張繼舜先生整理的《落地唱書》中有一段《賣青炭》的唱詞，是朝奉正在垂涎三尺地誇讚白牡丹：

> 說起儂個白牡丹，名氣實頭勿推板。
> 過路人碰著儂白牡丹，絆著石頭跟斗指摜。
> 燒餅師傅看見儂白牡丹，一爐燒餅燒成炭。
> 豆腐店倌看見儂白牡丹，做做事體會昏還，
> 三個銅錢篤豆腐，一作豆腐剩塊板。
> 裁縫師傅看見儂白牡丹，長衫裁起變短衫，
> 褲襠底下釘鈕襻，害伊生意回話還。
> 鐵匠師傅看見儂白牡丹，擎起榔頭亂來摜。
> （把）徒弟腦漿敲記出，害得伊去坐牢監。
> 肉店老闆看見儂白牡丹，拎起提刀亂來斬，
> 啪啦嗒，五個手指都斬落，光剩一塊手底板。

　　這段唱詞，幾乎與古樂府詩《陌上桑》的「讚羅敷」差不多。讀了它，就能使人瞭解這齣小戲的梗概。

　　禁與解禁：《賣青炭》是清代道光至同治年間的南方「鸚哥班」的一齣小戲。它的前身與嵊縣「落地唱書」一脈相承。與《賣草囤》、《唱山歌》、《賣橄欖》等戲均屬一類。這類小戲先從鄉鎮落地演唱，逐步豐富，最後搬上城市舞臺。通俗、易懂，詼諧有趣，而為城市平民所喜愛。同治年間，此劇與《賣草囤》、《唱山歌》等均被列入《永禁淫戲目單》。

65.《扶頭勸嫖》

　　劇名：《扶頭勸嫖》，或稱《扶頭》、《勸嫖》。

　　劇情：《扶頭》、《勸嫖》是明代薛近兗創作《繡襦記》傳奇中的兩折戲。全劇表述滎陽公子鄭元和與長安名妓李亞仙的愛情故事。鄭元和赴京都長安

應試，遇名妓李亞仙，兩人一見鍾情。鄭元和因眷戀李亞仙的美貌而滯留妓院，將所帶川資及車馬童僕變賣耗盡。終被老鴇逐出妓院，流落街頭，以唱輓歌為生。是歲，鄭元和之父滎陽公進京述職，在長安街頭與鄭元和不期相遇，見狀大怒，將他鞭笞昏死，棄於荒郊。元和經人救活，淪為乞丐。一日，元和為凍餒所驅，冒雪外出乞食，昏倒在妓院門外。被李亞仙認出，當即以繡襦為其禦寒，又贈全部積蓄自贖其身，二人另擇茅屋共居。鄭元和仍然終日迷戀李亞仙的美色，不思進取。亞仙為激勵他重新做人，刺瞎了自己的雙眼，以勸其上進。從而使鄭元和發奮苦讀，最終考中狀元。

　　禁與解禁：該劇取材於唐代白行簡的小說《李娃傳》，明末孫薛采曾對鄭元和進行過考證，認定他是唐代元和年間（806～820）的狀元鄭嘗。崑劇《樂驛》、《入院》、《扶頭》、《勸嫖》、《賣興》、《收留》和《教歌》等都是《繡襦記》中的單折。《扶頭》是鴇母勸亞仙接客，《勸嫖》是鴇母誘騙鄭元和採花，都是劇中的「豔段」。清同治年間，這兩折戲皆被列為禁戲，標在《永禁淫戲目單》中。

66.《捉姦》

　　劇名：《捉姦》，又名《瞎子捉姦》。

《瞎子捉姦》上海大眾煙草公司在民國初年出品的煙畫。

劇情：這齣戲從劇名上看，便知是一齣用瞎子抓哏的玩笑戲。「半夜三更睡不安，瞎子起床去捉姦。奈何大門關得緊，翻牆而過二門閂。走到窗邊耐著性子聽，一男一女聊得歡。男的說我千方百計把你娶，女的說山盟海誓在心間。忽聽男的說有人，又聽女的喊連天。嚇得瞎子往外跑，一跤摔倒地平川。三拳兩腳打下去，瞎子老臉青半邊。告到官府無干證，只好含淚把家還！」這首「順口溜」就簡要地敘述了劇情梗概。

禁與解禁：這齣小戲原本是一齣蘇灘的「鸚哥戲」，在道光年間被搬上舞臺，就成了一齣開場戲或墊場戲。因內容庸俗、不雅，同治年間被政府明令禁演，寫入《永禁淫戲目單》。

67.《吃醋》

劇名：《吃醋》，亦名《喬醋》。

劇情：《吃醋》一折出自傳奇《金雀記》，作者已失考，卻是崑曲舞臺經常演的劇目。魏晉詩人潘岳貌美，元宵節觀燈時，諸多女子皆以香花鮮果擲入他車中。王孫之女井文鸞也把自己的一對金雀當中的一隻擲入，因此潘岳成為了井王孫之婿。後來，潘岳被山濤將軍招入幕府任職參議，山濤對他十分賞識，為了籠絡其心，又將名妓巫彩鳳贈予潘岳為妾。潘岳對彩鳳亦頗喜愛，新婚之夜，他將井文鸞所贈金雀轉贈給巫彩鳳。不久，潘岳為了求取功名而與巫彩鳳告別。別後，巫彩鳳遭受戰亂，她欲投崖守志，被人救入尼庵暫住。彩鳳看破紅塵，就此削髮為尼，皈依佛門。潘岳後來做了河陽縣令，他最愛栽植花木，曾令僕人四處尋覓佳卉。僕人聽說觀音庵有一種珍奇的金雀花，就進庵找尋，遇見出家為尼的巫彩鳳。巫彩鳳託他捎一首詩給潘岳，以述離別之苦。井文鸞赴潘岳任所時，偶宿觀音庵中，受到巫彩鳳的招待。當她知道彩鳳與潘岳的關係後，便囑她晚些時候再到任所，並將潘岳贈給巫彩鳳的金雀取走。

《吃醋》一折，寫的是井文鸞到了潘岳任所以後，要潘岳把另一隻金雀拿出來看，潘岳只得言語支吾、再三推諉。待文鸞把從巫彩鳳處取得的金雀拿出後，潘岳大吃一驚。井文鸞假裝嫉妒的樣子斥責潘岳，潘岳只得跪下來求她寬恕。

禁與解禁：這折戲裏有一些夫妻調情、僕人從中插科戲謔的表演，多為閨幃戲語。這一點為道學先生看不過去。同治年間，這齣戲被列為禁戲，寫

入《永禁淫戲目單》。但此劇描寫閨房中小夫妻的調笑，十分生動有趣。故而在舞臺上久演不衰。「文革」後，北方崑曲劇院恢復演出了此劇。

68.《弔孝》

劇名：《弔孝》，或《借女弔孝》。

《弔孝》劇照，著名評劇表演藝術家王梅娟飾李天保，攝於 1960 年。

劇情：《弔孝》取材於同名唱本。寫張九忠託媒，欲將自己的醜女美容嫁與王彪之子保童為妻。保童為了探知未婚妻的容貌，趁祖母喪期，請其前來弔孝。張九忠怕當場露醜，乃借鄰女鳳英冒名前往。此事被王家得知，遂留鳳英與保童成了親。張家無奈，鬧了個弄巧成拙。

據周貽白先生在《中國戲曲發展史綱要》中考證：清季《弔孝》一劇「原有《孔明弔孝》、《秦雪梅弔孝》等劇，但據《燕蘭小譜》稱：『是日演《王大娘補缸》，中如《看燈》、《弔孝》、《賣胭脂》、《罵雞》。何王氏傳話之多也。』蓋《看燈》為王大娘，《賣胭脂》為王月英，《罵雞》為王婆，皆王姓，則《弔孝》亦當為王門故事。《蝴蝶夢》有《弔孝》一場，弔客為莊子變形之楚國『王孫』，『王孫』指貴族，並非姓王。按高陽『崑弋班』之《義俠記·顯魂殺嫂》，唱崑腔，《顯魂》亦作《弔孝》，來弔孝者名王祥，有時亦作《王祥弔孝》。皮黃劇《獅子樓》（《戲考》第十二冊）亦同。開場唱『二黃搖板』，似即從秦腔改成，則此劇為《武松殺嫂》之《王祥弔孝》。又《借女弔孝》，為王家事，或亦指此。」窮其所考，筆者認為《借女弔孝》應是清代禁戲的所指。

禁與解禁：此劇在同治年間被禁，列入《翼化堂條約》的《永禁淫戲目單》。

69.《窺醉》

劇名：《窺醉》

劇情：故事出自明徐復祚寫的《紅梨記》傳奇。《紅梨記》是寫北宋才子趙汝舟慕妓女謝素秋之名，託太守劉輔從中介紹相識。劉輔滿口應承，又怕趙汝舟迷戀謝素秋而耽誤了科考大事。於是，心生一計，使謝素秋冒名王同知之女，與趙汝舟夜間會面。次日卻令人告知趙汝舟，說他昨夜所見到的本是一個女鬼。汝舟聞之大驚，慌忙逃離，赴京趕考。不久，趙汝舟中了狀元，劉輔設宴使趙汝舟和謝素秋見面，當場說明真相，促使二人結成百年之好。

《窺醉》是劇中一折，寫府尹劉輔邀請趙汝舟飲酒賞月，趙不知其意，飲酒大醉，謝素秋在一旁盡情窺視汝舟的醉態。

禁與解禁：此劇在清末也被列為禁戲，標在《永禁淫戲目單》中。

70.《借茶》

劇名：《借茶》

劇情：《借茶》一劇出自許自昌的《水滸記》。全部《水滸記》是從晁蓋智

取生辰綱起，一直寫到宋江上梁山為止。劇中偏重描繪宋江、閻婆惜、張文遠三人間的糾葛。全劇共有三十二齣，《借茶》為原本第三齣《邂逅》。寫宋江的同事張三郎是個風流浪子，一日，路過閻婆惜處，佯裝借茶解渴，與閻婆惜搭話，彼此生情，遂生迷戀。一日，張三郎又去調戲婆惜，卻發現閻婆已將閻婆惜許配給宋江為外室，不由得心中悵然。但是他仍不甘罷休，二人依舊眉目傳情，搭訕往來。接下一折則為《拾巾》。

禁與解禁：劇中張三郎即張文遠一角，為鞋皮丑飾演。所謂鞋皮丑乃是「邪癖丑」的俗稱，是舊日藝人以訛傳訛的一種叫法。張文遠是個文化人，生得漂亮、文弱，始成為閻婆惜意中人。婆惜為了他，不顧性命、殉情而死。清末，閻婆惜一角以田桂鳳演得最佳。筱翠花得其真傳，且青出於藍而更勝於藍。

張文遠這一「心醜而貌美」的角色也很不好演。清季以名丑羅百歲最為稱手。據稱，羅百歲嗓音極佳，念白脆亮清朗，語言冷雋風趣，善用大小聲音輕重配合，詼諧不俗。臺上之戲極為傳神，雖面貌瘦卻極能抓住觀眾，更善插科打諢臨場抓哏，一語雙關諷刺時政。據傳，當年慈禧西逃後，從西安返回京城，羅百歲等正演出《賣絨花》，他便借戲中崔女逃遁之事，借題發揮說：「大小姐不是逃跑了嗎？怎麼又回來了？」劇場效果極為強烈。其歌喉甜潤，善學汪桂芬之唱腔，每學必采聲雷動。羅百歲之藝，深得田桂鳳欽佩，常與其合演《雙釘記》、《小上墳》、《翠屏山》、《鴻鸞禧》等。

禁與解禁：《借茶》一劇，在同治年間被政府禁演，見清《翼化堂條約》。

71.《前後誘》

劇名：《前後誘》，亦可分為《前誘》和《後誘》兩折。

劇情：《前誘》，原本是《水滸記》第十八齣《漁色》。張三郎看中了閻婆惜，無奈閻婆惜已許給宋江。張三郎便趁宋江不在的時候，常去與閻婆惜處調情。《後誘》，則是《水滸記》第二十一齣《野合》。閻婆惜亦愛戀張文遠，一日，約了張三郎前來相會。張三郎拋下公府中事，來到閻婆惜家。閻婆、閻婆惜與張三郎一起吃酒。常言說：「酒是色媒人」，未及宴畢，張三郎與閻婆惜已然勾搭成奸。若再接演下去，便是《殺惜》、《放江》和《活捉張三郎》了。

禁與解禁：在清季，《前誘》和《後誘》兩折戲往往連在一起演出，因之，戲名亦稱《前後誘》。以田桂鳳飾演的閻婆惜最為叫座。時人讚譽：「田桂鳳

自同治以至光緒初，其大名鼎鼎，實在汪桂芬、譚鑫培之上，至田桂鳳之前，無由以花旦演大軸者，然彼以《關王廟》、《送灰麵》等戲演於譚後，而觀者無去者，可知其叫座能力。」又稱：「自田桂鳳出，而花旦幾與鬚生為敵體，桂鳳姿容秀媚，做工細膩熨帖，尤能動人，常與譚鑫培演《烏龍院》、《翠屏山》等劇，當時稱雙絕。」

同治年間，此劇被列為淫戲，標於《永禁淫戲目單》，禁止演出。

72.《趙家樓》

劇名：《趙家樓》，亦名《鳳凰嶺》。

《趙家樓》清代江蘇蘇州王榮興套色木版年畫。

劇情：故事描寫綠林大盜飛天鼠華雲龍佔據鳳凰嶺，專以搶劫為事。因為他的武藝出眾，又善施毒鏢，百發百中。故而人多避之，不去觸其鋒芒，行旅商賈屢受其害。而他又生性好色，搶劫財物之外，姦淫婦女，惡貫滿盈，羽

黨集結。小白臉華雲飛，貪花浪子韓秀皆助紂為虐。一日，二人至嶺下巡哨，遇見濟顛僧之徒王通保鏢過嶺，意欲攔截其車輛，為王通所敗。華雲龍親自上前，知是舊日之友。遂邀入山寨，置酒款待，一時甚為投機，相與訂金蘭之譜。華雲龍作惡多端，王通亦所深悉，規勸一番，各取鮮花一朵，繫於襟上以為紀念，相約以後只准戴花，不准採花。王通之意，欲成全其英雄之名，免其造孽。所以對天立誓，終身不得侵犯。不想華雲龍口是心非，自王通去後，又囑雲飛、韓秀探訪美色女子。二人告知城內興隆街趙府後園有三位美女居住，慫恿他夜入花園採花。雷鳴、陳亮二人奉濟公之命，早在趙家樓頭相候。待華雲龍三人潛到樓前，雷鳴、陳亮用瓦擊打。華雲龍施用毒鏢將他二人打傷。濟公追來，救護二人脫險，嚇跑了華雲龍。

禁與解禁：《趙家樓》一劇取材於小說《濟公傳》，專寫俠盜之事。此劇在同治年間也十分盛行。在雷鳴、陳亮用瓦擊打華雲龍的時候，講究兩塊灰磚大瓦擊在華雲龍臂上時，要當場粉碎，以顯示華雲龍鋼筋鐵骨，難於緝拿。這裡使用了一種「砌末彩頭」。就是在演劇之先，由「把子箱」的師傅選出兩塊大青瓦，放在火上燒烤。待其被火燒紅烤透時，把一碗「老西醋」往上一澆，待其乾後，取下晾涼備用。大瓦經過這種處理後，一碰硬物馬上粉碎，用在激烈的開打中，會造成令人瞠目驚奇的效果。

懺情生輯錄的《和滬北竹枝詞》（同治十六年）中，有詩描述時人爭看此戲的情景：

> 園開丹桂好行頭，聒耳笙歌夜未休；
> 爭擎紅箋招彼美，紛紛來看《趙家樓》。

但《濟公傳》一書曾被丁日昌列為禁燬書目。《趙家樓》一劇在光緒十六年（1890）也被列為禁戲，刊登於《申報》，明令禁演。

73.《服藥》

劇名：《服藥》，亦名《請藥王》或《劉金定喂藥》。

劇情：故事出自《三下南唐》鼓詞中的第二十回。宋將高俊保與余洪交戰，不敵，率隊突圍，進入壽州。突然得了卸甲風寒之症，一病不起。無法可治，無藥可醫，群醫束手無策。劉金定乃書寫仙符，迎請藥王降臨人世。劉金定親自懇求良藥，並親手煎製、喂哺，服侍左右。高俊保病癒，被金定癡情感動，二人成婚。

《服藥》清代江蘇蘇州桃花塢木版年畫。

　　禁與解禁：這齣戲在劉金定請藥王爺下界的時候，舞臺上要施放「火彩」。在舊日的演出中，根據不同的劇情施放不同的「火彩」，這是一種很受觀眾歡迎的表演形式。放「火彩」是一種特殊的技術，這種技術只有資深的「揀場人」才會施放。撒「火彩」的技術活，從來是秘不示人的家傳技藝，在神仙、鬼怪、「跑魂子」之類的戲中，都要撒「火彩」。每演這類戲，揀場人都要另拿「加錢」（即開雙份工錢）。

　　據揀場老藝人存永綿介紹，「火彩」的原料是用馬尾籮篩過的松香末子，再兌上一定比例的香麵（供奉神的香研成細麵），放在右手掌心中。而右手的中指和食指挾著一把小小的「火扇兒」，撒放前，用大拇指將「火扇兒」展開，用火把火扇兒點著。撒的時候，要準確地配合演員的出場和鑼鼓點子，適時地把手中的松香麵撒出去。就在撒出的一瞬間，火扇兒正好把松香

點著，發出耀眼的火光，形成不同弧度的光環和煙霧，為劇情營造出火炙、神秘的氣氛。藥王爺從天上下來，騰雲駕霧，赫然現身，給戲增添了吸引觀眾的賣點。

清人余治《得一錄》中記載，《服藥》一折在同治年間被禁，並列入《永禁淫戲目單》。

74.《別妻》

劇名：《別妻》，亦名《丑別窰》或《花大漢別妻》。

劇情：花大漢從軍之後，奉命出征，主帥命他次日啟程。花大漢回家與妻王氏話別。王氏備酒餞行，終夜談飲。天明之時，花大漢聞得集合炮聲，叮囑王氏守身如玉，等待己歸，千萬別受人引誘，另嫁別人。王氏送他去後，自己另有所思，找機會改嫁他人去了。

這是一折小丑飾演的鬧劇，藉以嘲諷「夫妻本是同林鳥，大難來時各自飛」的世俗行徑。舊日，此劇是與《平貴別窰》一起上演，名為《雙別窰》。把薛平貴與王寶釧的忠貞情愛與之形成鮮明的對比，如同後現代的表演手法一樣，產生了笑中帶淚的舞臺效果。可惜，這齣《丑別窰》早已絕跡舞臺，無人會演了。

禁與解禁：據乾隆刊本《燕蘭小譜》記載，伶人蘇喜兒和閻福兒都擅演《別妻》。其小傳載：「蘇喜兒，宜慶部大興人。年甫弱冠，面白而妍，兩輔微尖，雙觀略起，身材五尺以長。閻福兒宜慶部，順天良鄉人，本姓李，為閻九之子。年未冠，目秀多姿，較喜兒帶媚，身材亦與雁行。二人裝束宛如姊妹，作姑嫂嫡庶更為神似也。」吳太初在看過他們演出的《別妻》之後，曾寫詩一首：

移茲燕姬色更嬌，舞衫歌扇足魂消。

盈盈二妙相依倚，宛似江東大小喬。

另有文載，著名演員任敬三（1865～1939）也最擅此劇。任敬三十四歲棄學習藝。入「三慶和」科班演小花臉，亦演彩旦。因「倒倉」離開舞臺，回鄉推車叫賣驢肉。久而久之嗓音喊寬，再入梨園出演，一鳴驚人，藝名遂稱「驢肉紅」。他做戲瀟灑，唱功獨特，嗓音洪亮，高亢有味，梨園同人皆難仿學。敬三平時談吐風雅，與舞臺之「驢肉紅」判若兩人。同治年間，《別妻》一劇被禁演，列入《永禁淫戲目單》。民國初年，此戲尚時有演出。進入二十世紀三十年代，此戲遂歿。

75.《亭會》

劇名：《亭會》，亦名《花亭會》。

《花亭會》劇照，著名評劇表演藝術家王梅潔飾張美英，攝於 1959 年。

劇情：《亭會》一折出自明代傳奇《珍珠記》，又名《高文舉珍珠記》，作者不詳。徐渭《南詞敘錄》著錄有明初南戲《高文舉》一種，但未見傳本。祁彪佳《遠山堂曲品》《雜調》載有《珍珠記》名目，稱「此即《高文舉還魂記》也。《還魂》原本固不佳，此猶不得與之並列。」《高文舉還魂記》今已失傳，而從名目中看，故事情節似與《高文舉珍珠記》有別。明代《八能奏錦》、《萬曲長春》、《玉谷調簧》等戲曲選集，收有《鞠問老奴》、《書館相會》兩齣，相當於文林閣刊本《珍珠記》、《詢奴》和《逢夫》。

此劇寫宋代儒生高文舉，因無力償還所欠官銀，一籌莫展。富翁王百萬看其人品不凡，便代為繳納，並將自己的女兒王金真嫁與他為妻。高文舉上京應試，得中狀元，被丞相溫閣迫贅為婿。文舉修書遣人迎金真進京，被溫氏察知，將信改為休書。王金真至京尋夫，適值文舉外出，被溫氏剪髮剝鞋，罰在相府為僕役，終日掃地澆花。幸得老僕幫助，與文舉在書館重逢。文舉不敢挺身抗爭，乃使金真越牆，赴開封告狀。包拯審明具奏，皇帝下詔，謫罰了丞相溫閣，並准許金真處罰溫氏。王百萬夫婦從中婉言相勸，金真寬恕了溫氏，兩人共事文舉。因當年與文舉在河橋話別時，金真剖割珍珠一粒，與文舉各執一半，相約為他日會合之盟。又因文舉思吃米糯，金真趁機將珍珠藏於米糯之內，夫妻始獲重逢。故而此劇亦名《珍珠記》或《米糯記》。《亭會》是文舉與金真在花園相會的一折。西路評劇《花亭會》，則王金真易名為張美英。

另有一說，稱明徐復祚寫的《紅梨記》傳奇之中，也有《亭會》一折，但與以上故事不同。

禁與解禁：在清末《翼化堂條約》中，此劇被列入《永禁淫戲目單》。

76.《嫖院》

劇名：《嫖院》，亦稱《老西嫖院》。

劇情：《嫖院》是京劇《富春院》中的一折。全部《富春院》一劇是寫妓女陳三兩的故事。明代進士李九經被奸臣陷害致死，留下女兒素萍、兒子鳳鳴無依無靠。素萍被賣入妓院，改名陳三兩。在院中結識公子陳魁，二人感情甚篤。陳魁財盡，三兩拿出私蓄，相助陳魁攻讀。待陳魁趕考離院後，鴇兒把陳三兩賣給一富戶為妾。三兩不從，憤欲自盡。富戶賄賂官府，誣告陳三兩要賺取他的錢財。縣令李鳳鳴受賄，刑訊三兩。三兩伸訴冤情，講述自己的身世。李鳳鳴才知堂前是失散多年的胞姐李素萍。李鳳鳴再三謝罪，受到三兩的嚴詞斥責。恰遇陳魁出任巡按來此，問明冤情，欲斬李鳳鳴，三兩為弟求免。

《嫖院》則寫曹老四販賣綢緞來至洛陽富春院，聞得妓女陳三兩的大名，欲求一見。鴇母故意要挾勒索，曹皆忍痛從之。待陳三兩出見之時，三兩見老四憨厚，反勸他不要貪戀聲色，濫用錢財。曹老四後悔要走，被鴇母強留一宿。

禁與解禁：此戲與京劇《大嫖院》有所不同，《大嫖院》即《秦淮河》，是

演「水滸」張順鬧院，並強請安道全上梁山的故事，戲大人多，文武帶打。這齣《嫖院》是以丑為主的一折調笑短劇。同治年間，此劇被明令禁演。

77.《拾玉鐲》

劇名：《拾玉鐲》

《拾玉鐲》清代河北楊柳青木版手描彩繪年畫。

劇情：明代，陝西郿鄠縣城外孫家莊的孫寡婦，生女名玉姣，豆蔻年華，風姿曼妙。因家計困窮，以養雞為業，孫玉姣日事女紅，補貼家用。世襲指揮使傅鵬年近弱冠，家人為其選擇宋國士之女宋巧姣為妻，已下聘禮。一日，傅鵬到郊外踏青，忽於竹籬茅舍中見一絕色女子，立於門首，若有所思。傅鵬上前搭訕。玉姣見傅鵬風流瀟灑，是個翩翩佳公子，詳告母女情況。傅鵬贈以玉鐲，孫玉姣故作羞怯，拒而不受。傅鵬委鐲於地，孫玉姣俟其去遠，方拾起玉鐲藏於袖內。不意二人私情，早為鄰居劉媒婆窺破。她來至孫家，詰問玉鐲由來，孫玉姣言語支吾。劉媒婆直道其隱，孫玉姣無可掩飾，懇求劉媒婆不要外傳。劉媒婆甘言誘之，謂可成全其好姻緣，索取表記，回贈傅公子。孫玉姣乃以繡鞋一隻相贈。

戲中劉媒婆係彩旦應功，做表甚重，尤其在模仿拾玉鐲時的一段戲，最是吃功。非好醜不能為也。其後劉媒婆之子劉彪，見鞋圖奸，演出種種慘劇，

傅鵬性命幾乎不保。幸有他的未婚妻宋巧姣，跑到皇太后御前鳴冤，劉瑾為之徹查，始得昭雪冤枉。京劇《法門寺》演的是此劇的後本。

禁與解禁：在清季《永禁淫戲目單》中，《拾玉鐲》與《前後誘》、《打櫻桃》等並列一起，視為「誨淫」之戲，明令禁演。大概禁之不久，便自行解禁了。在此後光緒時代的多次禁戲中，此戲再也沒被列入。

78.《打麵缸》

劇名：《打麵缸》，亦稱《周臘梅》。

劇情：妓女周臘梅因為厭棄了行院中的生活，來到縣衙告狀，意欲從良。縣官當堂將她斷與衙役張才為妻，斷後又深為後悔，就派遣張才連夜赴山東公幹。是夜，縣官一人前往周臘梅家中，想占點兒便宜。不想四老爺與王書吏亦不約而同、前後腳走了進來。三人各懷鬼胎，相互躲避。分別藏到灶塘、麵缸和木床之下。不久，張才趕回，揪出了三人，分別敲索了銀子，還剝去了縣官老爺的官衣，一同逐出門外。

禁與解禁：這齣戲也叫《周臘梅》，是根據《古柏堂》傳奇改編而成，對舊時貪官污吏極盡針砭諷刺。全劇用「南鑼」演唱，並穿插曲藝雜耍，曾經火爆一時。早年，崑曲、梆子雜劇中，原有《麵缸》一戲，《戲考》稱：「其情節及人名均與京劇相同，唯知縣大老爺姓孫，本劇本中作姓張，此為少異。故知本劇亦係從崑曲翻成無疑。至其情節，本劇較崑曲多知縣與王書吏互相推看狀子一節，蓋崑曲之前段，極為簡單，僅據周臘梅訴述三數語，即為斷給張才作配，此則在堂上已有一番打趣矣。至後半，則崑曲中幾次唱小曲兒，為本劇本中所無。然京劇演唱，較為自由，有時亦隨意加入唱幾種小曲，唯所唱小曲，可隨各伶自擇善唱者唱之，故不能規定於劇本中。此劇滑稽至極點，直足使觀者笑口常開，唯須絕妙之數丑角演之方佳」。

清同治年間，此戲以「有傷風化」為由禁止演出，列入《永禁淫戲目單》。

79.《鬧花燈》

劇名：《鬧花燈》

劇情：故事出《薛家將反唐全傳》第十至十二回。寫薛丁山平西回朝，因第三子薛剛性情暴劣，恐其惹是生非，令他與次子薛猛一同鎮守陽河，禁止他入都生事。是年元宵節，薛剛來到京都省親，喝醉之後，出府觀燈。與奸相張天左之子張泰發生口角，張泰命令家丁一起圍打他。薛剛大怒，大鬧花

燈，踢死皇子，傷人無數，最後逃出都城，而使薛家遭受滅門之禍。

禁與解禁：據《戲考》稱，《鬧花燈》一劇為楊小樓編演。據《立言畫刊》第 75 期載：「楊小樓氏入第一舞臺，依該臺所製布景齊全，除演《安天會》、《水簾洞》、《晉陽宮》外，並演《薛剛大鬧花燈》，自飾薛剛勾黑臉，念白渾厚及武功姿勢之佳，極為一般觀者所重視。是時錢金福、李順亭、王長林、賈洪林、李連仲、沈華軒、姚佩秋、方洪順、汪金林、李寶琴均健在，諸伶配演其戲之中，兼有燈彩花木幕景，受歡迎熱烈。」然細考，在道光、同治時期此劇似早有演出。因為《薛家將》之類的話本，在清末已列為禁書，故而此劇也被列在禁演之中，並被寫入《翼化堂條約》的《永禁淫戲目單》。

但是也有專家說，清代早期的《鬧花燈》並非《薛家將反唐全傳》的「大鬧花燈」，而是一齣小型的滑稽劇《看燈》或是《瞎子逛燈》，丑角扮演的鄉下人或瞎子在燈市上鬧出許多笑話，也稱《鬧花燈》。

80.《搜山打車》

劇名：《搜山打車》

《搜山打車》劇照，著名崑劇表演藝術家俞振飛飾建文帝，攝於 1957 年。

劇情：《搜山打車》是崑曲《千忠戮》（亦名《千鍾祿》）中的兩折戲。《千

忠戮》，一說是清朝無名氏的作品；另一說為明末清初傳奇名作家李玉的作品。
故事敘述明太祖朱元璋死後，因為太子早死，皇孫繼位，為建文帝。建文帝
年少文弱，而受封於北方的皇叔燕王朱棣，則野心勃勃地以「靖難」的名義
舉兵南下，迫使建文帝祝髮逃亡。朱棣繼位，史稱成祖，為鞏固帝位，殺戮骨
鯁不附的朝臣無數，甚至株連十族，慘無人道、令人髮指。他恐怕建文帝再
起，遂派舊臣四處尋訪，捉拿建文帝。

其中《慘睹》一折，寫建文帝剃度為僧，偕翰林程濟逃竄在外。沿途看
到被殺群臣身首分離，以及被牽連的宦門婦女、在鄉臣子被押解赴京的種種
慘狀，不忍目睹，悲憤萬分。全齣由八支曲組成，每曲都以「陽」字結束，故
又名《八陽》。《搜山》一折，寫建文帝偕程濟，隱居雲南鶴慶山一十六載。一
日，正值程濟下山之際，舊臣嚴震直前來搜山，捕去建文帝。程濟歸來發覺，
即刻追蹤前往營救。《打車》則寫程濟追到囚車後，責以大義，軍士聞言動容，
一哄而散。嚴震直愧悔自刎，程濟救出建文帝再度逃走。

禁與解禁：《千忠戮》是一齣著名的崑曲，通篇悲愴感人，長期以來傳唱
不衰。崑曲極盛時期有「家家收拾起，戶戶不提防」之諺。一句指的是《千忠
戮》的《慘睹》第一支曲首句「收拾起大地山河一擔裝」，另一句則指《長生
殿》第一支曲的首句「不提防餘年值亂離」而言。光緒皇帝在宮中看了《千忠
戮》之後，對建文帝極為同情，對朱棣萬分怨恨。於是，於光緒二十年（1894），
命內務府頒發知照都察院咨文《禁演殘酷欺逼之戲》，將之張貼於京師精忠
廟，以及所有戲院之內。其文曰：

> 「然有今來大不忍之事，言之尚不可，何事形諸戲場？如劇徽目中
> 之《逼宮》等戲久經禁演。至如崑目中之所言建文遜國故事，《慘
> 睹》、《搜山》、《打車》等戲，一併禁演。」（見《齊如山全集》《戲
> 班》一文）

第二章 民國禁戲：民國元年～
民國三十八年（1912～1949）

1.《擊鼓罵曹》

劇名：《擊鼓罵曹》，亦稱《打鼓罵曹》或《群臣宴》。

《擊鼓罵曹》劇照，著名京劇表演藝術家楊寶森飾彌衡，攝於 1947 年。

劇情：《擊鼓罵曹》是一齣京劇的傳統劇目，它是根據羅貫中所著《三國演義》第二十三回「禰正平裸衣罵賊，吉太醫下毒遭刑」的部分內容改編的。演的是：曹操欲得天下，想派一名機智善辯的人下書，勸說劉表順勢降曹。孔融推薦處士禰衡前往。曹操召見禰衡時，並未以禮相待。禰衡心中不悅，當眾反唇相譏，又將曹操門下的人才，一一批評嘲斥。曹操惱羞成怒，命他充當鼓吏，藉以辱之。禰衡傲然激憤，在宴會之上赤身擊鼓，盡情發洩。並且當眾痛罵曹操，歷數曹操罪狀。曹操不願背負殺戮賢士之名，遂用借刀殺人之計，依然派他去順說劉表。禰衡在眾人的勸說下，無可奈何地奔赴荊州。

劇中有幾段精彩的唱段，如：「平生志氣運未通，似蛟龍困在淺水中。有朝一日春雷動，得會風雲上九重。」又如：「讒臣當道謀漢朝，楚漢相爭動槍刀。」在二十世紀三十年代，連販夫走卒、拉三輪車的都會唱，足證此戲影響之廣。

禁與解禁：就是這樣一齣戲，在民國十三年（1924）一度被列為禁戲。據 1924 年 1 月 29 日《申報》報導：「近聞京中戲園，有於日前奉警察廳布告，無論男坤女伶，一概禁已演唱《三國志》中《擊鼓罵曹》一劇之說，各戲園無不遵辦云。」據說，這是因為曹錕任大總統時，對《擊鼓罵曹》、《徐母罵曹》等「罵曹」劇十分忌諱，故做出這樣荒唐的決定。這與民國初年，袁世凱登基做皇帝時，忌吃「元宵」，忌演《轅門斬子》一樣。只是，袁的忌諱只是做玩笑流傳，而曹錕一事，則見著於報端。

曹錕（1862～1938）字仲珊，天津人，直系軍閥首領。天津武備學堂畢業，袁世凱小站練兵時期，任新建陸軍右翼步隊第一營幫帶。後歷任北洋常備軍步隊管帶、北洋陸軍第一鎮第一協統領、第三鎮統制、長江上游警備總司令官等職。1923 年 6 月，指使黨羽逼宮奪印，將總統黎元洪逐走天津。10月 5 日，靠賄選成為中華民國第四任大總統。只是上任不到一年，被形勢所迫，匆匆下臺。所以此戲未禁多久，也就自動解禁了。

2.《打槓子》

劇名：《打槓子》，在上海的演出有時貼《剝豬玀》。

劇情：這是一齣小丑、小旦的開鑼戲，滑稽、詼諧、熱鬧無比。內容很簡單，演的是市井小民劉二混，自小好賭成性，又暗弱無能。輸錢之後向舅父借貸。舅父知道借給他錢，就如同「肉包子打狗，一去不回頭」，所以不借。卻指給他一條路，叫他出去打劫。劉二混聽從其言，拿著一根大槓子，躲在

松林內等待機會。這時，山徑上走來了一個俊俏的少婦，名叫貴寶，手裏挎著一個包裹回娘家。二混一見機會來了，便忽地竄出來打劫。少婦開始時很懼怕，包裹被二混劫去。後來，少婦發現了二混的弱點，就用計把二混手中的榾子詐到自己的手中，反弱為強，不僅討回了包裹，還剝去了二混的衣褲，美滋滋地揚長而去。

《打柧子》，西安易俗社著名秦腔劇表演藝術家水上漂飾少婦，刊於 1930 年代《國劇畫報》。

　　舊時《打榾子》這類玩笑小戲只演開場，來熱鬧人氣兒。大多由劇團二三路丑角和小旦演出，更多的是小學員演出。少婦的扮相講究甜美、機靈，腳底下踩蹺，一上臺，兩眼一涮，就得來采。二混子要扮得不懂人事、愣頭憨腦，拿著榾子跑上。當他用榾子向少婦一個「漫頭」砸下的時候，二人俱驚，

分別跑入後臺。當少婦與二混面帶驚恐，再次溜上臺來的時候，二混再次掄槓子砸向少婦。少婦閃過，一把抓住槓子，二人開始對話。少婦那楚楚動人的面容，聲聲哀求的話語，令人動情。二混初次打劫，色屬內荏，張皇失色，剛一心軟，少婦反手奪過槓子，威逼二混。反而嚇得二混周身發抖，體似篩糠。被逼得先解腰帶，再脫長衫，最後脫去了貼身的小褂，光著身子，提著褲子，落荒而逃。

禁與解禁：這齣戲在民國二十年前後被禁，其中有這樣一段故事。當年富連成科班每天都在前門大柵欄唱白天，為的是一邊學戲，一邊實踐，鍛鍊舞臺經驗。原本都是娃娃戲，票也賣得便宜，只供一般閒人消遣而已。《打槓子》這類戲都由科裏最小的學員們演出，為了逗樂，演到二混被劫，打槓子、脫衣服的時候，講究最後要脫成「光屁溜兒」。二混的小肚子上有的要畫上一個小茶壺，壺嘴兒正是小雞雞；還有的是在小肚子畫上一個小烏龜，龜頭正好是小雞雞。少婦一見，嚇得落荒而逃。從而，逗得觀眾哄堂大笑，全劇始終。以為「童行無忌」，並無淫穢之感。不想，有一天一位政府要員攜帶家屬和女公子來園子看戲，後臺不知，還是這樣演出。當二混脫光衣褲向觀眾獻「寶」時，大家還是哄堂大笑。不想這位要員勃然大怒，一隻茶壺飛上臺去，全場頓時大亂。隨後，此戲被禁。凡在富連成坐過科的老演員，都知道這件趣事。

3.《小放牛》

劇名：《小放牛》

劇情：這是一齣由小旦、小丑合演的歌舞小戲。寫的是在青山綠水的山野郊外，日永天長，有一個牧童手執短笛，在山坡上放牛。這時，坡下來了一個去杏花村沽酒的小姑娘，二人相遇，閒話說笑。原本兩小無猜，天真爛漫，相互邀唱山歌，對答唱和、輕歌曼舞之際，別有一番田園情致。

此劇以吹腔、身段見長。故事源流，無所考證。這齣小戲的起源可以追溯到江南鄉間的「田頭山歌」。這種山歌本是一種四句體的民歌樣式，是農民在田間勞動時，將所見所聞、所想之事，即興編詞，隨口唱出的。這齣京劇則是從江南民間小戲移植過來，至今，最少有一百多年的歷史了。

文載：清季名旦紫金仙所飾演的村姑，嬌小風流，柔情旖旎，聲調又蘊藉細膩，最是動人。後來，賈璧雲、粉菊花的表演也是空前絕後。牧童則以王長林最為拿手，因為他是武丑出身，腰腿十分靈活，做起身段來，也是特別

的活潑可愛，把個山野村童演得活靈活現。此戲曾被傳入宮中，為慈禧太后演出過。

《小放牛》劇照，著名京劇表演藝術家筱翠花飾村姑，攝於 1927 年上海。

　　張伯駒在《紅毹紀夢詩注》記載：「洪憲時，易實甫日於廣德樓捧鮮靈芝、張小仙。小仙擅演《小放牛》一劇，《小放牛》一名《杏花村》，故小仙有杏花仙子之稱。小仙纏足有武工，能扳左右兩腿，足架於肩，故實甫捧小仙詩有

『要命彎弓足架肩』一句。時項城（袁世凱）賜宴瀛臺賦詩，實甫亦與焉。」張伯駒借其句贊《小放牛》：

> 要命彎弓足架肩，杏花仙是蕩魂仙。
>
> 捧場文墨皆餘事，更賦瓊瑤坐御筵。

從這些文字可知，《小放牛》雖然俚俗，但也常登大雅之堂。彼時劇中的曲子，雖說多是山野小調，但絕不會有什麼淫詞俚曲摻雜其中。而在天高皇帝遠的南方戲臺上，這齣戲就不一定是規規矩矩、準詞準譜地唱了。據顧曲家鍾靈先生說：他曾在南方鄉鎮的舞臺上聽過一回《小放牛》，當牧童唱過「天上銀河什麼人開？地上地梭羅什麼人栽？什麼人把守三關口？什麼人出家他就一去沒回來吧呀呼嘿！」之後，竟還打趣地唱道：「天上下雨雲重雲，地上埋墳墳重墳，哥哥我洗碗碗重碗，阿妹地床上人重人吧呀呼嘿。」這不僅使人物出了戲外，而且也著實有些「粉」了。

禁與解禁：到了二十世紀三四十年代，筱翠花和馬富祿演這齣戲時，變成了一齣「重頭大戲」，能放在了壓軸的地位。筱翠花踩「寸子」在臺上行走如飛，馬富祿正在年少，腰腿敏捷，二人在臺上唱曲調情，雖然不唱俚俗的山歌，但他們的表演中，穿插有攬腰抱腿，撫摸金蓮的動作。這在當時，已屬「出格」之舉。這些表演源於前輩，在清季「男女授受不親」的封建時代，此戲必會引起衛道士們的不滿。光緒年間曾一度禁演此戲，以正風化。但民間並不買賬，依然「泛濫流行」。在民國初年的北京《國風日報》、《國民日報》都有「文明戲院禁演《小上墳》、《小放牛》、《小老媽》諸戲」的報導。

4.《賽金花》

劇名：《賽金花》

劇情：賽金花原是安徽人士，名趙靈飛。從小就窈窕風流，穿梭於秦淮河的花船之上，化名「傅彩雲」，賣笑為樂。

同治七年，蘇州的洪鈞中了狀元，光緒十三年娶賽金花做了三姨太。次年，洪鈞帶著她入京，奉命出使歐洲，先後訪問了德、奧、俄、荷四國。賽金花憑著她天生的交際才能和東方女性的溫柔，在歐洲的上層社會出盡了風頭，從中結識了德國陸軍中尉瓦德西。光緒十六年，洪鈞回國，後病逝。賽金花重操舊業，在京城重張豔幟，開起了風月場。不久八國聯軍打入北京，慈禧偕光緒帝西逃。聯軍司令就是瓦德西，賽金花與瓦德西鴛夢重溫。且憑著和瓦德西的關係，解決了不少糾紛，也保護了一些百姓。《辛丑條約》簽訂後，

慈禧太后與光緒皇帝由西安回鑾，眾大臣競相請功。洪鈞的同窗好友孫家鼐把賽金花逐出京城。賽金花年近四十歲時，嫁給了一位恩客魏斯炅。死後，曾樸以她的一生為原型，寫了一部小說《孽海花》。《賽金花》一劇，就是從以上的情節中剪枝修蔓編寫而成。

　　禁與解禁：1928 年，中華民國政府首都由北京遷往南京，將北京改為「北平特別市」，並成立專門的戲劇審查機構──北平市戲曲審查委員會。擬定了《北平市戲曲審查委員會規則》，經北平市政府第 176 次市政會議將「規則」改為「章程」後通過。該會屬於北平市社會局。會址亦設在社會局所在地（集靈囿）。該委員會聘任北平特別市政府官員何元瀚、袁祚廙、朱福庚，吳曼公等人任委員，工作人員由市政府、公安局、社會局幹部處理日常工作。這一時期對戲劇的審查工作是十分認真嚴肅的。

　　1934 年 11 月 15 日，慶聲社王斌如申請演唱《賽金花》。經審查，不準備案和演出。據 11 月 17 日陳元章所寫的報告書，該劇有多種理由不能公演。其一，該劇寫八國聯軍侵佔北京時賽金花與德國軍官瓦德西的故事，有描寫「吾國人民之喪亂流離」，被外軍槍擊致死，「被外軍笞辱不堪以至跪拜諂媚，醜態百出」，賽金花與瓦德西的關係「名為外交周旋，實則恥辱莫甚」；其二，賽金花的故事只是里巷傳聞，如允許其演出，有「混淆聽聞」之嫌；其三，劇中有「顯貴職官，以及廝役商賈，因顧惜身家，不恤奔走賽氏之門，呼籲哀懇，以轉求聯軍之庇護。是否全為事實，姑且不論。即令純為事實，只為暴露國人孱弱之狀態。激發國民勇氣之謂何，直催挫之而已」；其四，「拳匪聯軍之事，早成過去。今日搬演賽氏之調護，連帶及於聯軍各將之群欲屠城，歐西士兵之隨意焚殺，被以絃管，登之舞場，既將益啟人民仇外之思想，且該劇編制，亦毫無藝術之價值，更恐貽各界人士以不良之影響」，建議該劇「不准搬演」。當日，社會局長蔡元即批示：「不准演，劇本沒收。」事見北京市檔案館藏「北平市社會局」檔案 J2-3-256 號。

　　1936 年，夏衍將賽金花的故事進行了重新整理和編寫，以「國防戲劇」的代表作在上海公演。於是，這一題材的戲劇演出活動又開始熱鬧了起來。據當年的報紙報導，賽金花本人還曾親臨劇場觀看了演出。觀後發表言論，除了對其「幼年家貧，被賣為娼」一事，略有異議之外，對全劇的事實給予了肯定。後來，此劇要拍電影，還鬧出了江青（藍萍）與王瑩爭演賽金花的一段公案。

5.《愛歟仇歟》

劇名：《愛歟仇歟》

劇情：該劇是北平奎德社的一齣新編劇目。內容是套用了傳統戲中的老故事，惡霸強搶民女，生、旦幽會私奔，最終雙雙自殺身死。

禁與解禁：奎德坤劇社是中國近代從事改良新戲的女子戲曲演出團體。1914 年秋，由河北梆子演員丁劍雲（藝名丁靈芝）與楊韻譜（藝名還陽草）等在北京創立。1918 年改組後，更名奎德社。楊韻譜等在民主思潮影響下，受到北京玉成班、上海新舞臺改良新戲和天津南開學校新劇團演出話劇的啟發，認為戲劇是通俗教育的有力武器，以編演新戲，移風易俗為宗旨。劇社專門編寫排演梆子、皮黃等新戲，配製機關布景，採用西樂、歌舞。其中，尤以反映現實生活之時裝新戲馳名京、津。從創建到解散的二十四年間，先後有鮮靈芝、秦鳳雲、雪豔琴、張蘊馨、李桂雲擔綱主演，共編新戲近百種之多。影響較大的劇目有《一元錢》、《湖天幻影》、《家庭禍水》、《青梅》、《仇大娘》、《漁光曲》、《茶花女》、《啼笑因緣》等。

1934 年 9 月 17 日，慶樂園經理諸子岩和奎德社經理李榮奎二人，向社會局、北平市戲曲審查委員會遞交了申請演唱《愛歟仇歟》的申請書。9 月 28 日，戲曲審查委員會主任事務員陳元章在研究劇本之後，認為：該劇「以描寫現代社會情形為主。但中段扮演惡霸率眾白晝強搶女子一節，殊與現代社會不合。最末，因不正當戀愛，謀害自殺作為結局。方今自殺惡風甚熾，豈宜再加誘惑，擬批示不准演唱。」9 月 29 日，社會局下發不准該劇演唱的批文。

10 月 3 日，諸子岩、李榮奎以「該劇本末段結局完全更改」為由，再次申請演出。10 月 15 日，陳元章在審查報告上寫到：「經查此次改正，仍多未合之處，茲將此本逐幕刪改，俾情節支離者，得以適合現代狀況，戀愛謀害自殺者，改為遇救後努力救國，並將劇名改為《力挽狂瀾》，以挽頹俗，擬即抄發此次刪改清單」，開列了從劇名到各幕內容，乃至劇詞長達七頁的「劇本修正清單」，並於 10 月 17 日下發該批文。10 月 20 日，諸、李二人將「遵照清單」修改過的劇本第三次交至社會局，申請備案和演出。經陳元章審查無誤後，在 10 月 25 日才批准備案，認為：「尚屬相符。擬准予備案」。事見北京市檔案館藏「北平市社會局」檔案 J2-3-58 號。

6.《桃花庵》

劇名：《桃花庵》

劇情：《桃花庵》是一齣評劇的骨子老戲。舊劇本寫蘇州小生張才，娶妻竇氏，婚後三年，仍無子息。春日，張才遊虎丘廟會，遇桃花庵女尼陳妙嬋，遂生愛慕之情。後喬裝女子入庵，與妙嬋私結連理。逾年，張才病重死於庵堂。妙嬋生下遺腹子後，用張才所遺的藍衫包裹，託王婆送與竇氏。途中遇蘇坤，強買為子。十五年後，王婆家貧，當賣藍衫。恰好被竇氏買去，竇氏認出藍衫乃是其夫舊物，向王婆問出事情原委。竇氏去庵堂降香，與妙嬋在桃花庵相認，彼此盡述前事。二人稱為姐妹，又同到蘇府認子，一家遂得團圓。

禁與解禁：評劇是流傳於我國北方的一個戲曲劇種。1910 年左右形成於唐山。俗稱「蹦蹦戲」或「落子戲」，又有「平腔梆子戲」、「唐山落子」、「奉天落子」等稱謂。1935 年在上海演出時，採納名宿呂海寰的建議，改稱「評劇」。1936 年老白玉霜在上海拍影片《海棠紅》時，新聞界首次把「評劇」的名稱刊載於《大公報》，從此，評劇的名字廣泛傳播於全國。《桃花庵》是評劇的骨子老戲。

《桃花庵》中陳妙嬋和竇氏都有大段扣人心弦的唱段，尤其是「一見藍衫大吃一驚」膾炙人口、廣為流傳。評劇老藝術家鮮靈霞、六歲紅、劉翠霞、筱玉芳、鮮靈芝、白玉霜、喜彩蓮等，均擅演此劇。

據 1934 年北平社會局戲曲審查委員會檔案記載，《桃花庵》一劇經委員會評議，鑒於劇中有許多不健康的內容，如小生的外遇調情，女尼的庵堂留宿等，都有傷風化。在 1932 年 1 月，批示評劇《桃花庵》不準備案，更不准演出。翌年，還有一齣與此劇內容相似的現代戲《女蘿村》，也是援引此例「不準備案」，社會局長批示「如擬」。

1936 年盧溝橋事變之後，一些原已被禁的戲再度泛濫。《桃花庵》在京、津、東北一帶演得更是火熱。直到解放，政府雖然沒有明令禁演此戲，但也歸入「糟粕」一類。隨著劇團和演員「政治覺悟提高」，《桃花庵》等戲也都自動禁演了。「文革」以後，北京市海淀評劇團最早放開思想，率先排演了此戲。

7.《繡鞋記》

劇名：《繡鞋記》，又名《三傑烈》和《王定保借當》。

劇情：某朝學生王定保被同窗拉去賭博，輸錢後不敢告訴父母，便去舅父那裡借錢。恰遇舅父外出，舅家有兩個女兒，長女張春蘭已與王定保定親；

次女秋蘭尚待字閨中。姐兒倆見定保有難，表妹秋蘭便說通姐姐春蘭，把嫁
衣交定保典當還帳。春蘭還暗中放進八百銅錢，忙亂中誤將一隻繡鞋放進包
袱。李武舉橫行鄉里，家中開了一個當鋪。他久慕春蘭貌美，早有圖謀之心。
一見王定保前來當當，遂以失盜為口實，以盜竊罪將定保送交官府處治。春
蘭、秋蘭二人聞知後，不顧下雨路滑，趕赴縣城擊鼓鳴冤。不顧封建禮教的
約束，春蘭當堂試鞋，證明包裹是自己所贈之物。縣令趙玉主持公道，懲辦
了李武舉，放出了王定保。

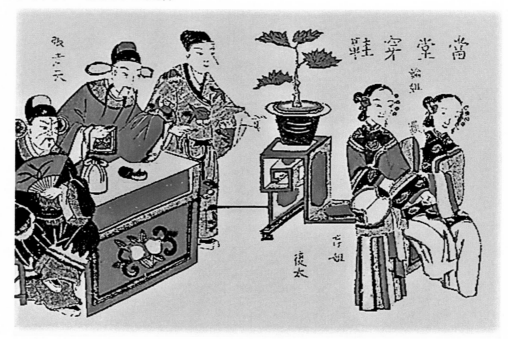

《繡鞋記》清代江蘇蘇州世興畫局套色木版年畫。

　　禁與解禁：據山東民俗學者考證，《王定保借當》的故事是清代的一件真
事，出自山東峨莊。據說王定保是王家村人，張春蘭家居張家灣，即現在的
響泉村，村中還有她的「繡樓」，當時的當鋪在峨莊，上端士村至今還有一座
鄉宦李林青的「武舉樓」。這齣戲先是由山東呂劇演起，民國初年被評劇移植，
越唱越紅火。劇中春蘭贊誇繡鞋和她在大堂撩開羅裙，亮出三寸金蓮，當眾
試鞋的表演，都觸動了封建衛道士的神經。1933 年 2 月 15 日，戲曲審查委員
會的辦事員陳保和曾正式上呈了一份報告，稱《王定保借當》（《繡鞋記》）中
的「《借當》，應絕對禁演」。戲曲審查委員會常務委員吳曼公等人公議同意，
批示「分別禁演」。1934 年發布通告，此劇被明令禁演。此事見北京市檔案館

藏「北平市社會局」檔案 J2-3-102 號。

解放後，該劇進行了多方面的修改，面貌一新。1954 年 7 月這齣戲參加了山東省第一屆戲曲觀摩演出，獲優秀劇本獎，1955 年收入新文藝出版社出版的《華東地方戲曲叢刊》。文化大革命後，由著名評劇演員王琪於 1987 年率先恢復了此劇的演出，改名為《三女除霸》。

8.《夜審周子琴》

劇名：《夜審周子琴》，亦名《胭脂判》。

劇情：故事取材於《聊齋誌異》中的《胭脂》一章。書生鄂秋隼與牛醫之女胭脂相戀。其友宿介假冒鄂秋隼之名，黑夜裏騙得胭脂繡鞋。誰知不慎卻將繡鞋丟失，繡鞋被無賴毛大拾得。毛大早已貪戀胭脂美色，如何能放棄此天賜良機。於是，在月黑風高之夜，執繡鞋潛入牛家的閨房，對胭脂欲行非禮。結果驚動牛醫，起來抓賊。毛大情急之中，殺死牛醫，倉皇而逃。知縣以繡鞋為證，錯斷鄂秋隼為殺人兇犯。秋隼喊冤不止。知府夫人疑有冤情，夜審胭脂，發現隱情。知府微服私訪，終於使真相大白。在評劇劇本中，劇中情節並沒有什麼變更，但人物的名字多有改變，如胭脂改為周子琴，鄂秋隼改為吳鳳奇等。

禁與解禁：《夜審周子琴》是評劇開山鼻祖成兆才根據《聊齋》改編的三齣大戲之一。自民國初年，由第一代評劇藝人李金順演唱，又經其後的旦角們不斷加工，一直傳流至今。民國二十二年（1933），這齣戲被北平社會局戲曲審查委員會以「涉及猥褻之表演」而建議禁演。

是年 2 月 15 日，戲曲審查委員會的辦事員陳保和遞交了一份報告，稱「奉天評戲表演及唱詞諸多涉及猥褻」，「坤角白玉霜，表情最為猥褻不堪」，「此種評戲劇本極不一致，普遍檢查諸多困難」，建議將三慶園、四明戲園和遊藝園的園主傳喚到社會局，「飭令轉知演員對於有涉及猥褻之表演及唱詞，務即改正」。所列戲名中便有《夜審周子琴》（《胭脂判》）中的「跳牆」、「夜審」等折。戲曲審查委員會常務委員吳曼公等人，建議對上述劇目「分別禁演」。見北京市檔案館藏「北平市社會局」檔案 J2-3-48 號。

9.《女店員》

劇名：《女店員》

劇情：此劇是根據 1933 年發生在北京的一件新聞時事編演出來的一齣時

裝劇。由北京共和社社長聶海忱主持排演。劇情大意是：一家飯莊的女招待，在服務時結識了一位常來飯館請客的商界老闆某先生。日久天長，二人產生了感情。後來，這位女店員辭工，嫁到他家。這位大賈家中原有妻室。女店員過門之後，醋海波瀾驟起，閨幃風雲大變。妻妾爭風吃醋，無一寧日。從中敷衍出一系列鬧劇。

禁與解禁：據北京市檔案館藏「北平市社會局」檔案 J 2－3－98 號記載，1934 年 1 月 12 日，共和社社長聶海忱親自到戲劇審查委員會申請演出《女店員》一劇。審查員陳元章在讀完劇本後，於 1 月 15 日呈報告云：「該劇表演女招待因結識飯座，嫁人為妾，並有爭風互毆情節，與女子職業前途恐生不良影響，且以『女店員』三字號召，尤非所宜」，因而「不準備案」，而且「不准公演」。

二十世紀三十年代，上海、北京諸大城市的女性走出家門，進入社會，謀求工作自立的風氣日盛。女人從業人員與日俱增，這本是一種新氣象。但是，多遭守舊人士非議，貶稱從事服務工作的女店員為「女招待」。《女店員》一劇的作者，也正是站在守舊派的立場上，嘲諷婦女走入社會，嘲諷女子工作就業。北平市社會局不批准此劇公演，還是頗有見地的。後來，聶海忱索性把劇名《女店員》三字改掉，以求通過。但是，內中情節未動，仍被社會局禁演。

10.《槍斃駝龍》

劇名：《槍斃駝龍》，又名《駝龍出世》、《大龍嫖院》。

劇情：這是成兆才根據關東草莽女匪駝龍的故事編寫的一齣大戲。劇情是：東北遼陽貧女張素貞，經乾娘資助前往長春投親，不幸被人騙入福順班妓院為妓，接客時，結識了被官兵追捕的土匪首領大龍王福堂。交往當中，二人真情流露，產生感情。王福堂為她贖身，並帶其上了亂石山。張素貞素有膽量，又善騎射，雙手發槍，百發百中，從此號稱駝龍。大龍有手下李二虎，為人好色。在素貞與大龍新婚之夜，他企圖借醉強暴素貞的妹妹慧貞。大龍聞知，前來救護慧貞，二虎不慎槍傷大龍。大龍的弟弟二龍提議槍決二虎。大龍卻從輕發落，將二虎放走。怎知二虎恩將仇報，暗通官府，協助警方上山捉拿大龍夫婦。時素貞剛巧下山，逃過警方追捕。可是大龍與眾手下卻盡數死於警方槍彈之下。二虎擒大龍有功，被委任為警隊隊長。素貞為報夫

仇，尋得二虎，親手將他殺死。隨後潛身公主嶺，改名玉紅進入月紅班，仍充娼妓。不料被仇人葉老二識破，告知官府。駝龍被便衣隊暗中緝拿，押解長春槍決，時年只有 25 歲。駝龍實有其人，「槍斃駝龍」也是東北民間流傳的一件實事，經成兆才戲劇化的編排，一經上演，甚為紅火。該劇先在東北各地上演，二十世紀三十年代傳入北京。

《槍斃駝龍》劇照，著名評劇表演藝術家老白玉霜飾駝龍，

攝於 1930 年於上海。

　　禁與解禁：1933 年 2 月 15 日，戲曲審查委員會的辦事員陳保和遞交了一份報告，稱「奉天評戲表演及唱詞諸多涉及猥褻」，在列舉了一系列的評劇劇目之後，指出：特別是《槍斃駝龍》一劇，「奸盜邪淫，四者俱全，應絕對禁演」。戲曲審查委員會常務委員吳曼公等人也同意他的觀點，遂將該劇予以禁演。

「七・七」事變之後，日本侵略軍攻佔北京，致使人心渙散、民不聊生。更多的人在日本人的鐵蹄下，過著醉生夢死的生活，不少被禁過的戲又起死回生。《槍斃駝龍》一劇也重上舞臺。1948 年，梅阡改編了此劇，由王元龍導演，季禾子、陳彪主演，把《駝龍》一劇拍成了電影。1949 年全國解放的時候，解放軍軍管會對這齣戲再度禁演。1956 年，經花鳳霞、郭明泉重新改編，把駝龍這一人物改寫成一位抗日救國的「女英雄」，被叛徒出賣，被捕身死。潘陽藝新評劇團將之搬上舞臺，花鳳霞自導、自演，但沒有得到東北文化部的首肯，被再度擱置。到了 1995 年，中國評劇院突發奇想，再次改編此劇，由筆者兒時同桌的學友、著名評劇演員谷文月飾演駝龍，把這一人物再次搬上舞臺。但沒演幾場也就掛了起來。終不如她演的《花為媒》、《楊三姐告狀》完美成功。

11.《拿蒼蠅》

劇名：《拿蒼蠅》

劇情：《拿蒼蠅》一劇，是一齣荒誕不經的神話劇。演一隻母蒼蠅經過多年的修煉，最終成精，化成人形。而後下界戀愛、生子。天庭知曉，派遣神兵神將下界捉拿。

禁與解禁：舊日禁戲，有的在於戲的內容，有的並不在於戲的內容，而是由於演員在臺上的表演和穿戴服飾不當，而被禁演。其中，最著名就是這齣《拿蒼蠅》。從北京檔案館現存北平社會局檔案資料中可知，1933 年白玉霜開始搬演此劇，一時轟動九城，人們爭相觀看。票價從三角漲至一元，大有趕超梅蘭芳、馬連良之勢。同年 11 月 9 日，社會局戲曲審查委員會派辦事員陳保和前去觀看。陳保和觀後，於次日呈上一份報告說：「奉派檢查白玉霜所演《拿蒼蠅》是否有傷風化等因，遵即前往。劇中白玉霜及兩女伶分飾蒼蠅精，著白色衛生衣褲，長筒絲襪，紅色兜肚，褲長不及膝，緊裹其身，外披翼形氅衣，由蒼蠅成精起至被天兵捉拿止，除『生子』一幕著衣裙外，其餘各場，均著上述衣飾。且全場電燈熄滅，用五色電光，照耀臺上，該伶等且歌且舞，宛如裸體，劇情及唱詞，亦均極猥褻，實有審查章程第五條乙項第二款情事。」11 月 10 日，該委員會常務委員吳曼公等建議「擬通知該園禁止演唱」。同日，社會局長批示「如擬」。次日，便通知廣德樓戲園、梨園公會停演此戲。又致函公安局，稱該女伶「嗣後無論在何戲園，均不得再行演唱此劇」。（見北京市檔案館藏「北平市社會局」檔案 J2-3-100 號）

　　據白玉霜的女兒小白玉霜在《回憶錄》中說：「以我母親的名字構成社會新聞的事件很多，大約最轟動一時的是 1934 年，被北平市長袁良驅逐出境的一樁事了。據說，頭天正在廣德樓演過《貧女淚》，那也算不得是壞戲，寫的是兩妯娌一貧一富，在婆家受到的待遇不同，也是那時候流行的有點控訴意味的戲。第二天早上忽然來了幾名背槍的警察，手拿公文，也不鬆手，只指給我母親和舅舅看，說是市長不讓白玉霜在北平演戲了，因為她的戲演得有傷風化。什麼地方有傷風化？往後改了行不行？都不容分說，而且十分火急，必須當時上火車回天津。和園子訂的合同、全團的損失怎麼辦呢？我母親急得哭也哭不出來，舅舅陪她上了火車，警察一路押送他們。到豐臺警察才下車。就好像我母親是什麼瘟神，把她送出境外才能保證本地太平似的。她在戲裏當過女犯人，在生活裏當過這樣角色也不只這一次。」

　　此後，白玉霜去了上海，先與鈺靈芝、愛蓮君合作，演出的主要劇目有《花為媒》、《空谷蘭》、《桃花庵》、《馬震華》、《珍珠衫》等。後又與京劇名角趙如泉合演京、評兩腔的《潘金蓮》，大獲成功，白玉霜聲譽日隆。白玉霜的演唱藝術不僅折服了上海的觀眾，也使文藝界對她刮目相看。《時事新報》上刊登了著名戲劇家歐陽予倩、洪深、田漢的文章，讚譽白玉霜為評劇皇后，也有報紙稱她為評劇「坤角泰斗」。1936 年，明星公司推出了白玉霜主演的電影《海棠紅》，轟動了大江南北，不僅提高了白玉霜的知名度，也擴大了評劇的影響。

12.《女蘿村》

　　劇名：《女蘿村》

　　劇情：該劇描寫一個有妻室而無子女的少年，一日郊遊路過一個尼姑庵。庵中一小尼生得眉目清秀，相貌可人。兩人勾搭成姦，致使小尼懷孕。少年則因貪戀女色，一病不起。臨終留下玉佩一隻，囑咐小尼姑將此物送給二人之子。小尼姑後來生了一子，在庵中哺育成人。此子年長趕考及第。回家途中與乃父的原配妻子相遇，且被看見玉佩。夫人尋至庵中，與尼姑爭奪此子。最後，兩相和好，孩子也認祖歸宗了。

　　禁與解禁：該劇與評劇《桃花庵》和《玉蜻蜓》的內容大致相同。1935年 3 月 27 日，哈爾飛戲院經理任華甫曾到戲劇審查委員會申請公演這齣《女蘿村》。審查員陳元章在 4 月 2 日的審查報告中指出，該劇「與評劇《桃花庵》

大致相同」。而 1934 年 1 月，審查委員會曾批示評劇《桃花庵》不準備案。因此，亦建議此劇「援例不準備案」。同日，社會局長批示「如擬」。就這樣，《女蘿村》還未上演便被判為禁戲。

13.《馬寡婦開店》

劇名：《馬寡婦開店》，又名《狄仁傑趕考》、《開店》、《女開店》。

劇情：寫市井中一馬氏女子，青年喪夫，孀居開店度日。有一日，狄仁傑赴京趕考，行至此處宿店。馬氏見仁傑年少英俊，遂生愛慕之心。夜晚，馬氏前來探看，以情試之。狄仁傑坐懷不亂，拒之不允，並且曉以禮教。馬氏尷尬、慚愧離去。翌日，狄仁傑留詩一首，不辭而別。

《馬寡婦開店》劇照，著名評劇表演藝術家筱玉鳳飾馬寡婦，攝於 1953 年。

禁與解禁：此戲為成兆才根據唱本蓮花落，改編成一齣完整的劇目。據《評劇簡史》載：此劇最早由月明珠飾馬寡婦，張德信飾狄仁傑。民國六年（1917）首演於唐山永盛茶園，是評劇形成時期的著名劇目。對於評劇的劇本創作、生旦兩行的唱腔創造以及表演風格的形成，都曾起到了奠基作用。次年，成兆才帶團到了天津，在「三不管」一帶演出，被天津地面以「教唆寡

婦淫奔」為由禁止演出，且被逐出津門。然而，此戲在北方關內、關外流傳極廣。1929 年，誠文信書局把此戲編入《評戲大觀》一書。

二十世紀二三十年代，該劇在北京演出，也屢遭禁止。例如，民國二十三年（1934）北平市社會局《關於禁演表情猥褻有礙風化的戲劇通知》中談道：「天橋華興戲園演唱禁演之《馬寡婦開店》，社會局據報後，以該園竟敢違禁演唱淫劇，當傳飭該園，協令停演七日，以示懲戒。」同年，白玉霜被袁良逐出北京，也與此戲有關。但是，由於這齣戲的現實主義表演平易近人，近於生活，不少學者對此戲的評價甚高。例如：1936 年 4 月上海《大晚報》上，趙景深先生在《蹦蹦戲目》一文中談到《馬寡婦開店》一劇。他說：「上月《立報言林》曹聚仁兄盛稱《馬寡婦開店》，以為其心理描寫，不下於《寶蟾送酒》，我有同感。此劇我曾到恩派亞大戲院看過，劇本和演出的確都不錯，所演的只是狄仁傑宿店一段，說是最精彩的一段。」

14.《漢班超投筆從戎》

劇名：《漢班超投筆從戎》，亦稱《投筆從戎》。

劇情：《漢班超投筆從戎》是京劇著名武生李萬春排演的一齣文武兼備的古裝戲，1935 年首演於上海榮記共舞臺。劇中精彩的唱段和別具一格的開打，使此劇轟動一時。

這齣戲的故事取材於《後漢書‧班超傳》，文載：「永平五年，兄固被召詣校書郎，超與母隨至洛陽。家貧，常為官傭書以供養，久勞苦。嘗輟業投筆歎曰：『大丈夫無他志略，猶當效傅介子、張騫立功異域，以取封侯，安能久事筆研間乎？』」

建初五年（80），班超上書給漢章帝，報告西域的形勢，認為只要擊敗龜茲，西域可服。漢章帝採納了班超的建議，遂使西域歸漢。班超在西域效力三十一年，貢獻了自己全部的青春才華，立下了卓越功勳。

禁與解禁：這齣戲排演於 1935 年 10 月，彼時《申報》給予了報導，稱：「法租界榮記共舞臺聘請京朝派名伶李萬春以來，觀眾異常歡迎。海派成規，為之一變。最近特請文學家及編劇家編成《投筆從戎》歷史劇。李萬春在劇中飾班超，扮相之英俊、武藝之驚人，自不待言。且能在劇烈戰鬥中，接一長段唱詞，蒼涼激越，尤為難能。」此戲從內容上來說，原本無可厚非，但在抗戰勝利之後，卻被國民政府禁演，問題出在李萬春本人身上。

李萬春紅得很早，十六歲就被評為「童伶狀元」，嗓子好、武功好、扮相

俊美，擅演文武兼具的戲碼。但為人爭強好勝，口無遮攔，只知道戲，而輕於操守。在日偽時期，很多重氣節的演員對日偽政權，大多採取規避的態度，潔身自好。而李萬春卻不知個中利害，竟與金璧輝攪到了一起。儘管其中的原因很多，受欺凌也好，出於無奈也好，總之難為外人盡知。當年北京的報刊上，還曾登有金璧輝自己寫的文章，文中稱李為「義子」。因此，李萬春的這段不光彩的污點，終究難以滌洗乾淨。

　　日本投降之後，他被國民政府以「漢奸」罪進行追究。據李萬春自己說：他們「從我與金璧輝的關係和我曾經排演《漢班超投筆從戎》這齣戲上面做文章。說我跟金璧輝是同黨，同樣犯有『通謀敵國、圖謀反抗本國』的罪。說我演《漢班超投筆從戎》，是配合大東亞戰爭，為日偽在北平徵兵做宣傳」（見李萬春著《菊海競渡》一書），因之禁演。1946 年，李萬春經過審訊和法庭抗辯，最後被判入獄，服刑兩載，此戲亦廢。

15.《四郎探母》（1）

　　劇名：《四郎探母》，或簡稱《探母回令》。

《四郎探母》劇照，著名京劇表演藝術家王瑤卿飾鐵鏡公主，攝於 1904 年。

劇情：《四郎探母》這齣骨子老戲在京劇舞臺上唱了近二百年，可謂久演不衰。故事出自小說《楊家將》，雖然屬於「戲說」，於史無考，但戲中含有深刻的家國情、母子情、夫妻情、兄弟情，以及吾土吾民心理特徵的多種情結，使人百看不倦、百聽不厭。多少「名角兒」唱紅了這齣戲，這齣戲也捧紅了無數的「名角兒」。可以說，所有京劇演員和票友幾乎沒有不會唱這齣戲的。但是，《四郎探母》這齣戲在我國近代社會的風雲多變中，也經歷了無數次的跌宕變化，時而興之，時而禁之，時起時伏、命運多舛。

《四郎探母》講的是楊延輝回營探母的故事。宋、遼兩國在金沙灘經歷過一場大戰，雖然遼軍大敗，但楊家將也損失慘重，七郎八虎和數萬兵丁，死傷殆盡。四郎延輝在陣中被俘，改名木易，以求苟全。蕭太后見其生得儀表堂堂，文武全才，便招為駙馬，把鐵鏡公主下嫁與他。夫妻二人十分恩愛，還生下了一個小阿哥。十五年後，當他聽說宋、遼兩國在雁門關前會戰，而且，老母親和六弟楊延昭帶兵到此，延輝萬分激動，決心過營探望母親。四郎求得公主的幫助，從蕭太后處騙取了令箭，連夜出關而去。途中，被巡營的楊宗保擒獲，押入宋營。在軍營大帳之中與母親、兄弟姐妹以及髮妻含淚相見，彼此哭訴多年的分別之苦。但時間緊迫，更漏急催，眾人只得灑淚而別。延輝剛過雁門關，又被番兵拿下，押至銀安寶殿前。蕭太后盛怒之下，一心要斬延輝。經過鐵鏡公主的苦苦哀求和兩個國舅的一番勸諫，楊四郎才被赦免，命其鎮守邊關，戴罪立功。

此劇源自徽劇，後經程長庚移植改編為京劇，在同光年間就已成型，時常被調入宮內上演。據說，慈禧太后和光緒皇帝都很愛看此劇。梅巧玲飾演的蕭太后，還贏得了「天子親呼胖巧玲」之譽。不過，當時的戲還不是現在的樣子。全劇是以老生為主，自始至終貫穿到底。劇的結尾，蕭太后雖然鑒於女兒的情面，當時未殺楊四郎，但當四郎出宮去邊關任職之際，蕭太后還是派人在路中將他殺死，以示「國事重於家事」，大義滅親也要「鋤奸」的政治立場。這裡突出了蕭太后為國執法，不徇私情的一面，同時也表現出異族統治者對漢人的輕賤。清室遜位以後，漢人揚眉吐氣了，認為楊四郎的「韜晦」還是有情可原的，於是，《四郎探母》的結尾也就改成「大團圓」了。這樣處理，也很迎合世俗觀眾的願望。

這齣戲經過千錘百鍊，藝術性極高，唱腔優美，節奏緊湊，是京劇藝術的瑰寶。其中也浸透了無數藝術家的心血，王瑤卿豐富了公主的唱腔，接著

尚小雲給太后加上了一段極有分量的大「慢板」，姜妙香又給楊宗保加上一段精彩的「扯四門」，這才形成了生、旦、老旦和丑角，一堂輝煌的氣象。這齣戲在二十世紀三十年代，已發展到登峰造極的水平。

禁與解禁：自「七・七」事變以後，《四郎探母》開始走黴運，一再受到人們的檢舉和指責。輿論批評楊四郎不忠不孝，貪生怕死，不僅叛國投敵，而且屈膝事敵。在兩國進行殊死鬥爭的時候，置家國於不顧，躲在皇宮內院的安樂窩裏，與敵人之女共效鴛鴦。直到十五年後，才想起探母，如此失節不仁之人怎能由「正生」飾演。更有人提出，在抗日戰爭之際，此「缺乏民族意識的戲劇應予禁演」。

據張大夏先生回憶：「大約是民國三十年到四十幾年的一段時間吧，《四郎探母》一劇在政府法令之下，是禁止演唱的。」作者還用括弧著重注明：「（民國）三十四年抗戰勝利以後，我在北平看到過市政府教育局的命令，禁演《四郎探母》，當時曾把文號和案由抄下來，不過早已丟掉了。」此文見自張大夏著《國劇漫話》一書（臺灣明道文藝雜誌社 1980 年版）。

16.《綠珠墜樓》

劇名：《綠珠墜樓》，亦名《金谷園》。

《綠珠墜樓》劇照，著名京劇表演藝術家徐碧雲飾綠珠，攝於 1932 年。

　　劇情：這齣戲是由徐碧雲根據唐喬知之的《綠珠篇》編寫並主演。《綠珠篇》寫道：

> 石家金谷重新聲，明珠十斛買娉婷。
> 此日可憐君自許，此時可喜得人情。
> 君家閨閣不曾難，常將歌舞借人看。
> 意氣雄豪非分理，驕矜勢力橫相干。
> 辭君去君終不忍，徒勞掩袂傷鉛粉。
> 百年離別在高樓，一旦紅顏為君盡。

　　故事講西晉合浦有一絕色女子名叫綠珠，因家貧偕老母往洛陽投親。途經荒郊，被強徒追搶。幸遇石崇救下，並以明珠一斛為聘，將綠珠帶歸金谷園。時有石崇好友潘岳、張孟陽、孫秀三人城郊相迎。孫秀垂涎綠珠美色，做盡醜態。被潘岳識破，痛責反目。孫秀懷恨在心，徑投趙王，並在趙王面前進諂，潘岳、石崇俱被誅殺。接著又進兵圍攻金谷園，欲得綠珠。綠珠不屈，墜樓而死。

　　當初徐碧雲排演此劇煞費苦心，特聘文學家、史學家和美術師悉力研究，從劇情詞句、服裝道具，一應盡善盡美。劇中還穿插了「羽舞」、「袖舞」，唱石崇《明君曲》，使千年絕調，重入管絃。1925 年 7 月 7 日首演於北平中和園。非但增歌壇之佳話，亦是顯文豪之光輝，文人雅士無不贊其多才多藝。詩人看雲樓主在 1927 年的一期《戲劇月刊》上特為綠珠題詞曰：

> 舊劇新翻演拿手，南北無此好姿首。
> 彷彿綠珠真再世，霧裏看花半信異。
> 聚精會神表情節，無數周郎都叫絕。
> 綠珠已去碧雲在，孫秀何須怒石崇。

　　此劇最為精彩之處，是在《墜樓》一場。綠珠在大段的演唱之後，疾步登樓，要從三張桌上走「搶背」摔下。這一絕活，所有唱旦角的演員無不視為畏途，無人可及。徐碧雲刀馬旦出身，基本功紮實，演此舉重若輕，每貼必滿，簡直紅得山崩地裂。當年報刊上佳譽連連：謂徐碧雲「善歌善舞，亦舞臺營業在此時局俶擾中，一月以來售價約計四萬餘金，獲利頗豐。昨日為臨別紀念最後之期，抱周郎癖者，深恐江上峰青，曲終人遠；紅牙妙技，重聆何時。故爭先快睹，盛極一時，當場贈送紀念品者，布滿舞臺。」

　　禁與解禁：奈何「月盈必虧，水盈自溢」，徐碧雲的技藝正在進入頂峰之

際，1931 年，他從上海演完杜家祠堂的大堂會後載譽回京。一場大禍，使他顏面盡失，幾乎影響了他的一生。起因是他在一次宴飲中，酒後失態，調戲了一位少婦，被人告到公堂。一天，忽然來了一批軍警，將其綁縛遊街，極盡羞辱之後，從此遞解出京，永不准其再在北京演出。《綠珠墜樓》也就遭到禁演的命運。

直至 1935 年後，徐碧雲才得以返京。但是他的光芒已褪，不復當初了。又加之體力衰弱，扮相、嗓音均不及前，《綠珠墜樓》一劇也就再也沒有搬演。這齣戲被他的弟子畢谷雲全面繼承，不僅演唱、表做、蹺功皆似乃師，就是「墜樓」時的三張桌，他是用「掉毛」翻下，比乃師還勝一籌。畢谷雲來京獻演了「徐派」的幾齣拿手戲。筆者有幸看了《玉堂春後傳》，而第二天出差，沒能看到他的《綠珠墜樓》。據說，他在下一站天津的演出時，不幸把腰摔傷，此劇遂成絕響。

說來也巧，2007 年 7 月底，畢谷雲先生以 73 歲高齡蒞臨加拿大，參加多倫多藝術節。節後在陳涵卿（原黃桂秋的琴師）老先生的陪同下，光臨了溫哥華的列治文京劇社（張君秋先生的弟子章寶明女士主持）。在大家的歡迎下，陳涵老、袁行遠將軍（前臺灣空軍副司令）和裘派名票馮寶義操琴，畢谷雲為我們清唱了《墜樓》的選段。別看其年已古稀，但聲音依然如空谷鶯囀，聞者莫不撫掌。席間，我問及徐碧雲淡出舞臺的原因，畢老講：「原因是他（徐碧雲）得罪了當時北平的軍政頭面人物，被勒令今後不准再在北平演出。徐老師只得背井離鄉，到外地另謀出路去了」。此說與《京劇談往錄》四編所記一樣，但那位「軍政頭面人物」是誰？何以這般霸道？就不得而知了。

17.《黑驢告狀》

劇名：《黑驢告狀》

劇情：人說包公一生斷過七十二件無頭案，《黑驢告狀》的故事便是其中之一，故事出自公案小說《包公案》。戲中情節，原與《瓊林宴》、《打棍出箱》相接。

范仲禹的妻子白玉娥，被惡霸葛登雲逼迫上弔自盡，停靈於寺院廡廊。是夜，小和尚欲偷竊陪葬品，用斧子劈開棺木。白玉娥的屍身不脛而走。彼時，正有一位山西商人名叫瞿紳，騎一黑驢進京收賬，半路宿於惡人李保家中。李保夫婦，謀財害命，把瞿紳毒死後，掛在村後樹上，偽裝自盡的模樣。清晨，被地保救起。白玉娥借屍還魂，與瞿紳陰差陽錯，互投軀殼，在市井哭

鬧。恰逢包公下朝，路遇黑驢衝道。包公夜臥遊仙枕，親到陰曹地府勘察生死簿，查明情由。又用照妖鏡，把白玉娥與瞿紳的魂軀重新調換過來，各歸自身還陽。葛登雲、李保等一干人犯，被包公一一懲處。

禁與解禁：這齣戲與包公的其他故事多有相同，只是男女屍身互換，給此劇帶來許多噱頭。但是，這個故事荒誕不經，又因戲中沒有優秀唱段，所以流行時間不長，很快就在舞臺上消失了。圖中所繪的屈申，就是戲中的瞿紳，由名丑飾演。因為他的戲很多，從頭到尾貫穿始終。中間不僅有唱，更有許多做派和身段。在騎驢一場中，跑圓場，有繁雜的舞步。從驢背上摔下，要走掉毛兒。更難的是白玉娥附體後，瞿紳男裝，變山西口為旦角韻白，還要唱一段旦角的唱段，做出許多旦角的動作和身段，要求飾演者要有很深的功底和道行。

1949年3月25日，《北平新民報》刊登了文化接管委員會《禁演五十五齣含有毒素的舊劇》，將此劇列在其中。稱其屬於「提倡神怪迷信」。建國以後，此戲也從未開禁。

18.《八仙得道》

劇名：《八仙得道》

劇情：八仙得道的故事出自清無垢道人著《八仙得道傳》和《東遊記》。記敘鐵拐李、鍾離權、呂洞賓、張果老、藍采和、何仙姑、韓湘子、曹國舅八位神仙修煉得道的詳盡過程，情節豐富，曲折動人。有關八仙的故事，最早起於唐代，多見於唐宋以降文人的記載中。經過長期的流傳，且把眾多的民間傳說歸納到一處，最終使八仙的故事更加豐富多彩。清乾隆南巡時，就有人極盡鋪張地編寫了《八仙得道》和《八仙慶壽》，以供御覽，此為「神仙戲劇」的肇始。二十世紀二十年代，上海出現了畸形的文化繁榮，於是，又有人將「八仙」故事改編為大型連臺本戲，加上機關布景、燈光幻化，搬上舞臺，轟動一時。

由於「八仙」象徵著吉祥喜慶，深得世俗百姓的喜愛，成為一時之盛。影響所及在北方還出現了專門演唱「八仙」故事的劇種，如八仙班、藍關戲等。其中，《八仙得道》、《八仙慶壽》、《呂洞賓戲白牡丹》、《雪擁藍關》等系列劇，融智慧、世俗、愛情於一爐。內容既有虛構，又有創新，頗得觀眾喜愛。八仙人物在劇中都被賦予了世俗情感，他們有著與凡人一樣的愛欲和情仇。這種神仙平民化的處理，使「八仙戲」更加平易近人。

禁與解禁：「八仙」戲曲虛構了一個理想的神仙世界，它成為現實紛爭中苦難眾生寄託自己心靈美的殿堂。美好的神仙世界既是現實人生苦難的消解劑。同時，也是一劑所謂「麻醉人民」的毒藥。解放軍一進北平，便把此類戲定為「神怪迷信」，而宣布禁演。據筆者所知，自二十世紀五十年之後，一直到八十年代，有關「八仙」的戲基本上都從舞臺上消失。到了八十年代中葉，中國京劇院為了去日本進行訪問演出，決定由李光、劉秀榮等人排演了一齣《八仙過海》，以替代久演不換的《虹橋贈珠》。這才突破了有關「八仙」戲的禁忌。

19.《瞎子逛燈》

劇名：《瞎子逛燈》或《逛燈》。

劇情：這是一齣專為墊戲用的小戲，無頭無尾，早已不很流行。故事是講某年元宵節，大放花燈，普天同樂。某寺的一個和尚去請他的一位瞎子朋友，一起前來觀燈。和尚一路捉弄瞎子，二人插科打諢說笑話，給觀眾開心逗樂，也給劇場營造出一種歡樂的氣氛。

禁與解禁：此劇可長可短，但憑後臺管事指揮，往往攔腰打住，二人下場，正戲開鑼。據學者考證，此劇並非全無出處，《瞎子逛燈》是連臺本戲《目蓮救母》中的一折。河北梆子、同州梆子也有此劇。劇中的和尚和瞎子多由二三路小丑飾演。1949 年 3 月，此戲被中國人民解放軍北平軍事管制委員會宣布為禁演劇目。

20.《盜魂鈴》

劇名：《盜魂鈴》，亦名《八戒降妖》，或名《二本金錢豹》。

劇情：唐三藏師徒四人前往西天取經。一日，行經一山，三藏命八戒前行探路。八戒見山岡上有茅屋數間，有一年輕女子在門前嬉戲。八戒生性好色，與之調侃挑逗，藉口中乾渴，乞取茶水。這女子乃是妖怪金鈴大仙化身，她將八戒邀入內室。內室桌上置有寶鈴一個，光芒四射，舉手搖動，可以攝人之魂。八戒知是妖怪之物，但自身已進妖怪之門，抽身不得。就胡編濫唱地唱了幾段京劇。乘女妖不備，將寶鈴盜出。女妖拼力追趕，八戒幾被圍困。幸好行者趕至，戰退女妖，把八戒救了回來。

《盜魂鈴》劇照，著名京劇表演藝術家李宗義飾豬八戒，
李慧芳飾妖精，攝於 1975 年。

　　禁與解禁：這齣戲無甚情節，《西遊記》中也沒有這一段故事。乃是藝人
濫編之作，亦無甚精彩。但每每貼演，場場客滿，推其緣故，本應武丑飾演的
豬八戒，皆由鼎鼎大名的老生串演，故具有一定魔力，深入人心。譚鑫培在
中年時，演出此戲最為拿手，他能盡其所能，隨意模仿別人的唱腔、唱段，更
擅長於反串，賣弄噱頭。據《俠公談戲》稱：「譚扮此自行勾臉，自臺上視之
極耐睹，其後乃婿王又宸演三本《金錢豹》亦效前法，蓋是戲八戒重唱，不能
按普道戴假嘴，當如斯」（見《立言畫刊》1943 年第 226 期）。其後，不少演
員爭相仿傚，花樣百出。有的演員在開打時，豬八戒還要從四張桌上翻下，
更是得采。而沒有武功的演員，則不敢輕易嘗試。這種玩笑戲，也可以說是
大角們的「歇功戲」，演起來無一定規制，無一定要求，可以隨意唱來，以博
觀眾一笑，更沒有什麼意義。1948 年，北平和平解放時，解放軍文化接管委
員會就把此劇禁演了。

　　如果說到此劇的解禁，則是李宗義和李慧芳在 1975 年拍攝「內參電影」
時，才突破樊籬，率先開禁的。

21.《陰陽河》

劇名：《陰陽河》，一名《賞中秋》、《地府尋妻》或《西川奇聞》。

《陰陽河》劇照，著名京劇表演藝術家程硯秋飾李桂蓮，攝於 1927 年。

劇情：山西代州商人張茂深將往四川經商，時值中秋佳節，他與妻子李桂蓮一起飲酒賞月。醉後二人在月下交歡。淫穢之舉，冒犯了月宮的神仙。次日，張茂深出門趕路，李桂蓮在家即得了暴病，被小鬼攝去了魂魄。張茂深到達四川之後，一日行至陰陽界口，見到一個女子在河邊擔水，十分辛苦。遠看特別像是自己的妻子，心中生疑，回到店中向店主詢問。店主告訴他，所見的女人名叫李桂蓮，新近嫁給鬼役李目為妻，就在河畔居住。張茂深得知是自己的妻子，哀痛欲絕，便再次去到河邊尋找。在一處陋室外夫妻相遇，悲痛萬分。正在相擁痛哭之際，鬼役李目忽然歸來，一見大怒。李桂蓮忙向他解釋，稱張茂深是自己的兄長，李目轉怒為喜，置酒款待。第二本為《還陽》，很少有人演出。

禁與解禁：這齣戲原為秦腔、梆子的傳統戲，被「老萬盞燈」翻成南梆子，成為一齣精彩的京劇花旦跌撲戲。一些名宿，如朱琴心、徐碧雲、筱翠花及刀馬旦如宋德珠、毛世來、閻世善等均擅此劇。前面「跑鬼」，後邊「挑水」，都有很複雜的身段表演。圖中有程硯秋一幀未成名之前演出的劇照。成名之後再也沒有演出此劇，所以十分罕見，刊印於此，藉以說明程先生不僅唱功好，武功亦好。

此戲因為內容荒誕迷信，1948 年被中國人民解放軍軍管會宣布禁演，從此，這齣戲就消失於舞臺了。筆者第一次看此戲的時候是在 1986 年，山西運城地區蒲劇團在北京民族宮的演出，算是此劇的解禁吧。

22. 《十八羅漢收大鵬》

劇名：《十八羅漢收大鵬》，原名《獅駝嶺》。

劇情：唐僧一行四人西天取經，路經獅駝嶺，遇青獅、白象和大鵬阻路，孫悟空大破陰陽瓶，力降青獅、白象以後，中了大鵬之計，師徒四人被擒。孫悟空設法逃脫，請來了十八羅漢，經過一番激戰之後，終於降伏三妖。金翅大鵬原本是如來佛身邊之護法神雕，青獅原是文殊菩薩坐騎，白象為普賢菩薩坐騎。最後，皆為眾菩薩一一收回。唐僧師徒始得繼續向西方前進。

禁與解禁：這齣戲最早是由李萬春先生改編上演的一齣武戲。李萬春飾大鵬金翅鳥，在化裝上發明了「雕盔」，「穗子大鵬坎」；開打中又加入了許多新穎的套路和出手，十分精彩。公演後，不少劇團也爭排此戲。據說，彼時尚在東北的張世麟，化了裝去劇場觀摩、「偷戲」。歸來後，又增加了很多「私玩

意兒」，演得比李萬春還火爆。有一次，兩個團遇到了一起，索性都貼這一戲碼，打起了對臺。氣得李萬春把這齣戲「掛」起來，從此不演了，自己又排了一齣《真假美猴王》。

1949 年 3 月，北平軍事管制委員會把這齣戲劃為「提倡神怪迷信」之列，宣布禁演。二十世紀五十年代，張世麟響應政府「關於淨化舞臺」的號召，率先把神話戲中慣用的「火彩」，如「地出溜」、「連珠炮」、「倒栽蔥」等一併去掉，重新排演了此劇，使之成為張世麟的一齣代表劇目，曾多次出國演出。

23.《二十八宿歸位》

劇名：《二十八宿歸位》，或《打金磚》。

《二十八宿歸位》（《打金磚》）劇照，著名京劇表演藝術家譚元壽飾劉秀，攝於 1996 年。

劇情：東漢時期，姚期之子姚剛打死太師郭榮，郭榮之女郭妃哀求光武帝劉秀治姚剛之罪；無奈姚期為開國功臣，劉秀已有「姚不反漢，漢不斬姚」之約，故免了姚剛死罪，發配充軍。姚期欲解甲歸林，光武堅持挽留。姚期深知劉秀飲酒無度，恐被郭妃加害，以「戒酒百日」為留任條件，劉秀欣然應允。郭妃見父仇未報，用計勸劉秀飲酒後，宣姚期進宮，向郭妃賠罪。郭妃趁

劉秀喝得爛醉，藉故誅殺姚期。鄧禹保本不成，撞死金階；其他開國元勳上殿保本，亦一一判處死刑。馬武聞訊趕至，喚醒劉秀，但並未能止住刑戮，二十七名開國功臣全部喪命。馬武深悔自己無能，以金殿前的金磚砸頭自盡。金磚落地之際，還砸死內侍一名。待劉秀酒醒，方知大錯，在太廟設立靈堂祭奠諸臣。祭拜之時，只覺陰風慘慘，寒氣森森，劉秀自知濫殺功勳，天地難容，眼見冤魂索命，精神渙散，卒至分裂。最後，摔死在太廟之中。老先生在教授此戲時，有的說，劉秀上了郭妃的當，誤殺了功臣。也有的說，是劉秀奪得江山後，唯恐大臣功高欺主、大權旁落，而蓄意誅殺功臣。他是假借酒醉，故意縱容老婆大開殺戒。

禁與解禁：這齣戲是當年王九齡的拿手戲。王死後，數十年無人能唱全齣，面臨失傳，後王泊生重排此戲，去蕪存精，頗為可觀。「歸天一場，空中見姚期、岑彭、鄧禹、馬武等勳臣索命，每見一人，使一掉毛，摔一個僵屍，唱作並重，苟非年力充裕，萬難勝任。」「戲中描寫封建帝制之威權、任所欲為，忠臣莫擋，昏君誤國，至演出殺宮歸天、身亡國破之慘劇，意義深刻、感化人心豈淺顯哉。此戲不愧為皮黃藝術偉大之結晶，而對封建制度之誤，尤寓警惕之意。」（見《立言畫刊》1940 年第 117 期《舜九談戲》）

1949 年 3 月，解放軍進駐北京時發布公告禁演此戲，理由是「宣揚迷信」。次年，王泊生以為國民黨「竭忠賣命」，是一個文化特務之名被捕入獄，其趙登禹路的私宅改為戲曲學校，後為評劇院院址。《打金磚》一劇因為有「皇帝濫殺功臣」的政治忌諱，一直禁演了三十多年。

文化大革命後，朱秉謙將這齣戲進行了一種「粉飾」性的改編，把昏君的蓄意屠戮功臣的情節，改成了忠臣之間的一場誤會。「開國功臣在總理大臣鄧禹的保護下，一個也沒死，二十八位『革命戰友』在太廟來了場『大團圓』」，臺上臺下都「虛驚一場」，起名為《漢宮驚魂》。李光飾劉秀，這樣一齣戲竟也演了好幾十場。倒是上海的紀玉良與王正屏在 1978 年 9 月 9 日，把這齣戲原汁原味地排了出來，演出於黃金大舞臺。筆者以為，如果說這齣戲的解禁，應該以這次演出為起始。

24.《唐明皇遊月宮》

劇名：《唐明皇遊月宮》，亦名《唐王遊月宮》或《夢遊廣寒》。

劇情：《唐逸史》載：唐開元年間，中秋之夜，方士羅公遠邀玄宗遊月宮，擲手杖於空中，即化為銀色大橋。過大橋，行數十里，到達一大城闕，

橫匾上有「廣寒清虛之府」幾個大字，羅公遠對玄宗說：「此乃月宮也」，見仙女數百，素衣飄然，舞於廣庭中。玄宗默記仙女優美舞曲，回到人間後，即命伶官依其聲調整理出《霓裳羽衣曲》傳於後世，成為千古佳話，月宮從此也有「廣寒宮」之稱。還有一說是，《唐明皇遊月宮》雜劇係白樸所作，寫馬嵬坡之後，唐玄宗思念楊玉環，抑鬱成疾。在方士的引導下，與玉環在月中相會。

但是，民國時期演出的《遊月宮》並非此戲。據尚長春講：「這齣戲的前半部分是傳統戲《嫦娥奔月》，後半部分是按照小說編寫的：唐王坐在御花園的石凳上打盹兒，夢遊仙界，被嫦娥請至月宮，飲酒觀舞，最後醒來發現是個夢。」（見《尚小雲與榮春社》）

禁與解禁：1949 年 3 月，此劇被指控為「提倡神怪迷信」，被解放軍文化接管委員會宣布禁演。

25.《劉全進瓜》

劇名：《劉全進瓜》

劇情：故事出自《西遊記》第十一回《還受生唐王遵善果‧度孤魂蕭瑀正空門》，也見於清人《釣魚船》傳奇。早年是上海著名武生張翼鵬排演的一齣大型連臺本戲，首演於榮記大舞臺。《劉全進瓜》是其中的一折。故事寫唐太宗還魂後，出榜徵求能到冥府進瓜的使者。劉全因妻李翠蓮自縊身死，已無生趣，便應徵前往，太宗允之。劉全到了陰曹地府，見過十殿閻君，進上瓜果。閻君起身致謝，欲使其還魂。劉全將其妻李翠蓮縊死之事如實稟告，閻王憐其精神可嘉，遂賜李翠蓮起死回生，重回人間。但李翠蓮的屍身已腐，於是，借太宗妹玉英公主之身還魂。太宗得知後，即以妹妹許配劉全為妻。

禁與解禁：魯迅先生在《雙十懷古》一文中，抄錄了 1930 年 10 月 4 日上海報紙的標題，記錄了當時齊天大舞臺始創傑構積極改進《西遊記》，準中秋節開幕（見《準風月談》）的廣告，可知此戲當時演出之盛，連不常看戲的魯迅都驚動了。

據當年《申報》報導：「迨新排之第一本《西遊記》公演，尤無夜不賣滿座。現該臺為滿足各界顧曲之欲望起見，增聘坤角古裝青衣、花衫韓素秋，程派青衣花衫小白牡丹、韓素蘭，及神童武生李堃森等南來」，以襄助張翼鵬，使該劇陣容更與強大（見 1935 年 6 月《申報》《大舞臺新聘名伶

排演〈西遊記〉）」。文中所指，韓素秋和小白牡丹在《劉全進瓜》一折中，分別飾演李翠蓮和玉英公主。此劇公演之後，流傳很廣。不少劇團紛紛傚仿。李萬春在排演全本《西遊記》時，把此折戲編得更加誇張。還在戲中加入陰曹地府、十殿閻君；牛頭馬面，魔怪亂舞。北平和平解放之際，軍管會在《北平新民報》上宣布禁演了這齣戲。此後的數十年間，再也沒有恢復。

26. 《崑崙劍俠傳》

劇名：《崑崙劍俠傳》，一名《青門盜綃》或《紅綃》。

劇情：故事出自唐段成式《劍俠傳》、明梅鼎祚《崑崙奴》雜劇以及兼述紅線故事的《雙紅記》傳奇。寫唐代書生崔芸（一作崔慶）奉父親之命，前去探看汾陽王郭子儀的病情。郭子儀留宴，且有一歌姬紅綃侍宴。席間，二人眉目傳情，互生愛慕。臨行前，紅綃以手語向崔暗示。崔回府後，思念紅綃而又不解其意。其僕崑崙奴名磨勒，有劍術，勘破了紅綃的手語之謎。於是，鼎力相助，乘夜入府，盜出紅綃，與崔芸一起偕逃。郭子儀知後而不追究。數年後崔芸偕紅綃同遊曲江，為郭府家將所見，欲劫紅綃回府，又被磨勒所敗。郭子儀喜愛磨勒的武藝，欲向朝廷薦舉。磨勒堅辭，並引崔芸與紅綃一起見郭子儀。子儀一笑，前嫌盡釋。

禁與解禁：此劇為尚小雲在二十世紀三十年代編寫並演出的「劍俠戲」。他在劇中將紅綃塑造成一名有膽有識、亦文亦武的古代俠女，唱、念、做、打，均有創新，成為一齣「尚派」名劇。

大概是因為劇中的磨勒和紅綃飛簷走壁、荒誕不經之故，在 1949 年 3 月25 日解放軍進城後，此劇被定為禁戲，布告於《北平新民報》上。

27. 《青城十九俠》

劇名：《青城十九俠》

劇情：西川雙俠張鴻、呂偉二人，因為搭救書生陳敬出險，與七首真人毛霸結仇。明亡之後，張鴻殉國，呂偉攜女靈姑隱藏在莽蒼山中，打獵為生，以避亂世。毛霸尋仇至此，用朱砂掌打死呂偉。靈姑用手指掘穴，兜土為墳，葬了父親。俠僧軼凡，指點她投至劍俠鄭顛仙門下，學成奇術，下山報仇。毛霸的門徒吳玉、王升無惡不作，夜入府衙採花，殺死小姐。更夫劉三涉嫌入獄，其妻欲自盡，被靈姑救了。靈姑擒拿吳玉，又助知府陳敬擒獲王升。勘明

緣由，更夫劉三無罪釋放。毛霸在貴州擺下都天陣，欲擒青城十八俠。靈姑前往破陣，救出諸俠，斬殺毛霸，為父親報了仇恨。

《青城十九俠》劇照，著名京劇表演藝術家尚小雲飾靈姑，攝於 1925 年。

禁與解禁：故事見於近人所作的武俠小說《蜀山劍俠傳》，經過尚小雲編演，搬上舞臺。因為彼時社會上的茶園書社，電臺評書，很流行武俠公案小說，《蜀山劍俠傳》亦在日日播講之中。此戲一出，甚是轟動。因靈姑的唱、做皆有創新的獨到之處，此劇也成為尚小雲的又一本戲。

據說這類本戲，尚小雲有「百十餘齣之多。對於這一點，過去報刊上有捧的，也有罵的。罵的說，他沒有一齣『正兒八經』的傳統戲。」其子尚長榮解釋說：實際上，尚小雲的傳統戲基礎相當好，質量也高。但是他「非常懂得，如果僅僅演傳統戲，甚至因循守舊，沒有自己的創造，就不能獨樹一幟、有自己的特色，」也就不會形成「尚派」的藝術風格（見《京劇談往錄續編》尚長榮文《尚小雲與榮春社》）。

但是，這些戲中免不了有「忠、孝、節、義」的內容，若用革命的尺子一衡量，自然都成了「封建糟粕」。1949 年初，《青城十九俠》被軍管會列為違禁劇目之一，明令禁演。建國以後，此劇再也沒有恢復。

28.《封神榜》

劇名：《封神榜》

連臺本戲《封神榜》劇照，著名京劇表演藝術家小楊月樓飾妲己，攝於 1924 年天津。

　　劇情：戲劇給《封神榜》搭起了宏大的舞臺。清代內宮昇平署的戲單上，原本就有許多「封神劇目」。每到年節慶典，必定傳喚藝人進宮，與宮中的戲班一起聯合獻演，以博皇太后、皇帝和王公大臣們的歡笑。為了使劇中的神、鬼、人各展其妙，紫禁城和萬壽山的大戲臺都要修成多重樓閣的模樣，內置機關布景，以便神仙飛昇、妖魔幻化。《清宮詞》中有夏仁虎作的《大戲臺》一詩，他動情地寫道：

　　　　煙火神奇切水排，日長用此慰慈懷；

宮中百色驚妖露，宜有紅蓮聖母來。

詩後有小注一則云：「頤和園戲臺皆用奇巧機關為砌末，神自雲端，人行臺上，鬼自地湧出。所演率《西遊》、《封神》諸劇，深入人心。」

同樣，《封神榜》更廣泛地活躍於民間劇場、市井茶樓和農村的舞臺之上。崑戈班、草臺班、社戲、社火、皮影、木偶的劇目中，也都有「姜太公釣魚」，「黃飛虎造反」、「聞太師大回朝」等火爆的節目。

二十世紀二十年代，已負盛名的麒麟童（周信芳）在天蟾舞臺推出了大型連臺本戲《封神榜》，一舉轟動上海。報人劉豁公在描述這齣獨一無二的神怪大戲時寫道：

> 劇院「犧牲鉅萬金錢，購置全新行頭，特別機關布景，陸離光怪變化無窮。類如金碧輝煌之宮殿，八九尺高之長人；軒轅墳妖狐出現，當場化為骷髏三具，又變美女三人；洪鈞老祖至靈宮說法，一霎時宮殿變為大海，上有葫蘆口出青煙，煙內站立神仙數十人；老君所騎之青牛，元始天尊之坐騎，口內均吐蓮花，花上更立多人；申公豹殺頭還原，摘星樓火燒琵琶精，明明是一美女，忽然變作琵琶；五龍橋子牙跳水，騎龍上天等等，可謂極神奇之變化之能事。演員如麒麟童之姜子牙，小楊月樓之假妲己；劉漢臣之蘇護，王芸芳之妲己，高百歲之宋異人，劉奎官之申公豹，潘雪豔之女媧，琴秋芳之宋奎郎，董志揚之商紂，可謂極一時之選。此誠破天荒之神怪好戲也。」（見 1928 年 8 月 30 日《申報》載《天蟾舞臺〈封神榜〉之特色》）

禁與解禁：1949 年，和平解放北平之後，軍管會為了整肅社會環境，於 3 月 25 日對此戲宣布禁演。因為它宣揚「神怪迷信」。建國以後的 1959 年，中國京劇院抽出此劇的部分內容，重新編寫了《摘星樓》一劇，在人民劇場公演，也算是對《封神榜》一劇有限度的解禁吧。

29.《飛劍斬白龍》

劇名：《飛劍斬白龍》，亦稱《呂洞賓飛劍斬黃龍》。

劇情：故事出自神怪小說《飛劍記》第五回《呂純陽宿白牡丹・純陽飛劍斬黃龍》。講呂洞賓道心未堅，引誘春心萌動的良家少女白牡丹以採陰補陽。白牡丹聽了呂洞賓的調戲之言，馬上想到要趁此機會盜取他的元陽。她與呂洞賓通宵達旦，兩相採戰，但三夜不能使呂洞賓精泄。何仙姑暗點牡丹，賜

予奪生奇方，可以駐顏益壽。功行完滿，便可返本歸仙。同樣是陰陽雙修的黃龍禪師，白牡丹卻唯恐避之不及。據稱黃龍真人神通道業第一，屢受上帝敕封，也赴過蟠桃大會，他與四海龍王是拜把子兄弟，法力無邊。白牡丹在父親嚴命之下不得不拜這個「專好女色」的黃龍為師，但又不願委身於「專一採陰補陽」的黃龍真人。呂洞賓讓山雞幻化為白牡丹戲弄黃龍，另一方面又與白牡丹采戰宴水閣，但白牡丹已得真傳，使呂洞賓失去元陽。呂洞賓惱羞成怒，用飛劍將前來興師問罪的黃龍真人斬了。

禁與解禁：這一齣宣傳道教的清修與雙修之爭的戲，把道教的陰陽採補當成了縱慾享樂的一面旗幟。呂洞賓在見到白牡丹時唱道：「我就是採花一散仙，今日若能夠成婚配，好似那仙女會巫山。」為了早得真陽昇天，白牡丹縱身投入呂洞賓的懷抱。從劇本提示中的「生比同睡式介」、「旦繫裙介」等可知，演員要在舞臺上表演一系列象徵男女交合的雲雨動作，實有不雅。因之在清代就被列入《永禁淫戲目單》，但演劇者多以變換戲名、偷樑換柱，繼續搬演。《飛劍斬黃龍》也好，《飛劍斬白龍》也好，基本上都是《三戲白牡丹》的翻版。

這齣戲最紅火的演出是在二十世紀二十年代中葉，以名伶碧雲霞飾演的白牡丹最為佳妙。「蓮步姍姍，一出臺而采聲雷動。扮相妖豔明媚，綽約若仙子。美目流盼，尤令人心醉。」（見 1926 年 3 月 29 日《申報》）後來，凡演出此戲者，大都因循碧雲霞的路數。

1949 年，解放軍一進北京城就把這齣戲禁了。

30.《反延安》

劇名：《反延安》，又名《延安關》或《雙陽產子》。

劇情：宋代名將狄青，自外邦盜回珍珠烈火旗和日月驪驪馬後，奉獻皇帝御覽。但此二物皆被政敵丁謂識出，全是贗品。丁謂奏知皇帝，要問狄青「欺君」之罪。皇帝念狄青有功，將他發配嶺南充軍。而丁謂假傳聖旨，要把狄青斬首。八賢王和龍圖閣大學士包拯識破了他的陰謀，把狄青留於府中，才又改為發配。雙陽公主自從與狄青分別返國之後，其父母已被海飛雲殺死。雙陽公主自立為王，恨狄青一去不返，託國於老臣波羅，自己親率兵眾進犯延安。宋帥楊宗保出戰不勝，急調狄青來到關前助戰。狄青部將季青、張仁、李義代狄青向雙陽公主求和，夫妻二人言歸於好。此時海飛雲與狼天印發兵追至，狄青、雙陽二人奮戰，大敗敵軍，斬了海飛雲與狼天印，收回真的珍珠

烈火旗和日月驌驦寶馬，得勝回朝。

禁與解禁：這齣戲是王瑤卿所編《珍珠烈火旗》一劇的續篇，從內容來說，故事應出於《五虎平西全傳》。但是仔細翻閱該書，卻沒有這一情節，乃是藝人們的杜撰之作。川劇、秦腔、河北梆子、豫劇都有此劇目。

1949 年春，中國人民解放軍北平軍事管制委員會以此劇「提倡神怪迷信」，而明令禁演此劇。其實，此劇從內容方面說來並無大礙，所以被禁，是劇名「反延安」十分犯忌而出了問題。因為，延安是中國共產黨的革命根據地。只要一看劇名，就會使人想到「胡宗南佔領延安」一事。而且在 1949 年，共產黨的先頭部隊剛進入北平，貼演此劇不僅不吉利，而且有反動之嫌，所以要予以取締。數年之後，這齣戲經過重新編排整理，改名為《雙陽公主》，才得解禁。

31.《胭粉計》

劇名：《胭粉計》，亦稱《上方谷》、《火燒葫蘆峪》、《六出祁山》。

劇情：蜀漢丞相諸葛亮率兵六出祁山，屢建奇功。魏將司馬懿屢戰屢敗，決意固守，不再出兵應戰。諸葛亮便於上方谷（一名葫蘆峪）鋪設地雷、柴草，遣魏延前去誘敵，並且詐敗，引司馬父子深入上方谷，使他們中計。一時間，四面伏兵殺出，燃起大火，烈焰熊熊，燒得魏兵走投無路。眼看全軍覆沒，天氣驟變，降下暴雨，使得地雷受潮失效，火被撲滅。司馬父子得以脫險，退據大營，再不敢出。諸葛亮遣使至魏營，故意送去許多胭粉、釵裙，用以污辱司馬父子膽怯。司馬懿不僅不生氣，笑而收納，甚至穿戴起來，不以為辱。司馬向來使探詢諸葛亮的起居近況，使者據實以告。司馬懿知悉諸葛亮食少事繁，料難長壽。是年，諸葛亮果因操勞過度，歿於軍中。

禁與解禁：此戲取材於《三國演義》第一百零三回《上方谷司馬受困‧五丈原諸葛禳星》。彼時，蜀軍已是強弩之末，孔明也已經是垂死之人，司馬懿對他的「胭粉計」不就範，反弄得諸葛無計可施。作者不忍這位英雄這樣辭世，又給諸葛安排了一個「禳星求壽」，甚至死後都要嚇司馬懿「一跳」。從而使蜀軍安全撤歸蜀中，這便是《胭粉計》的後半部《七星燈》。高慶奎最擅此劇，其傳人李和曾也經常貼演。

建國前夕，北京文化接管委員會將《胭粉計》列為禁演劇目。理由是「禳星求壽」「提倡迷信」。

32.《紅娘》

劇名：《紅娘》

劇情：《紅娘》就是《西廂記》的故事，不過主人公以紅娘為主，自始至終，貫穿到底。故事見於唐元稹《會真記》，金董解元《玄索西廂》和元王實甫《西廂記》。二十世紀二十年代中葉，陳水鍾和荀慧生一起將之改編為京劇演出，從「遊殿」起到「拷紅」止，是一齣「荀派」的代表作。

禁與解禁：梅蘭芳、尚小雲、程硯秋、荀慧生，「四大名旦」皆出於「通天教主」王瑤卿門下。而他們的師傅是怎麼評價這四大弟子的呢？據說他曾經很明瞭地「一言以蔽之」：即梅蘭芳占一個「相」字；尚小雲占一個「棒」字；程硯秋占一個「唱」字；荀慧生則占了一個「浪」字。荀慧生是「四大名旦」中一個活潑可人的花旦。花旦的「浪」，指的是他的表演舉止爽利，喜笑顏開，出來就是滿臺飛舞，像穿花蝴蝶一樣好看。

荀慧生的念白柔媚婉轉，生動調皮；他的唱腔瀟灑流暢，柔媚多變。當年，紅娘的主要唱段「看小姐做出來許多破綻」，「小姐呀，小姐你多風采」，「叫張生隱藏在棋盤之下」，「這兄妹本是夫人話」等等，好似今日的流行歌曲一樣，曾迴響在全國各地的大街小巷。也正因為如此，荀慧生的戲多被冠上一個「粉」字，《紅娘》更是「粉」中的典型。1949 年 3 月，《紅娘》被冠以「提倡淫亂思想」的罪名，被軍管會明令禁演。

建國以後，荀慧生先生因上了年紀、日益發胖，《紅娘》一劇儘管已自行解禁，但也很少上演。在「四大名旦」中，荀慧生是唯一沒有留下任何影視資料的大藝術家。倒是他的弟子趙燕俠拍有一部彩色戲劇片《紅娘》，但未及公演，就被「革命的巨浪」掀到爪哇國中去了。至今，連拷貝也沒有留下。

33.《也是齋》

劇名：《也是齋》，又名《皮匠殺妻》或《百萬齋》。

劇情：城中有一個皮匠開了一個鞋鋪，皮匠做鞋，皮匠老婆站櫃臺。朝邑書吏岳子齋假裝買鞋，與皮匠老婆調情，二人成奸，被皮匠的弟弟楊盛公看破。私下裏說與皮匠，二人定計捉姦。一日，皮匠老婆與岳子齋幽會，他兄弟二人打進房來。楊盛公一刀殺死岳子齋，二人又追殺皮匠老婆。皮匠老婆披頭散髮，穿著小紅襖，敞著懷，露著大紅兜肚，滾在地下乞求饒命，皮匠有些不忍，而其弟楊盛公分外兇狠，一刀將皮匠老婆殺死，並且割下頭顱，二人去官衙投案自首。

　　禁與解禁：這是一齣「血粉戲」，由兩個小丑、一生、一旦擔綱演出。全劇沒有什麼唱，都在於表演。尤其最後一場戲，旦角披頭散髮，在兩名持刀男人的追逼下，一通跌、撲、滾、捽，翻跟斗，走跪步、蹉步、五龍攪柱，劇情緊張，十分吃功。沒有武功的花旦是難以勝任的。前有筱翠花，後有毛世來，皆以此劇為能戲，紅極一時。劇中的岳子齋是個有文化的淫棍，蓄意勾引婦女，是邪癖丑應工。而皮匠一角凶憨癡愣，愚不可及，則是由武二花和丑角兩門抱。楊盛公為武生扮演。演員要功力老到，尤其在皮匠殺人之前，見老婆哭得可憐，復生惻隱之心，三人編褂子，漫頭，與老婆的一抱、二抱、三抱，情之無奈，護之不及的一連串動作和表情，非一般小丑所能演得。有的劇團在演出此劇中，在殺人的情節中也加入「血彩」，使舞臺氣氛十分恐怖。

　　該劇在 1949 年 3 月，被解放軍北平軍管會列入為色情兇殺戲，明令禁演。

　　據說，此劇原名《百萬齋》，是以戲中鞋鋪的字號名之。這一劇名，在民國年間還出過法律糾紛。有一鋪戶賣的也是鞋，也叫「百萬齋」，掌櫃的不在家時，也是由內掌櫃的招呼買賣。掌櫃的告戲班咒他黴頭，戲班無可辯白，就把店名改做「也是齋」。因此，此戲也貼《也是齋》。

34.《遺翠花》

　　劇名：《遺翠花》，亦名《翠香寄簡》。

　　劇情：故事無出處可考，也無朝代可查，寫一名姓秋的書生，因見到某一富戶家的小姐生得美麗，便思慕成病。富家小姐也喜愛這書生，就派遣丫環翠香暗通信束。不想翠香也愛這書生，藉此機會與書生挑逗傳情，並故意贈送翠花一支，以為信物。是夜，翠香引秋相公潛入富戶家中，與小姐相會。二人正欲成就好事之時，老夫人不期而至，發覺此事，心中大怒，欲將秋相公送官治罪。翠香跪下代他二人求情。老夫人也無可奈何，命秋相公從速進京應試。約定，中試後方可成婚。又命翠香取出銀兩相贈，助以川資。整個故事與《西廂記》如出一轍。川劇、滇劇、秦腔、漢劇、河北梆子均有此劇目。

　　禁與解禁：此劇雖屬抄襲之作，本無可取之處。但演員表演得活潑生動，也就流傳了下來。民國初年，推賈璧雲所演最為上乘。曩時，毛韻珂亦頗拿手，其後，這齣戲已很少上演。「四小名旦」毛世來獨自挑班時演過此戲。有

識者認為，這齣戲必須改良，否則將每況愈下。1949 年春，這齣戲也被納入禁戲之列。

《遺翠花》劇照，著名京劇表演藝術家
筱翠花（于連泉）飾翠花，攝於 1925 年北京。

35.《胭脂判》

劇名：《胭脂判》，亦名《龔王氏》。

劇情：這齣劇出自《聊齋誌異》卷十四《胭脂》。京劇稱《胭脂判》，評劇則稱《夜審周紫琴》，河南曲劇和越劇則稱《胭脂》。故事寫東昌牛醫卞氏女胭脂與鄰婦龔王氏交好，胭脂見少年鄂秋隼而生感情，遂告知龔王氏。龔王氏擬代其撮合，但是，她又把此事暗自告知了情夫宿介。宿介生性拈花惹草，遂冒秋隼之名，黑夜來見胭脂。胭脂拒絕他，他便脫其繡鞋而去。不想中途將繡鞋失落，歸來又告知了龔王氏。而這些話又都被毛大聽見，路上毛大又拾得了這隻繡鞋。便大膽地去尋胭脂，因路徑不熟，誤入卞翁房內。卞翁驚

醒，大怒追之，毛大失措，竟將卞翁殺死。卞母見鞋，逼問胭脂，胭脂述其原委，疑是秋隼所為。告到當官，吳縣令逮問秋隼，得知其中因由。接著，又逮捕宿介及龔王氏。宿介供出經過，被判死罪。學使施潤章聞而生疑，再審，用計勘察出毛大才是真凶，於是赦免宿介，判胭脂與鄂秋隼成婚。情節基本如前所述《夜審周紫琴》相同，只是劇中人的姓名不盡相同而已。

禁與解禁：二十世紀三十年代，計斌慧和筱翠花曾貼演此劇，是以龔王氏為主角，其餘角色次之。此角以潑辣旦應功，把龔王氏這一世俗人物刻畫得入骨三分，稱為一時翹楚。1949 年 3 月，此劇被定為「淫亂」戲，明令禁演。

1959 年，荀慧生劇團把這齣戲重新改編為以胭脂為主，取名為《胭脂判》。但沒演多久，就又掛了起來。

36.《盤絲洞》

劇名：《盤絲洞》

劇情：故事取自《西遊記》第七十二回《盤絲洞七情迷本・濯垢泉八戒忘形》。講唐僧師徒在西天取經的路上，途經女兒國。女兒國國王因愛慕唐僧，向其求婚卻遭到拒絕。盤絲洞中兇狠的蜘蛛精依仗妖術，攝去了女王的靈魂，借用女王嬌美的身軀，迷惑豬八戒，擄走唐僧。蜘蛛精百般蠱惑唐僧，可始終未能實現與之成婚的邪夢。孫悟空為搭救師傅脫險，變為女身，潛入妖窟。又搬請雞神下界，力降群魔，終於戰勝了蜘蛛精，救出師傅，重新走上通往西天的道路。

禁與解禁：1919 年，荀慧生首次來上海，以《花田錯》打頭炮，一舉成名。1923 年他在上海亦舞臺演出了《盤絲洞》，在「戲僧」一場戲中飾演蜘蛛精。他為妖冶的蜘蛛精設計了一套肉色緊身衣、外繫大紅繡花肚兜，藉以突出表現蜘蛛精以狐媚誘人的淫浪之態。在燈光布景流行的上海，這齣戲紅得發紫。次年又拿到北平演出，同樣造成轟動。在舞臺上穿緊身衣，繫肚兜這一個扮相，乃是荀慧生的一大發明。後來，很多劇團紛紛傚仿。老白玉霜的《拿蒼蠅》也是從這裡學來的。

建國前夕，《盤絲洞》被定為「提倡淫亂思想」而列為有「毒」的壞戲之一，公布報章，通告禁演。

《盤絲洞》劇照，著名京劇表演藝術家
荀慧生飾蜘蛛精，攝於 1930 年上海。

37.《拾黃金》

劇名：《拾黃金》，又名《財迷傳》或《花子拾金》。

劇情：此劇脫胎於崑劇《羅夢》，然其立意，則比《羅夢》又高出十倍。講一個名叫范陶的叫花子，在天寒地凍之際，上街乞食。無意中在雪裏拾得黃金一錠，喜出望外，走火入魔，驟然間犯了財迷之症。忽而哭，忽而笑，忽而指金怒罵，忽而握金狂喜；喜怒哀樂之情，藉此劇發揮得淋漓盡致。

這齣戲雖是一齣丑角擔綱的獨角戲，也沒有什麼情節。演時可長可短，或作為開鑼戲，或墊在大戲之間，便於後臺演員換場更衣。戲雖不大，但是寓言諷世，寄慨甚深，其意誠不可沒。道白之中的冷嘲熱諷，足使銅臭驕人，聞之耳慚，見之心愧。早年間，李百歲最愛唱這齣戲，而且演得最工。

禁與解禁：此戲也屬於串戲之一種。與《戲迷傳》很相似。川劇、徽劇、湘劇、秦腔、河北梆子均有此劇目。解放軍進城之後，認為這種戲是「拿窮人開心」，「侮辱醜化無產階級」，特於 1949 年 3 月 25 日宣布禁演此劇。這一公告被貫徹得很徹底，建國以後，從無此戲演出。

38.《鐵冠圖》

劇名：《鐵冠圖》

劇情：《鐵冠圖》作者已佚名，大約是清初梨園藝人按邊大綏的《虎口餘生》、曹寅的《表忠記》，以及其他敘述明末崇禎皇帝殉難事蹟的作品集合而成。情節真偽錯雜，幾惑正史。最後以鐵冠道人與劉基說明畫圖三幅，以作收束，故名《鐵冠圖》。故事講李自成在陝西米脂縣起義，知縣邊大綏掘其祖墳。李自成屢破官軍，但一度為孫傳庭所敗，再轉攻山西。巡撫蔡懋德與寧武關守將周遇吉頑抗，兵敗後自盡身亡。李自成進逼北京，守城官兵皆不願戰，太監杜勳來降，崇禎帝自縊煤山。李自成軍進京以後，強征暴斂，驕奢淫逸，劉宗敏搶佔了吳三桂的愛妾陳圓圓。三桂聞之，一怒衝天，遂請清兵入關。李自成戰敗，退出北京，最終，戰死九龍山下。

禁與解禁：《鐵冠圖》一劇，篇幅浩大，其中包括很多戲，如《闖王進京》、《煤山恨》、《陳圓圓》、《請清兵》、《別母亂箭》、《刺虎》等等。因為此劇作者是站在封建統治階級立場上進行創作，對「闖王」、對農民起義軍多有歪曲和針砭。稱李自成、劉宗敏等皆是匪寇，並鼓吹反動氣節，絕不向「新政權」屈服。因此，在北平和平解放之初，解放軍北平軍事管制委員會，就以文化接管委員會的名義宣布《鐵冠圖》為禁戲，不准再演。理由是，此劇「提倡民族失節及異族侵略思想」。

建國以後，這類戲再也沒有進行整理恢復。而且，連馬連良的《別母亂箭》、梅蘭芳的《貞娥刺虎》、程硯秋的《費宮人》也都不准演了。只有延安平劇院的一齣從正面歌頌李闖王和他率領的農民起義軍的《闖王進京》，隨著部隊進了北京，登上了舞臺。但是，也沒演幾場就不演了。

39.《雁門關》

劇名：《雁門關》，亦名《八郎探母》或《南北和》。

劇情：金沙灘一役，楊八郎（延順）被擒，改名王司徒，與遼邦公主青蓮成婚。數年後，宋、遼再度交兵於飛虎峪，八郎思念母親，為青蓮公主識破；由口角而諒解，並代為盜令。八郎回宋營探母，與妻蔡秀英相會；八郎欲歸，孟良、焦贊責以大義，扣之不返。同時盜取令箭，詐開了雁門關，大敗遼兵。蕭太后知道真情，欲斬青蓮，青蓮之妹碧蓮求赦，並與青蓮一同至宋營挑戰。又被八郎之妻蔡秀英，四郎之妻孟金榜所擒，留於宋營之中。八郎偕青蓮私

逃，又為髮妻蔡秀英追回押禁。楊四郎向蕭太后討令出戰，原想乘機回轉宋營，行事不密而泄。蕭太后大怒，連同其子侄一同綁至雁門關上欲斬。佘太君亦佯綁青蓮、碧蓮向蕭太后示威。八郎哭城，乞求雙方息戰。佘太君假裝不聽。蕭太后唯恐兩女被殺，不得已釋放了四郎。楊家將乘勢攻破遼城，斬殺了大將韓昌，蕭太后無奈，乞和息戰。

禁與解禁：這齣戲與《四郎探母》有相同之處，又有著明顯的不同。但八郎與四郎一樣，都是「有問題」的人物。在國事、家事面前，顯得是那樣的單薄、脆弱。觀眾看戲在「圖個熱鬧」之外，對這一人物也評價不高。此戲出自清季，原是梅巧玲、王瑤卿的代表作。老生的唱做設計遠不及《四郎探母》精彩，有此屏障在先，《雁門關》一劇演得很少。1949 年 3 月，此劇定為「提倡民族失節及異族侵略思想」，宣布禁演。

建國以後，河北梆子演過《南北和》、山西梆子演過《八郎探母》。京劇則演過《三關擺宴》，劇情和人物都做了相當大的改動。

40.《雙官誥》

劇名：《雙官誥》，又名《王春娥》、《機房訓》。

劇情：《雙官誥》的故事出自明人《斷機記》傳奇。寫薛子岳有妻張氏、妾劉氏及王春娥，劉氏生有一子名叫薛義，愛如掌上明珠。一年，薛子岳赴京會試，託朋友帶回銀兩安家。該友貪昧其銀兩，偽稱子岳已死。張、劉二氏孀居難守，先後改嫁。王春娥在機房織布與老僕含辛茹苦地撫養薛義。薛義在學中被同學譏笑為無母之子，負氣歸家，不聽春娥教訓，並反唇相譏春娥不是自己的親生之母。春娥傷心已極，用刀割斷機杼，以示決絕。經薛保再三勸解，薛義賠禮認錯，母子和好如初。後來，薛義得中狀元，薛子岳亦得官還家，一家團聚。王春娥守貞成德，得獲雙誥命。

禁與解禁：關於這段故事，相傳是明代曾隨英宗駕返還朝的功臣楊善家中的實事。史稱：「楊善，字思敬，大興人。正統中，累官禮部侍郎，視鴻臚寺。十四年，隨英宗至土木，間行脫歸，進右都御史。景泰初，命善與侍郎趙榮齋金銀書幣使也先，問安於英宗。善以好詞說也先，竟奉英宗歸。景帝薄其賞，僅遷左都御史。英宗復辟，石亨、曹吉祥等奪門，善參其謀，封為興濟伯。」他的兒子也被封官，其妾封為誥命。後來，這段故事被寫為戲曲，演唱至今。《紅樓夢》第十一回《慶壽辰寧府排家宴·見熙鳳賈瑞起淫心》，有「鳳

姐兒點戲」一節，寫道：「現在唱的這《雙官誥》，唱完了再唱這兩齣。」足見，這齣《雙官誥》在清代很是流行。

因為此劇的主題是宣傳封建的「三從四德」、「從一而終」、「望子成龍」等思想，建國前夕被定為禁戲，不准演出了。但是，在民國三十八年三月二十五日《北平新民報》刊發的禁戲公告上，《雙官誥》一劇的後邊，用括弧注明「但《機房訓》並不包括」，也就是說，《三娘教子》還是可以演出的。

41.《紅梅閣》

劇名：《紅梅閣》，亦名《遊湖陰配》。

《紅梅閣》（《李慧娘》）劇照，著名京劇表演藝術家胡芝風飾李慧娘，攝於 1979 年。

劇情：南宋末年，民女李慧娘被奸相賈似道擄於賈府，充當歌姬。一日，歌姬們隨賈似道遊湖時，李慧娘聽到太學生裴舜卿慷慨陳詞，怒斥賈似道禍國殃民，不禁產生敬慕之情，脫口贊了一聲，竟招來殺身之禍。回歸府中，任憑慧娘如何哀求寬恕，賈似道還是兇狠地用劍將她殺死。慧娘死後，賈似道又生惡計，將裴舜卿誆進府中，囚於紅梅閣內，準備殺害。正義的判官對李慧娘深表同情，准其暫回人間，搭救裴舜卿，並以陰陽扇相贈，助她破除難關。慧娘變成生前模樣進入室內，解除了裴舜卿的疑慮。慧娘得知賈似道令

惡僕三更時分殺害裴舜卿，就借助寶扇的威力，懲罰了惡人，救出裴舜卿，燒毀「半閒堂」。

禁與解禁：故事見於《剪燈新話》中的《綠衣人傳》、明馮夢龍《古今小說》中的《木綿庵鄭虎臣報冤》，以及明周朝俊寫的《紅梅記》傳奇。在二十世紀三四十年代，筱翠花曾演出此劇。其中，筱翠花的綁蹺，走魂子步，「水上漂」的圓場，是天下一絕，無人能比。而且每貼必滿，極有號召力。毛世來出科以後，也是演此劇享譽一時。此外，川劇、湘劇、徽劇、河北梆子也都常演此戲。並在「放裴」一場採用了「火彩」，李慧娘在用身子遮掩裴生時，口中含有「松香紙筒」，要向惡僕手擎的火把上，連噴三次火，而且一次比一次強烈。用放出的火光和煙霧擊退惡僕的追趕，在舞臺上製造出分外緊張的效果。

1949 年，解放軍進城以後，將此劇定為「表揚封建壓迫」的性質，與《斬經堂》、《遊龍戲鳳》等一併禁演。一直到二十世紀五十年代末，此劇也未見恢復。

42.《哭祖廟》

劇名：《哭祖廟》

劇情：三國後期，鄧艾攻打蜀國，出奇兵攻下綿竹之後，後主劉禪驚懼萬分。眾官獻計，出城投降。劉禪之子北地王劉諶斥退了眾官，泣血諫阻再三。劉禪不聽，決意降魏。劉諶怒而回宮，其妻崔氏聞亡國之喪，悲憤觸柱而死。劉諶手刃三子，並將頭顱提至祖廟，哭訴祖業創造之難，表述自己不忍國亡之心，遂自刎殉國。

禁與解禁：故事出自《三國演義》第一一八回《哭祖廟一王死孝·入西川二士爭功》。這齣戲是汪笑儂在清代末年編演的，有七段反二黃唱腔，悲愴感人，一氣呵成。成為「汪派」藝術的代表作。汪笑儂出身於優裕的士大夫家庭，具有很高的文化修養，他學識淵博，通曉歷史，且精於詩詞和琴棋書畫。由於他對當時政治腐敗的黑暗社會不滿，下海後除貼演傳統老戲外，更多的精力投入於移植改編和自編自演新戲上。他借劇中人之口對時政進行冷嘲熱諷和辛辣抨擊，宣傳愛國主義。他把演戲當作教育手段，一生編演和移植新戲四十餘齣，如《哭祖廟》、《受禪臺》、《罵閻羅》、《罵王朗》等諸多劇目，被譽為「梨園編劇第一能手」，梨園界尊稱為「伶聖」。

1948 年，國共兩黨的戰爭已接近尾聲，解放軍圍困北平之時，雙方開始了政治談判。不甘心失敗的國民黨激進分子堅決反對和平談判，並高喊誓與

城池共存亡。國民黨報紙還舉出「劉湛以身許國」的比喻，以勵志氣。彼時，王泊生在中和貼演《哭祖廟》勞軍，一段（反二黃搖板）唱得撕心裂肺：

> 耳邊廂又聽得金鼓喧天。
>
> 料此刻吾皇父把鄧艾來見，吾何忍見他堂堂天子跪倒在馬前。
>
> 恨不得亂臣賊子刀刀斬，從今後再不要鳳子龍孫自命不凡。
>
> 惡狠狠拔出了龍泉寶劍，俺本爵殉國死倒也心甘！

1949 年初，當解放軍對北平實施軍管之後，便直截了當地禁演此劇，並在報紙上刊布此戲有「毒」。此後，伶人們都怕背上為「蔣家王朝放悲歌」的黑鍋，便無人再演唱此劇了。1990 年「紀念徽班進京二百週年」開幕式上，78 歲的「汪派」傳人何玉蓉公演《哭祖廟》，也算是此劇的解禁吧。

43.《紡棉花》

劇名：《紡棉花》

《紡棉花》劇照，著名京劇表演藝術家吳素秋飾太太，攝於 1946 年上海。

劇情：買賣人張三出外貿易，三年未歸，其妻王氏在家中思想丈夫，在紡棉花時，一邊歌唱流行小曲自遣。張三歸來，先是側身門外竊聽，接著叫門不應。就把銀錢拋入牆內試探，王氏終被感動，打開房門，夫妻二人歡會。王氏在家另有新歡，其夫張三歸來，二人不合，被王氏殺害。後來犯案，王氏被判斬。

禁與解禁：據顧曲家李雲影談：「我還記得《紡棉花》的鼎盛時代是在民國十年左右，的確紅遍京滬一帶。當時是十三旦（即劉貽容，並非侯俊仙）和恩曉峰（唱花臉的反串）常在故都廣德樓貼演。後來坤旦張文豔又在南方亦大唱特唱，居然都紅得不得了。可是北京最後紅的還有一個坤旦，叫碧雲霞，有位雅士還替她把這名改了叫『絡絲娘』。此外還有個小馬五，在申江一帶很紅了一陣，和《魏大蒜》這路戲常常貼出。待民十七年以後，因為革命北伐，這類戲當局下命禁演，所以冷落到將近十年的光景。誰想，戰後的孤島和淪陷的故都，竟又大興而特振呢？」（見 1941 年 1 月 8 日《申報》14 版）

二十世紀四十年代初，這齣戲又被翻騰了出來，先是在上海演出，因主要情節與《皮匠殺妻》、《也是齋》、《雙鈴記》、《雙釘記》多有相似之處，反應尚平平。後來，一些女伶只演出前半齣戲，並且在戲中串戲，加唱什錦雜耍和流行歌曲，頗受觀眾歡迎。劇中張王氏穿時裝上場，標新立異，以迎合觀眾喜好為主，演來流行一時。著名的女演員如言慧珠、童芷苓、李玉茹、吳素秋都是有名的「劈紡」（既《大劈棺》和《紡棉花》）大家。

1941 年 4 月 20 日《申報》有一篇報導《〈紡棉花〉紅到北平》載：「自從吳素秋以《紡棉花》起家之後，北來坤伶幾乎有不能不紡之勢。這齣戲是以『噱頭』號召的，正如林樹森的《戲迷傳》一樣，不但要『學一個像一個』，而且蹦蹦戲、河南墜子、甚至《何日君再來》等都要略知皮毛。不過，據說北方沒有人貼這齣戲的。吳素秋北返，就以『上海版』的《紡棉花》在北平演出，果然頗受歡迎。在黃金唱過的荀慧生高足童芷苓，也有這齣拿手戲，吳素秋既貼演在先，她自然也不肯落後。聽說童芷苓的河南墜子《玉堂春》，大為觀眾激賞。我想將來《紡棉花》一劇，或將列為南來伶人的『打炮戲』了。」

新中國建立前夕，此劇被列為「極無聊或無劇本」的「毒」戲，而明令禁演。

44.《戲迷小姐》

劇名：《戲迷小姐》

劇情：《戲迷小姐》一劇，是從《戲迷傳》脫胎變化而來。《戲迷傳》則是在清末民初由呂月樵、孟鴻茂、時慧寶等編的一齣「戲中串戲」的演出形式劇，情節結構無一定式，各就所能，隨意演唱。不過《戲迷傳》是以著名老生為主，而《戲迷小姐》則是以女角為主。是坤角展示時裝美、歌喉美和自己多才多藝的一種表演。

故事講一位愛唱戲的闊小姐，閒來無事、悶坐家中，面對晝長日永，索性自己唱了起來。先是唱京劇，多是先唱老生，從老「三鼎甲」學起，直學到「南麒北馬關東唐」。其中都是膾炙人口的名段，如劉鴻升的「孤王酒醉桃花宮」、孫菊仙的《打棍出箱》、麒麟童的《追韓信》、馬連良的《甘露寺》、言菊朋的《讓徐州》；接著學「梅、尚、程、荀」，尤其，每派一句的「四《五花洞》」，是每場必唱的段子。再往後，則是京韻大鼓、蘇州評彈、江南小調、流行歌曲，一應在內，講究「樣樣都會、學誰像誰」。不是名家高手，色藝雙絕的紅坤角，沒有絕活、「撒手鐧」的，誰也不敢唱的。

禁與解禁：當年，只有言慧珠、童芷苓、吳素秋等頭牌漂亮的坤角才敢貼演這齣戲，而且每貼必滿。二十世紀四十年代中期，評劇也開始演這齣戲了，著名的「時代藝人」喜彩蓮的《戲迷小姐》，也紅得山崩地裂。她年輕漂亮，大波浪頭，高腰旗袍、玻璃絲襪、高跟鞋，一亮相就是個滿堂彩。她能學白玉霜、劉翠霞，還能學梆子小香水、金剛鑽，更能唱京韻大鼓劉寶全的《大西廂》和白雲鵬的《寶玉探晴雯》，惟妙惟肖，妙不可言。票價直逼馬連良。有一天，馬先生沒戲，還特意去看喜彩蓮的這齣《戲迷小姐》。據說，散戲時給了兩個字的評語：「不賴！」

1949 年 3 月，解放軍文化接管委員會宣布禁演這一類「無聊」的戲。

45.《戲迷家庭》

劇名：《戲迷家庭》

劇情：《戲迷家庭》是根據《戲迷傳》改編的「戲中串戲」，與《十八扯》、《盜魂令》等戲一樣，都屬於「反串」和說、學、逗、唱，以展現演員的全面素質和才能。《戲迷傳》講的是，有個戲迷叫伍音，平日走火入魔，動作、語言一概仿傚京戲所為，走路都帶著「傢伙點兒」。因為演《九更天》，差一點真的殺死自己的兒子。岳父勸他不聽，就代請醫生前來看病，伍音反將醫生打走。母親一怒，送他到縣衙，因為無法立案，只好放他回家。一日，縣官知其好唱，命人請他來後衙演唱。因為演《三疑計》，錯打了縣官的妻子。衙役上前鎖拿，伍跳牆而逃。龍王慶壽，亦請伍音串戲，並代伍音向縣官求赦，賜以如意珠，但又被毛賊竊去等等，總之，情節荒誕不經，唯演員賣弄所長而已。

只是《戲迷傳》是以一兩個人為主擔綱表演。而《戲迷家庭》則屬於一大堆角兒一塊兒上臺的群戲。據說，最先的發明者是言慧珠。言慧珠挑班唱

戲的時候，《十八扯》、《紡棉花》都很賣座兒。尤其她拍了電影之後，人們都愛看穿時裝的她。《紡棉花》中的摩登打扮，從髮式、旗袍到高跟鞋，著實迷倒了一大批滬上男女。於是，她又大膽創新，把家里人言少朋、言小朋、嫂子、弟妹都邀上臺來，各展所能，大家一塊兒反串。就此貼出了《戲迷家庭》，紅得益發不可收拾。

禁與解禁：這些戲沒有準詞準譜，帶有很強的娛樂性，所以，舊日節慶期間常演此劇。此風影響甚廣，吳素秋、李慧芳、童芷苓、李宗義等，也都爭相傚仿，並把此戲迅速地推向大江南北。北京的演員，有能耐的也都唱得昏天黑地。1949 年，解放軍進城之後，認為這種戲是「荒誕不經、低級無聊，沒有絲毫進步意義」，遂於 3 月 25 日宣布禁演。這一公告，在此後的年代里貫徹得相當徹底，建國以後，再也無人演出這類戲了。

46.《十八扯》

劇名：《十八扯》，亦稱《兄妹串戲》。

劇情：《十八扯》一戲，本無固定演法。似出自《雙富貴》，焦循《花部農譚》，或出自崑曲《磨房》、《串戲》兩折。劇中有一孔懷，因其兄孔亨晉京求取功名，久無音信。其母對孔懷之嫂施以種種虐待，令她在磨房終日磨麵，不許片刻休息，每日僅給糠麩粥糜，當作兩餐。而且，她還常到磨房監督，稍不如意，非打即罵。孔懷看著心中不忍，常偷偷進入磨房代嫂分勞，使嫂子得以休息。一日，孔懷正在替嫂推磨，恰逢其妹也來到磨房。於是，一起幫嫂推磨。推著推著，二人深感無聊，遂裝作村童、村姑之態，相與串戲解悶。時而變兄妹為夫婦，時而變兄妹為父子，唱出種種戲文、做出種種姿態，以消遣行樂。

禁與解禁：在 1949 年 3 月，《十八扯》被政府宣布為禁演劇目，而且，一禁就有四十多年。1990 年，臺灣與祖國大陸的關係鬆動。為了到臺灣演出，孫正陽與王樹芳重排了這齣戲，算是正式解禁。

47.《雙怕婆》

劇名：《雙怕婆》，又名《雙背凳》。

劇情：《雙怕婆》這齣戲很多劇種都有。全劇沒有一句唱，全看演員表演，屬於鬧劇的一種。川劇叫《背鼓背凳》，徽劇叫《雙怕》，楚劇叫《雙怕妻》，秦腔叫《雙背凳》，河北梆子、同州梆子也都有這齣戲。故事講的是一個名叫不掌舵的男人，平素最怕老婆。有一次，他在廟會上遇到一個算卦的，教給

他三綱五常，可以不再怕老婆。他老婆知道以後就逼他去要回算卦的錢。途中碰到了也怕老婆的好朋友尤二，二人互相攻擊懼內。不掌舵揚言不懼，與尤二打賭。回家之後，與老婆定計，叫老婆在尤二來家的時候，假裝懼怕。不想尤二一看要輸，就跑了。不掌舵的老婆向不掌舵要錢，不掌舵沒有，老婆一怒，罰他背凳。尤二回家之後，亦受到他老婆同樣的懲處。

禁與解禁：這齣戲是丑和小花旦的開蒙戲，用來訓練做、表、口白的基本功。正式演出時，也只是齣墊場的小戲。為迎合世俗觀眾的胃口，中間摻雜不少庸俗的噱頭。因為沒有什麼進步意義，在 1949 年 3 月解放之初，就被政府宣布禁演了。

1956 年，在張伯駒等人的呼籲下，恢復傳統戲的演出時，曾內部觀摩演出了一次。由筱翠花、田喜秀、李盛芳等飾演，十分火爆精彩。大板凳和小板凳二人在終場前念「太陽一出紅似火，二八佳人胭脂抹，好的被人搶了去，挨打受罵是你我」時全場大笑不止。這次演出，電臺留有實況錄音，堪稱絕響。

48.《遊六殿》

劇名：《遊六殿》

劇情：《遊六殿》又名《五鬼捉劉氏》，是全本「目連戲」中的一折。故事講述目連之母劉清提，起先是吃齋念佛，積德行善，篤信佛教。後來目連與哥哥、父親三人先後被佛祖度去。母親劉氏不知其父子已成正果，反認為佛祖不分善惡，使得自己骨肉分離。於是，劉氏大開殺戒，也食了五葷，並將經卷佛像俱都焚毀。數日之後，劉氏病死，鬼魂來到陰司冥府，冥王怒其生前的修行半途而廢、未成正果。而且殺生太多，令鬼卒將其押赴酆都城內，遍觀十八層地獄的種種酷刑。劉氏見後，膽戰心驚。遊至第六殿，冥王令鬼卒將劉氏押至滑油山受罪。劉氏一路苦苦哀求，而眾鬼卒打罵不止，使她受盡折磨。

禁與解禁：此戲早在乾隆五十五年（1790）便一度被禁。浙江蕭山知縣李亨特示禁《目連救母》稱：「吾郡暑月，歲演《目連救母記》，跳舞神鬼，窮形盡相。鐵嶺李西園太守聞而惡之，勒石示禁通衢。」這次禁「跳舞神鬼」，是對於目連戲渲染鬼節陰森可怖氣氛的否定。官方指責該戲「中元焚紙錢賑鬼，無賴僧倡為盂蘭大會，演目連戲網利，男女雜觀，大為地方害」，會造成種種事端和「罪孽」。但是，「目連戲」從未禁絕，在民間依舊是歷演不衰。

《遊六殿》劇照，浙江婺劇團 2015 年演出《目連僧救母‧遊六殿》。

　　1949 年春，北平和平解放，解放軍一進城便在報上發布了禁演「有毒戲劇」的公告。《遊六殿》首當其衝，被列為必禁的第一齣。建國之後，此劇由中央文化部再次列為禁戲，從此絕跡舞臺。在 1957 年挖掘傳統劇目的時候，此戲也未恢復。文化大革命之後的九十年代，天津市文化局在請示上級並得到批准後，由天津青年京劇團當家老旦藍文雲排演了這齣《五鬼捉劉氏》。老旦項戴枷鎖，在眾鬼卒的押解之下，一邊唱，一邊翻、撲、跌、滾，吃功之重，令人觀止。

49.《劈山救母》

　　劇名：《劈山救母》，又名《寶蓮燈》。

　　劇情：西嶽華山蓮花峰，有一座聖母娘娘廟，廟裏供奉著美麗的三聖母。三聖母愛上了書生劉彥昌，並不顧一切地與他結婚懷孕。此事被三聖母的哥哥二郎神得知，大發雷霆，認為三聖母不遵天條，便趕到華山興師問罪。三聖母聽到消息後，放走劉彥昌。聖母分娩，生了一個男孩兒，取名叫沉香。聖母無奈把沉香交給侍女靈芝撫養，自己挺身出戰。二郎神不容聖母分辯，將她壓在華山之下受苦。十三年後，沉香長大成人，知道母親受難的經過，決

心去救母復仇。一路上沉香歷經千難萬險。他堅毅勇敢的精神感動了霹靂大仙，在霹靂大仙的指點下，沉香脫卻凡身，又得贈一柄寶斧。他戰敗了二郎神，劈開華山，救出母親。

禁與解禁：《劈山救母》是一個民間廣泛流傳的神話故事。周信芳先生曾將之編成連臺本戲，從劉彥昌華山遇難，被三聖母救起，中間夾以劉彥昌居官，娶妻，生有一子秋哥。秋哥與沉香在南學誤傷秦府官保，接演《二堂捨子》等折。《劈山救母》則是全劇的後半部分。沉香入山習武，得到神仙指點，蒙賜巨斧，又經過與二郎神的一番激戰。最後，戰勝天兵天將，劈山救母，全家團圓。劇中不僅有開打，還有不少神道鬼怪的表演。

蓋叫天先生在演出此劇時，根據自己的特長，突出後半部沉香的戲，把重點放在《劈山救母》上。他在舞臺上創造了很多漂亮的藝術造型。北方不少武生也都排演此劇，為了突出舞臺氣氛，加上了很多神怪。1949 年初，北平和平解放，解放軍文化接管委會會同北平市政府社會局，以中國人民解放軍北平軍事管制委員會的名義，將此劇列為「提倡神怪迷信」，宣布禁演。

二十世紀五十年代初期，中國戲曲研究院編輯處田淞與華東戲曲研究院編輯室陳西汀一起，協助蓋先生再次整理此劇，為了突出表現人物性格和主題，對原本情節作了一些改動，此戲解禁。

50.《花為媒》

劇名：《花為媒》原稱《指花為媒》

劇情：《花為媒》是一齣評劇代表劇目，也是成兆才先生的早期代表作。該劇取材於《聊齋誌異》中的《寄生》篇，寫王俊卿與表姐李月娥，自幼青梅竹馬，兩小情篤。及長，兩個私下裏發誓，願結百年之好。王俊卿之母抱孫心切，託媒人阮媽為俊卿說親。阮媽為他說合了才貌出眾的張五可。俊卿不從，王母幾經詰問，俊卿才吐露真情，非月娥不娶，絕不移情他人。王母無奈，又託阮媽去月娥家說親。月娥之父李茂林認為男女私盟，有失體統，不允婚事。俊卿得悉後，病況日重。阮媽獻計，慫恿俊卿去張家花園相親，她認為只要俊卿見到五可，定會喜愛五可，便可玉成此事。但俊卿病重，不能前往。阮媽又生一計，請其表弟賈俊英代為相親。俊英與五可在花園會面，五可見他一表人才，舉止瀟灑，贈予紅玫瑰一朵，以示相許。俊英將紅玫瑰轉贈俊卿，俊卿堅拒不受。阮媽又向王母獻策，不妨先將五可娶來，俊卿勢必就範。月娥聞訊，不勝痛苦，月娥母深諳女兒心事，乘其父不在家中，採用冒名送女之

計，搶先將月娥送到王家與俊卿拜堂成親。待五可花轎來時，他們已經完婚。五可見狀，怒不可遏，闖進洞房，嚴詞質問俊卿。阮媽情急之中，忙把站在一旁的賈俊英拖入洞房。於是，兩對有情人，各遂所願，一起拜了花堂。

《花為媒》劇照，著名評劇表演藝術家王琪飾張五可，
朱玉琳飾阮媽，2005 年攝於加拿大溫哥華小女皇劇場。

　　禁與解禁：凡是評劇旦角的主演大都擅演此劇，一般的說來，演不好這齣戲的也當不了主演。自評劇第一代演員李金順到白玉霜、喜彩蓮、筱玉鳳，到新鳳霞、谷文月，代代相傳，各有佳妙。不過，早年間的本子雖然極富生活色彩，但對白和唱詞多失於俚俗，甚至有不少唱段還含有色情成分。因此，這齣戲在民國初年在天津被禁過。二十世紀三十年代，在北平也被禁過。1933年 2 月 15 日，北平社會局戲曲審查委員會辦事員陳保和遞交的一份報告中說：「奉天評戲表演及唱詞諸多涉及猥褻」，「劇本極不一致，普遍檢查諸多困難」。並著重指出《花為媒》中的「偷相張五可」等，有表演猥褻的情節、場

次。建議將三慶園、四明戲園和遊藝園的園主傳喚到社會局，「飭令轉知演員對於有涉及猥褻之表演及唱詞，務即改正」。戲曲審查委員會常務委員吳曼公等人同意對上述劇目將「分別禁演」（見現存北京檔案館藏二十世紀三十年代北平社會局檔案 J2-3-98 號）。

解放之後，這齣戲也一直在禁演之列。1961 年，為了「團結港人，瞭解中國文化」，決定把《花為媒》排成電影。中國評劇院特邀吳祖光對該劇進行重新加工整理。彼時，祖光先生正值英年，才氣橫溢，賦詩填詞，倚馬可待。不過，在改寫《花為媒》時卻著實花了不少心血。記得 1989 年，有一次我和張永和、過士行到祖光先生家聊天，偶然說起了《花為媒》的改編，祖光先生說：「改編一組唱詞，比創作一套新詞要難得多。因為，一要保存它原有的鄉土味道，還要適合原有唱段唱腔的轍口和風格，更要顧及全劇文學色彩的統一。我和鳳霞夜裏睡不著覺，花園一場就不知改了多少遍，才看得過去。拍成電影後，還是留下不少遺憾。」

電影拍出後，先在香港放映，造成極大轟動，也創造了很好的票房價值。我所接觸過的香港老人們，當年每人都看過六七遍之多。今日談起《花為媒》，猶能繪聲繪色地表述一番。但在國內，《花為媒》反而成了禁戲，一直不讓放映，說是部「大毒草」。文化大革命以後，《花為媒》成了評劇傳世之作。不僅在國內的舞臺上經常演出，就是國外，凡有華人華僑的地方，幾乎人人盡知。

51.《四郎探母》（2）

劇名：《四郎探母》

劇情：同前《四郎探母》（1）介紹。

禁與解禁：正如前一章所說，《四郎探母》這齣戲因有漢、番交惡的歷史背景，政治色彩很濃。近百年來，隨著中國政治形勢的急驟變化，它也經歷著起伏跌宕。二十世紀三四十年代抗日戰爭期間，國民政府曾明令禁演此劇；據李和曾先生講，在革命的延安時代，此劇就處於「不提倡」的狀態，因內容有許多「不健康」之處。延安評劇院的演員在內部清唱、弔嗓子尚可，從來不准許公開演出。1949 年初，北平和平解放，解放軍一進城，馬上就宣布禁演此戲。

建國之初，中央文化部成立了戲改處，加強對舊劇的管理和改造。從 1950 年至 1952 年之間相繼下達文告，對 26 齣「有害」劇目實施禁演。儘管《四郎探母》不在其內，但政府對《四郎探母》頗為關注，並著手從內容方面進行

改革。有的劇團從「提倡民族團結」的角度出發，改編為《南北和》，由佘太君出面與蕭太后談判後，兩國和好，共同簽署了「互不侵犯條約」。有的改為《三關排宴》，佘太君率兵壓境，採用「一手硬、一手軟」的政治策略，迫使蕭太后認錯、臣服。有的還改為佘太君一見「叛徒」的兒子回來，怒不可遏，當即把楊四郎抓起來，要大義滅親。都是從「無產階級的感情」出發，要對「人性論」給予「堅決的痛擊和批判」。

《四郎探母》劇照，1965 年北京戲劇工作者聯合會成立，在北京音樂堂舉成盛大的聯合演出。此照為謝幕時所攝，著名京劇表演藝術家自左依序為奚嘯伯、蕭長華、張君秋、尚小雲、馬連良、馬富祿、李萬春等。1956 年攝於北京中山公園音樂堂。

　　但以張伯駒為首的一些「國粹」派，不同意這樣做，他們不僅希望這類傳統戲要保存原汁原味，而且還一再呼籲，要求對已經禁演的劇目給予解禁。1956 年又宣布對所有「禁戲」全面開放。一些舊劇，包括《四郎探母》的演出，也就再次活躍起來。同年 9 月，在北京音樂堂「慶祝北京市京劇工作者聯合會成立紀念演出」期間，京劇大師們聯合公演了一場陣容最強的《四郎探母》，由馬連良、譚富英、奚嘯伯、陳少霖、李和曾、尚小雲、蕭長華、馬富祿、李多奎、張君秋、吳素秋等，一等一的大角合作獻藝，為人們留下了一場珍貴的錄音資料。

　　1957 年反右運動以後，京劇界的李萬春、奚嘯伯、葉盛蘭和葉盛長等被

戴上「右派」帽子，政治空氣驟然升溫，《四郎探母》以楊四郎「叛國投敵」、「敵我不分」、「混淆階級陣線」等為由，先在東北禁演。不久，全國各地所有劇團的領導和演職員們「思想覺悟不斷提高」，此戲也就無人再演了。到了1966年，借批判「叛徒哲學」為由，又把楊四郎拉出來示眾。《人民日報》、《文匯報》先後刊登了整版的批判文章，對楊四郎口誅筆伐，把《四郎探母》定為是替「叛徒、反革命招魂」的反動劇目。

　　1980年，剛從戲校畢業的翟建東、王蓉蓉，在校長史若虛的支持下，率先在學校排演場搬演了此劇。《北京晚報》對此饒有興趣，牽頭主辦了這齣戲的對外演出。但是，才演了不過十場，就又遭到上級的申斥和極「左」勢力「聲討」。《北京晚報》為此寫了深刻的書面檢討，總編輯也為此「病退」回家。大約又過了六七年，《四郎探母》才得以正常公演。

附：抗日戰爭時期淪陷區禁戲（1931～1945）

1.《掃除日害》

　　劇名：《掃除日害》

　　劇情：《嫦娥奔月》是齊如山、李釋戡先生根據《淮南子》和《搜神記》中的傳說，為梅蘭芳編排的一齣古裝戲，在全國流傳很廣。「九一八」日本軍國主義強行佔領了我國東三省，一夜之間，東北人民身處水深火熱之中。唐韻笙便在《嫦娥奔月》的基礎上，編寫了這齣《掃除日害》。故事講述，遠古時期天上有十個太陽，烤得老百姓無法生活。天帝派后羿攜帶神弓，與嫦娥一同來到人間。后羿不負天帝的重託，化憤怒為力量，拉開了神弓一連射下九個太陽。為人民消除了災難，使大地恢復了生機，人們又重新過上了安定幸福的生活。

　　禁與解禁：唐韻笙（1903～1970），姓石字懿，號育風，乳名強子，祖籍瀋陽。係滿族正紅旗人。祖父石秀川原係清軍軍官，駐防福建，後定居福州。唐韻笙幼年拜唐景雲為師學戲，13歲即於上海新新舞臺演戲，一炮而紅。遂取笙管笛簫之悠揚韻味含義，改藝名為「唐韻笙」。

　　唐韻笙曾受汪笑儂、夏月潤、潘月樵、馮子和等對京劇改良的影響。他文武兼精，戲路寬綽，演技全面。本工老生，且能武生、紅生、大嗓小生、銅錘、架子花、老旦、彩旦甚至旦行，演來皆有獨到之處，為內外行一致推崇。

他長期在東北演出，被譽為「南麒北馬關外唐」。

「九一八」日本強佔東北。唐韻笙在繁忙的演出之餘，編寫了《掃除日害》一劇，借后羿射日的故事，影射作惡多端的日本強盜，藉以抒發滿腔憤恨，號召人民抗日。據唐韻笙的女兒唐玉薇講：1933年，唐韻笙一行在天津演出完畢，手下人王斌虎、王鳳奎、張廣財等十幾個人攜道具、衣箱由天津乘船回營口，唐隻身乘火車去奉天。「當時父親知道『滿洲國』已是日本人的天下，但是，卻忽略了他的箱子裏放著他編寫的劇本《掃除日害》和《墓中生太子》等。乘船走的十幾個人一到營口碼頭，便遭到了日本人的嚴格檢查。」「結果在父親的柳條包裏翻出了《掃除日害》，封面寫著唐韻笙編劇幾個字。這樣鮮明的題目叫日本人大為吃驚，立即狂叫著將張廣財等人綁了起來，讓他們都跪在地上，用刀逼著問誰是唐韻笙。最後日本兵把他們五花大綁，連同戲箱一起押到了營口警察局。」（見《京劇談往錄四編》唐玉薇文《我的父親唐韻笙和唐派藝術》）

他本人在諸多愛國人士的幹旋下，躲藏了半年，始得解脫。在抗戰時期，唐韻笙從不屈服，他用以古喻今的手法，還編寫了一大批反抗暴力、弘揚正義的戲，如《鬧朝撲犬》、《二子乘舟》、《堯舜禹湯鑒》、《八仙得道》以及《三逼宮》（《白逼宮》、《黃逼宮》、《紅逼宮》）、《三鍘》（《鍘汝寧王》、《鍘龐吉》、《鍘包勉》）等戲，深受東北各地觀眾喜愛。

2.《抗金兵》

劇名：《抗金兵》，或《梁紅玉擊鼓抗金兵》。

劇情：北宋末年，金人南侵，大軍直抵長江北岸。潤州（今鎮江）守將韓世忠聞報，在朝廷無力抵抗的情況下，他與夫人梁紅玉率眾抗金。並且邀集了鄰防張俊、劉錡二鎮出兵相助。在他們號召下，抗戰百姓、仁人志士紛紛前來投軍報效。梁紅玉親自調兵遣將，並命二子帶頭上陣殺敵。她和韓世忠巡視各營，鼓勵士氣。翌日，與金兵在金山江面上決一死戰，梁紅玉擂鼓助陣，親率女兵與敵人搏殺。韓世忠身先士卒，衝鋒陷陣。金兀朮在各路大軍的攻擊之下，大敗而逃。

禁與解禁：「九一八」事變的爆發，梅蘭芳意識到自己和所有中國人一起都站在了國家民族存亡的十字路口。日本侵略者的猖狂野心和當局的「不抵抗政策」使他深深地感到，華北平原也將不保。梅蘭芳先生在摯友馮幼偉的幫助下，舉家南遷。日本在中國東北扶植拼湊起傀儡偽滿洲國，他們請梅蘭

芳前去演戲慶祝，特派一個清朝遺老到上海請梅蘭芳。梅多次拒絕。遺老惱羞成怒，教訓梅蘭芳說：「你們梅府三輩受過大清朝的恩典，樊樊山先生且有『天子親呼胖巧玲』這樣的詩句。而今，大清國再次復興，你理應前去慶祝一番，況且這跟演一次堂會戲又有何區別？」梅蘭芳義正辭嚴地回答：「話可不能這麼說，清朝已經被推翻，溥儀先生現在不過是普通老百姓罷了。如果他以中國國民資格祝壽演戲，我可以考慮參加。而現在他受到日本的操縱，要成立另外一個偽政府，同我們處於敵對地位，我怎麼能去給他演戲。而讓天下人恥笑我呢？那人威脅道：「如此一說，大清朝的恩惠就一筆勾銷了嗎？」梅蘭芳反駁說：「過去清朝宮裏找我們藝人演戲，是唱一次開一次份兒，完全是買賣性質。談不上什麼恩惠。」（見梅紹武著《我的父親梅蘭芳》百花文藝出版社 1984 年版）

梅蘭芳一到上海，便決意要排演一齣有抗戰意義的新戲。《梁紅玉擊鼓抗金兵》這一題材成為首選，經過一個月的緊張排練，在日本南侵之前，將之搬上舞臺。梅蘭芳演的雖是古代抗金兵的舊話，實則號召民眾奮起抗敵，對激發人民的抗戰情緒起到巨大的推動作用。

這齣戲的公演，使日本人極其惱火。彼時，上海社會局日本顧問黑木經社會局長通過提案，要以「凡非常時期上演的劇目」，必須先要經過社會局審檢批准後方可公演為由，通知梅蘭芳不准演出此戲。梅蘭芳則以觀眾不同意停演為由，繼續堅持演出。

不久，「七‧七」事變爆發，緊接著，上海在淞滬抗戰之後也陷入日寇之手。從此，全國開始進入艱苦卓絕的八年抗戰。梅蘭芳為了表示對日本侵略者的抗爭，決意脫離舞臺，蓄鬚明志，不復演出。他這一行動，表現出一位愛國藝術家的崇高氣節。

3.《生死恨》

劇名：《生死恨》

劇情：《生死恨》一劇，是梅蘭芳先生在抗戰前夕編演的又一齣激勵民族氣節的戲。戲中刻意描述在敵人的屠刀下，淪陷區人民的痛苦生活。該劇於 1936 年在上海首演，故事講：宋代金兵入侵，士人程鵬舉與韓玉娘被張萬戶擄去為奴，並強令他二人成婚。在韓玉娘的勸說下，程鵬舉逃回故國。張萬戶聞知大怒，將玉娘轉賣給商人瞿士錫。臨別時，玉娘拾得程鵬舉遺失的一隻鞋子，留為紀念。瞿士錫佩服玉娘的忠貞，不忍傷害，把她安置在尼姑庵

中暫避。不想老尼不容，又強迫玉娘與一土豪成婚。玉娘逃脫庵院，寄居在李嫗家中紡織度日。程鵬舉逃出後，投到抗金將領宗澤部下效力。宗澤殺退敵軍張萬戶以後，鵬舉立功，官任襄陽太守。於是，差人持鞋尋訪玉娘。玉娘見鞋生悲，一病不起。程鵬舉聞訊趕至，玉娘已奄奄一息。二人痛哭一場，淒然訣別。

《生死恨》劇照，著名京劇表演藝術家梅蘭芳飾韓玉娘，攝於 1945 年上海。

禁與解禁：《生死恨》的故事見諸於陶宗儀《輟耕錄》和明陸采《分鞋記》傳奇。梅蘭芳在這齣戲中飾韓玉娘，一反舊戲大團圓結局的俗套，以一死一生的悲劇形式，激起觀眾的共鳴，喚起人們對侵略者的仇恨。梅蘭芳與琴師共同創作了扣人心弦的新腔，運用聲情交融的唱腔著力塑造韓玉娘這一悲劇人物。特別是在「夜織」一場，梅蘭芳唱的大段（二黃）以別具一格的板式組合，行腔跌宕，充分表達了韓玉娘的悽楚之情。這一場戲的舞臺美術設計也有創新，臺中一側置一架紡車、一盞孤燈、一張素桌，韓玉娘身著「富貴衣」，既襯托場景的悲慘，又使舞臺清新淡雅。上演以後，曾引起強烈反響。當時由於時間倉促，該劇雖不乏精彩場次，但也難免有所疏漏。但人們對這齣戲的喜愛，遠遠出於設想之外。當年，在南京路大華戲院演出時，排隊購票的觀眾居然將票房的門窗玻璃全都擠碎。

《生死恨》一劇有著強烈的反侵略、反壓迫的政治色彩，正如梅蘭芳先

生自己所說，當年編演這齣戲的目的，就是意在抗日，「意在描寫俘虜的慘痛遭遇，來激發人們鬥志」。上海社會局顧問日本人黑木則再次通過社會局提出，該劇未經社會局批准，不准演出。但是，由於此戲巨大的社會影響，儘管梅先生退出舞臺，而無數梅派弟子早已把《生死恨》傳遍了全國。

抗戰勝利後的 1948 年，電影導演費穆邀請梅蘭芳及此劇的原班人馬，拍攝電影《生死恨》，這是我國第一部彩色戲劇片。可惜限於當時的攝製條件，成品效果，特別是色彩和音響方面均不理想，未能流傳下來。

4.《明末遺恨》

劇名：《明末遺恨》

《明末遺恨》劇照，著名京劇表演藝術家
周信芳飾崇禎皇帝，攝於 1940 年上海。

劇情：李自成稱帝西安後，遍發檄文，直逼北京。明崇禎皇帝聞訊大驚，命李建泰督師征剿；李國楨嚴守京畿，抵抗李自成的進犯；杜勳、杜之亨則分別巡防宣府、居庸關。崇禎帝雖勵精圖治，企圖力挽危局，奈何連年荒旱，百官貪墨，國庫空虛，民不聊生。周后等悉數捐獻私帑，資充軍需。卻不想李建泰賺得銀餉，自去保定偷安。寧武關被攻破，二杜俱降，京畿垂危。崇禎欲託太子於國丈周奎，黍夜親往探視。不想周奎依舊縱酒狎妓，拒而不見。杜

勳又奉了闖王之命，說降了曹化淳，大開彰儀門迎接闖王進京。李國楨率部奮戰不敵，死於疆場。崇禎帝金殿擊鼓，竟無一臣應聲，始知大勢已去。遂持劍入宮，賜死周后，手刃公主；自己登上煤山，留詔自縊。

禁與解禁：「九一八」之後，日軍佔領東北。田漢、歐陽予倩、于伶等與京劇界的周信芳、高百歲、金素秋等人在上海卡爾登大戲院召開「上海戲劇界救亡協會」籌備座談會，商討舊劇如何適應抗戰形勢的問題，主張採用歷史上民族禦敵的故事編成新京劇來鼓舞人民群眾的抗日鬥志。會議決定成立「上海戲劇界救亡協會」。數日後舉行了「上海戲劇界救亡協會歌劇（主要指京劇）部」成立大會，數百人與會，周信芳當選為歌劇部主任。次日，《救亡日報》以《舊劇界怒吼了》為題報導大會盛況。

具有強烈愛國心的周信芳與劇作家尤金圭等一起，夜以繼日地編寫了連臺本戲《滿清三百年》，並整理出《明末遺恨》、《洪承疇》、《董小宛》三個戲。其中《明末遺恨》演出長達半年之久，場場爆滿，頗為轟動。周信芳在戲中飾演的崇禎皇帝，悲憤地告訴皇太子：「你們要知道，亡了國的人就沒有自由了。」而當公主問崇禎「兒有何罪」時，崇禎以顫音回答：「兒身為中國人，就是一項大罪！」臺下群情激昂，熏憤怒聲、哭泣聲連成一片。每一位觀眾都從戲中受到不同程度的感染。周信芳就這樣用戲、用感情喚起民眾，積極抗日。

演戲的同時，周信芳特別關注戰局。他拿出演戲的個人收入，捐贈給抗日前線的英雄們。在「四行保衛戰」中，他親自帶隊，火線勞軍。上海淪陷後，周信芳的演出活動引起汪偽特務機關「七十六號」的注意，他們寫恐嚇信，威脅周信芳等主要演員，不准演出此劇。周信芳不怕，全體演職員也不怕，仍然堅持演出。但是，英租界工部局卻屈於日寇的壓力，勒令停演了此劇。（見李仲明《南派老生宗師周信芳》《民國春秋》2001年第4期）。

5.《文天祥》

劇名：《文天祥》，一名《三盡忠》，又名《正氣歌》。

劇情：南宋末年，朝政腐敗，元軍趁勢大舉入侵。賈似道專權主和，文天祥主戰，反遭罷斥。文天祥回到故鄉，集結義兵勤王。元軍乘勝南侵，社稷將亡。文天祥臨危受命，率眾抵禦元軍。因寡不敵眾，又奉命至元營議和。因奸臣向元將伯顏投降進讒，文天祥被拘留元營。義士杜滸等集合義民，救文天祥脫險。一行人來至真州，被真州守將所拒，不能進城。於是，復至溫州與

張世傑等會合。不想在一次戰爭中，文天祥在五坡嶺戰敗被擒。元主愛其才識人品，一再使人勸降，天祥忠貞不改，寫《正氣歌》以言志。降臣留夢炎請文夫人代為說項，遭到嚴詞拒絕。宋朝雖亡，但民心未死，屢有義民舉事。元主決心斬草除根，文天祥在大都柴市街從容就義。故事出自《宋史·文天祥本傳》，明人《厓山烈》傳奇及蔣士銓《冬青樹》傳奇。

《文天祥》劇照，著名京劇表演藝術家
周信芳飾文天祥，攝於 1940 年上海。

禁與解禁：上海淪陷時期，周信芳為了揭露敵偽政權的殘暴，編寫了歌頌民族英雄的新戲《文天祥》。剛一彩排，即被汪偽特務偵知。他們通過英租界對劇團施加壓力，造成還未正式公演即遭到禁演。周信芳不顧敵人恐嚇，

在卡爾登戲院的舞臺兩側掛出了新戲預告，一邊是文天祥，一邊是史可法，斗大的名字就像一副警世的對聯，使觀眾一進戲院就看見兩位民族英雄的名字，得到感染和激發。這副對聯一直掛到周信芳的移風社於 1941 年 8 月被迫解散為止，是上海抗日史中的一段佳話。

周信芳的移風社堅持了四年之久，在民族危亡之際，周信芳始終與人民站在一起，與人民同呼吸共患難，發人民之不平，歌人民之心聲。他的演出活動與梅蘭芳蓄鬚明志，異曲同工。1945 年抗戰勝利後，田漢寫了一首詩送給周信芳，讚美他的民族氣節。詩云：

> 烽煙九載未相忘，重遇龜年喜欲狂。
> 烈帝殺宮嘗慷慨，徽宗去國倍蒼涼。
> 留鬚謝客稱梅大，洗黛歸農美御霜。
> 更有江南伶傑在，歌臺深處築心防。

6.《徽欽二帝》

劇名：《徽欽二帝》

劇情：徽宗趙佶接納了遼耶律大石部將郭藥師，與金為敵。徽宗沉溺聲色，虔信道教，命道士郭京指豆為馬，演練六甲神兵。罷免忠臣李綱，重用奸臣童貫、張邦昌。宋宣和七年（1125），金軍滅遼後南下進攻北宋，宋徽宗慌忙讓位給欽宗太子桓，自稱太上皇。靖康元年（1126）閏十一月，金將粘罕攻陷汴梁，北宋亡國。次年五月金軍虜徽欽二帝北返，最初解至金國上京城（今哈爾濱阿城市白城），金天會八年（1130）改囚於五國城（今哈爾濱依蘭縣城北）。徽欽二帝青衣行酒，備受凌辱。隨行侍郎李若水見之不忍，大罵金酋，殉節而死。徽宗、欽宗先後於 1135 年、1156 年死於異鄉。故事出於正史，部分內容見自《說岳全傳》第十八、十九回。

禁與解禁：1938 年，周信芳邀請了著名電影導演朱石麟重新編寫了京劇《徽欽二帝》，9 月份在卡爾登戲院首演。這齣戲，以前歐陽予倩與夏月姍在新舞臺也曾演過，但重點在描寫宮闈荒淫，權臣誤國。而這次重新改編，主要突出了亡國之痛。《徽欽二帝》的上演，與《明末遺恨》一樣受到觀眾的熱烈歡迎。即使有颱風暴雨，交通受阻的情況，上海卡爾登戲院也照常場場滿座。有一次發大水，卡爾登劇場水深及踝，但是，在觀眾的要求下，仍然照常演出。人們從劇場門口搭上木板走入場內。當時，身處「孤島」的人們稱讚，這兩齣戲是投向敵人的兩顆重磅炸彈。

也正因為如此，敵偽政權對周信芳加緊了迫害。偽皇道會會長常玉清就多次威脅，讓此戲停演，不然就勢不兩立。英租界巡捕房也時常派人來攪亂、盤查。還有特務用裝有子彈的恐嚇信來恫嚇周信芳等人，叫他們改變戲中尖刻犀利的臺詞。彼時，敵偽當局對周信芳演的戲，部部都要嚴格審查，在日寇的壓迫下，《徽欽二帝》只演了二十一天，就被勒令停演了。

7.《亡蜀鑒》

劇名：《亡蜀鑒》，一名《江油關》或《李氏殉節》。

劇情：《亡蜀鑒》是程硯秋與陳墨香先生一起編演的一齣抗日愛國劇目，公演於1933年的北京。故事描寫三國末年，魏將鄧艾襲擊蜀國，偷渡陰平之後，直攻江油關。江油太守馬邈意欲投降，他的妻子李氏曉以大義，苦口相諫。馬邈佯裝應允，而暗地裏降魏。李氏得知後，悲憤欲絕，自盡而亡。程硯秋借劇中人之口唱道：「我豈能作降人妻，含羞蒙垢。盡節而死，仰不愧天，俯不愧人，九泉下一身清白不做魏囚」，表達出對日本侵佔東三省和國民黨不抵抗政策的強烈控訴。

禁與解禁：「九一八」事變後，程硯秋為反對國民黨當局不抵抗政策編演的《亡蜀鑒》，旗幟鮮明地控訴了日本的侵略，表現出他「對侵略者必須反抗」的思想。此劇排出後，旨在為東北流亡難民募捐。由於內容的激烈，引起了敵偽當局的高度重視。《亡蜀鑒》只演了三場，便遭到了禁演。

「七·七」事變之後，北平梨園公益會迫於日偽壓力，請程硯秋等名角聯合演出所謂「獻機」義務戲。程硯秋義正詞嚴地說：「我不能給日本人唱義務戲叫他們買飛機去炸中國人。我一個人不唱難道就有死的罪過？誰願意誰就去唱我管不了。」公益會來人有點為難，說如果程硯秋不唱，恐怕對北平京劇界不利。程硯秋氣憤地說：「我一人做事一人當，絕不能讓大家受連累。獻機義務戲的事，我程某人寧死槍下也絕不從命。請轉告日本人，甭找梨園同行的麻煩，我自己有什麼罪過讓他們直接找我說話就是了。」日偽當局見程硯秋不買賬，便存心報復。有一天，程硯秋從上海返回，在前門車站下車後，被幾個便衣圍上。特務仗著人多，便動手打人。程硯秋大喝：「士可殺不可辱！你們要幹什麼？」他後退到一根柱子前，憑著少年時的武功根底，揮拳還擊。把特務打得東倒西歪，狼狽不堪。程硯秋發誓不為日本人唱戲，斷然離開舞臺，到青龍橋鄉間荷鋤務農去了。

8.《蘇武牧羊》

劇名：《蘇武牧羊》，亦名《萬里緣》。

劇情：漢武帝劉徹派蘇武出使匈奴，匈奴單于逼迫蘇武歸降，蘇武寧死不從，被放逐於北海牧羊。匈奴太尉胡克丹之女胡阿雲，因為拒絕充當單于的姬妾，單于一怒，將其許配與蘇武為婚。胡阿雲欽佩蘇武的氣節，二人感情甚篤。後來，漢朝得知蘇武未死，遂遣漢將討還蘇武。單于放蘇武回國，但不放阿雲同行，阿雲自刎而死。

故事出自《漢書・李廣蘇建傳》、元周仲彬《蘇武持節》雜劇及明人《牧羊記》傳奇。王瑤卿根據這一歷史典故，加入戲劇情節，編寫了這齣戲，並且在劇中飾演過胡阿雲。

禁與解禁：「蘇武留胡節不辱，雪地又冰天，牧羊北海邊」，這一歌頌民族氣節的故事，婦孺皆知其詳。「九一八」之後，舉國聲討日寇侵略東北的滔天罪行。馬連良先生把王瑤卿編寫的這齣戲，進一步加工潤色，於 1932 年搬上舞臺，正好迎合了人民抗日的情緒，一演即紅。其中一段「望家鄉」，唱得起伏跌宕，感人肺腑，把蘇武去國懷鄉，身在異邦，心懷漢室，忠貞不渝的精神，表達得淋漓盡致。這段唱腔深入人心，傳唱大江南北，在一定程度上影響著世道人心。日軍佔據北京後，此劇成為禁戲。

後人常把馬連良先生在偽滿時期，曾經率團為「滿洲國」慶祝演出一事，說成「失節」的表現。抗戰勝利後，國民政府曾以「漢奸罪」對其起訴，這段歷史，成為馬先生畢生的政治污點。而且，文化大革命給馬連良定罪，這一條也是一大罪狀。一直到打倒「四人幫」，為馬先生平反時，這件事依然滌洗不清。其實，對於一箇舊時代過來的藝人說來，這著實有些苛求了。馬連良在抗戰時期能夠排演《蘇武牧羊》一事，其思想表現應該說已頗屬可嘉了。

9.《岳母刺字》

劇名：《岳母刺字》

劇情：北宋末期，朝廷腐敗，金兵入侵，佔領汴梁，欽宗皇帝和太上皇徽宗也被擄到北國。宋元帥宗澤病重，以印信交付岳飛代管後，吐血而死。杜充奉旨代印，抗金不利，岳飛心情鬱悶，私自回家探母。岳母促其回營抗敵，並在岳飛背上刺下「精忠報國」四字，使其永以報國為志。這時南宋高宗繼位，徵召岳飛進京。岳飛領兵大敗金兵，力圖恢復中原。不料奸臣秦檜私

通金國，用十二道金牌，把岳飛騙進京城，誣他謀反。百般刑訊，無一實證，最終還是以「莫須有」的罪名，將其父子害死於風波亭。

《岳母刺字》劇照，著名京劇表演藝術家李洪春飾岳飛，攝於 1937 年上海。

　　禁與解禁：岳飛（1103～1142），字鵬舉，出生於北宋相州湯陰，是一代威名赫赫的抗金英雄。紹興十一年農曆除夕夜，被趙構「特賜死」，殺害於臨安大理寺內，年僅三十九歲。「岳母刺字」一事，在歷史上並無據可查。宋人的筆記和野史，包括岳飛的孫子岳珂所著的《金陀粹編》也沒有記載。「岳母刺字」最早見於元人所編的《宋史》，和清乾隆年間，杭州錢采的《精忠說岳》

第二十二回「結義盟王佐假名‧刺精忠岳母訓子」。作者通過這一情節，更生動地刻畫了岳飛「赤膽忠心」和無私報國的愛國思想。

　　在日本侵略軍佔領我國東三省時，岳飛這位前代的民族英雄更成了人們心中的一面旗幟。岳家軍英勇抗金的事蹟，也成為激勵將士民心抵禦外侮、奮勇抗日的精神典範。在二十世紀三十年代初，有關岳飛的圖書、電影、說唱、戲劇紛紛登場，王泊生編演的大型京劇《岳飛》，轟動全國。《岳母刺字》這齣戲也成了進行愛國主義教育的一本「教科書」。彼時，凡唱老生、老旦的演員，幾乎都演出過此劇。尤其票友們對這齣戲更有獨鍾。他們在劇場、廟會、學校乃至廣場撂地演出，與「救亡三部曲」一樣鼓舞著民眾抗戰的決心。更有人把此劇改編為話劇《岳飛的母親》，在抗日前線冒著敵人的槍彈演出勞軍。但是，在東北、北平、武漢、南京、上海相繼淪陷之後，這齣戲就變成了日偽政府禁止演出的「禁戲」。

　　據二十世紀三十年代末《北平日報》報導，北平東四錢糧胡同青年會票房，因為演唱《岳母刺字》和《哭祖廟》，招致北平日偽維持會的多次調查，並查封了票房。李多奎在廣和樓與李洪春曾貼演過此劇，同樣，也受到偽社會局的嚴重警告。